ELLEN HEINZELMANN

Der Sohn der Kellnerin

Das Buch

Das Leben der Studentin Hannah nimmt eine überraschende Wendung. Unerwartet wird sie schwanger und ein schwerer Schicksalsschlag trifft sie. Doch tapfer stellt sie sich dem Leben mit ihrem Kind, einem ganz besonderen Jungen. Bald stellt sich nämlich heraus, dass der Kleine anders ist, als andere Kinder seines Alters. Er zeigt klare Merkmale eines Genies. Was eigentlich Anlass zu großen Erwartungen und Hoffnungen sein könnte, fordert die junge Mutter auf nicht alltägliche Weise heraus. Sprachlosigkeit und Verwirrung bestimmen ihr Leben. Es gibt sogar Zeiten, da hegt sie Zweifel und fragt sich, wo wohl die Grenze zwischen Genialität und Irrsein zu ziehen sei.

Die Autorin

Ellen Heinzelmann, Fachfrau für Marketing und Kommunikation, wurde 1951 im Kreis Waldshut geboren. Während ihrer langjährigen beruflichen Tätigkeit – zuletzt als Marketing- und PR-Verantwortliche in einer Organisation des öffentlichen Rechts in Basel – übersetzte sie Texte vom Deutschen ins Französische und Englische, wirkte als Dolmetscherin bei Vertragsverhandlungen in Paris. Auch wirkte sie als Lektorin und als Ghostwriterin. Die geschriebene Sprache hatte schon in früher Kindheit große Faszination auf sie ausgeübt. Nach dem Ausstieg aus dem Berufsleben, ist sie ihrer Berufung schließlich gefolgt. Mit dem vorliegenden Debütroman »Der Sohn der Kellnerin«, eine nicht alltägliche Geschichte, startete sie 2011 ihre Schriftstellerlaufbahn und nahm ihre Leser gleich mit auf eine emotionale Reise.

www.ellen-heinzelmann.de

Ellen Heinzelmann

Der Sohn der Kellnerin

Bibliografische Information der Deutschen Nationalbibliothek

Die Deutsche Nationalbibliothek verzeichnet diese Publikation in der Deutschen Nationalbibliografie; detaillierte bibliografische Daten sind im Internet über dnb.d-nb.de abrufbar.

© 2017 Ellen Heinzelmann
  Erstausgabe 2011, Neuauflage 2017
  Alle Rechte vorbehalten. All rights reserved.

Layout: Ellen Heinzelmann
Umsetzung Umschlagsidee: Armin Heinzelmann
Titelfoto: Armin Heinzelmann
Lektorat, Korrektorat: Ute Mitchell, Dieter Heinzelmann

Herstellung und Verlag:
BoD - Books on Demand, Norderstedt, www.bod.de

ISBN: 978-3-7448-0099-0

Inhalt

Mein Dank

geht an meine Familie, die mich bei meinem Buchvorhaben tatkräftig unterstützt hatte, sei es durch die hilfreichen Tipps und Ideensammlung, durch Lektorieren oder durch Umschlagsgestaltung, der eine Fotosession mit meinem Enkel Oliver vorausging.

Teil 1

1990

Hannah

1

*S*ie stand am Fenster und schaute dem munteren Schneetreiben zu. Ihre Augen, deren Farbe fast nicht definierbar war – die Farbe mutete an wie das Innere einer blauen Muskateller-Weintraube – blickten seltsam entrückt.

Es war ein schöner, munterer Tanz der Schneeflocken. Wenn man lange genug hineinschaute, konnte man fast hypnotisiert werden. Plötzlich schreckte sie aus ihrer Versunkenheit. »Hannah?« Der Ruf war nicht sehr laut. Dennoch, in diese Stille hinein, die sie total umfing, war er wie ein Donnerschlag. Sie drehte sich um und blickte zu Alexander. Dieser saß auf der Couch, seine Füße lagen überkreuzt auf dem Couchtisch. Auf den Oberschenkeln lag aufgeschlagen das Buch Klausurenkurs zum BGB.

*

*H*annah lernte Alexander an der Ludwig-Maximilians-Universität in München kennen. Sie beide begannen dort vor knapp zwei Jahren ihr Jurastudium. Er fiel ihr sofort auf. Er war ein gut aussehender, hochgewachsener Mann mit sportlicher Figur. Seine dunkelbraunen Haare trug er kurz geschnitten, seine dunkelbraunen Augen strahlten Zuversicht und Wärme aus. Sie fühlte sich von ihm angezogen. Ihm schien es mit Hannah mit ihren großen, farblich undefinierbaren Augen und ihrem zu einem Pferdeschwanz zusammen gebundenen Haar, das trotz ihrer halbitalienischen Abstammung strohblond war, nicht anders ergangen zu sein. Denn es dauerte nicht lange, bis sie sich zusammen eine kleine 35-qm große möblierte Studentenwohnung in Garching nahmen. Hier in Garching waren die Wohnungen nicht so teuer wie in München und trotzdem hatten sie es nicht weit mit Bus und U6 zur Uni in München.

*

»Was gibt's?«, fragte Hannah. Die Frage kam ein bisschen krächzend heraus. Doch das war immer so, wenn sie lange nicht gesprochen hatte. Er lächelte und meinte: »Du stehst nun schon mindestens eine Stunde wie eine Steinsäule am Fenster und starrst hinaus. Ich wollte dich einfach mal aus deinem Grübeln herausholen und fragen, ob du nicht vielleicht Lust auf einen kleinen Snack hättest.« Es war ihr nicht wohl. Sie musste ihm unbedingt etwas sagen, aber es fiel ihr schwer. Alexander sah so zufrieden aus, schien unbeschwert. Fast ein bisschen spitzbübisch wirkte er, wenn er lachte und sich feine Grübchen in die Wangen gruben. Sie liebte ihn über alles.

»Na?«, sagte er fordernd, denn er wartete noch immer auf eine Antwort. Sie lächelte, strich sich eine Strähne, die sich aus ihrem Pferdeschwanz löste, hinters Ohr. »Wollen wir ein paar Schritte um den Block gehen? Es gibt nichts Schöneres, als durch den jungfräulichen Schnee zu stapfen«, schlug sie stattdessen vor.

Alexander zog seine Stirn kraus, was wohl andeutete, dass der Vorschlag ihm nicht gerade entgegenkam.

»Ich verspreche Dir, wenn wir zurück sind, koche ich uns etwas Leckeres«, versuchte sie ihn für ihr Ansinnen zu begeistern.

»Na ja, etwas frische Luft kann uns ja nicht schaden«, gab er widerwillig nach, denn er hatte alles andere, als Lust darauf, jetzt in die Kälte hinauszugehen. Er fügte deshalb auch gleich hinzu: »Dann lass es uns hinter uns bringen, denn Du hast mir mit den Aussichten auf ein leckeres Essen schon den Mund wässrig gemacht.«

Hannah lächelte: »Lass dich überraschen.«
Und bald sah man sie Arm in Arm durch den Schnee stapfen. Ihr Atem bildete kleine Wölkchen in der kalten Luft. Es war zwar erst Nachmittag, aber die schweren Wolken, die den Himmel durchgehend bedeckten, sorgten für eine schummrige Dämmerung. Es war eine ganz besondere Stimmung, die das dämmrige Licht in Verbindung mit dem hell leuchtenden Schnee zauberte. Hannah liebte diese Atmosphäre, schon als Kind. Sobald es schneite, drängte es sie hinaus und sie tanzte mit den Schneeflocken. Hannah schmiegte sich näher an Alexander, der einen Arm um ihre Schulter legte. ›Wie schmal sie ist‹, dachte er, ›fast ein wenig zerbrechlich‹. Ja, man hätte beim Anblick dieser schönen blonden Frau nicht vermutet, dass sie in Wirklichkeit sehr zäh und äußerst willensstark war, die sich, wenn es um für sie wichtige Belange ging, sehr gut durchsetzen konnte. Sie sprachen nicht viel. Jeder hing seinen Gedanken nach. Eigentlich hatte Hannah sich vorgenommen, jetzt mit Alexander zu besprechen, was ihr schon lange auf dem Herzen lag. Doch sie konnte es nicht; noch nicht. Die Stimmung war zu romantisch, als dass sie mit ih-

rem Anliegen hätte hineinplatzen können. Und Alexander machte sich Sorgen, weil seine Freundin seit ein paar Tagen sehr bedrückt wirkte. Ihr feines ebenmäßiges Gesicht wirkte ernst, ihre Augen schienen ihm dunkler denn je. Was war nur los mit Hannah? Er hielt sie noch fester umschlossen, als wolle er sie vor allen möglichen Unbilden des Lebens schützen. Nach einer guten halben Stunde kehrten sie wieder nach Hause zurück. Ach wie tat die Wärme drinnen gut.

Hannah machte sich gleich an die Arbeit und Alexander leckte voll Vorfreude die Lippen. »Kann ich dir helfen?«, fragte er.

»Du kannst den Tisch schon mal aufdecken. Ich komme hier alleine zurecht.«

Er schaute Hannah über die Schultern, während er ihre Hüften umschlang und in Richtung der zwei dampfenden Töpfe schnupperte und meinte: »Riecht phantastisch«, und mit einem Kuss auf ihren Hals löste er sich schließlich von ihr.

Hannah kochte sein Lieblingsgericht: Spaghetti Vongole à la création Hannah. Er setzte sich an den Tisch und beobachtete Hannahs letzte Handgriffe. Den Wein hatte er schon eingeschenkt, überall brannten die Kerzen, die Hannah aufstellte. Hannah liebte Kerzenlicht. Eine warme, gemütliche Stimmung erfüllte den Raum.

»Wie immer ausgezeichnet das Essen«, lobte Alexander, als er die letzte Gabel mit Genuss in den Mund geschoben hatte und anschließend genießerisch mit der Zunge über die Lippen fuhr.

»Bei der guten Küche muss ich aufpassen, dass ich nicht irgendwann wie eine Tonne durch die Gegend rolle«, fügte er schmunzelnd hinzu.

Er wollte Hannahs Weinglas noch mal nachfüllen, doch sie legte die Hand auf das Glas. »Nein«, sagte sie, »keinen Wein mehr.«

Es herrschte eine entspannte, man könnte fast meinen, wenn Alexander es nicht besser wüsste, eine friedliche Stille. Hannahs Blick entfernte sich nämlich wieder und schien durch alles hindurchzugehen. Es war wieder diese Abwesenheit, wieder diese gespenstische Ruhe um Hannah, die Alexander schon seit geraumer Zeit mit besorgter Aufmerksamkeit verfolgte.

»Woran denkst du, meine Liebe?«, fragte er.

Doch es kam nicht die Antwort, die Hannahs Bedrücktheit erklärte … die ihn endlich verstehen ließ.

»Ach, ich war in Gedanken gerade in die Zeit zurückversetzt, als wir noch in Florenz lebten und ich mich im zarten Alter von sechs Jahren in den Nachbarsjungen Mario verliebte und ihm ewige Treue schwor.«

»Oh«, Alexander zog die Augenbrauen hoch und fragte mit gespielter Eifersucht, »kann ich mit Mario mithalten?«

»Du wirst es nicht glauben«, lächelte Hannah, »er sah aus wie du – Alexander im Kleinformat.«

»Na, dann ist es wohl kein Wunder, dass wir uns begegnet sind. Du wolltest, dein Versprechen auf ewige Treue einlösen und wenn es nur bei Marios Double ist«, lachte er amüsiert.

»Ja schon möglich«, gab sie ihm recht.

»Und du? Hattest du damals auch schon so schöne lange blonde Haare wie heute?«

»Sie waren noch heller, fast weißblond, ja und auch lang.«

»Muss wunderschön ausgesehen haben, wenn du im Sommer schön braun warst. Deine sonnengetönte Haut im Kontrast zu den hellen Haaren. Ich stelle es mir richtig plastisch vor«, schwärmte er.

*

*H*annah stütze ihr Kinn in ihre Hand und lächelte. In der Tat. Sie, die nichts im Hause hielt, sobald die Sonne hervorlugte, war immer schön goldbraun getönt. Sie war eine richtige kleine Puppe.

Ja, Hannah hatte eine glückliche Kindheit. Sie fühlte sich von ihren Eltern geliebt, geborgen und verstanden. Ihr Vater, Daniele, war Italiener und die Wurzeln ihrer Mutter, Simone, eine nordische Schönheit, waren in Deutschland. Die ersten Lebensjahre verbrachte Hannah im Heimatort ihres Vaters, Florenz, bevor sie siebenjährig nach Stuttgart kam. Ihren ersten großen Schicksalsschlag erlebte Hannah, als sie zwölfjährig ihre Mutter verlor. Ihre Mutter war erst vierzig Jahre alt, als sie an Krebs verstarb. Ihr Vater konnte den Tod seiner Frau nie richtig verschmerzen. Sicher, er war auch nach diesem herben Verlust ein treusorgender Vater, der es Hannah an nichts fehlen ließ. Aber er war vergrämt und baute physisch und psychisch immer mehr ab. Es war der Anfang einer schweren psychischen Erkrankung.

Als Hannah 16 Jahre alt war, wurde er mit einer schweren Depression in die Psychiatrie eingewiesen. Die Ärzte erklärten Hannah, es bestünde akute Suizidgefahr. Ein Jahr nach dessen Einweisung starb ihr Vater. Es fehlte ihm der Wille weiterzuleben, hatte man Hannah erklärt, als man ihr die Todesnachricht überbrachte. Für Hannah brach eine Welt zusammen. Dank der fürsorglichen Liebe ihrer Tante Sophia, die jüngere Schwester ihres Vaters, die kinderlos geblieben war, und Onkel Robert, beide lebten ebenfalls in Stuttgart, konnte Hannah diese schweren Schicksalsschläge einigermaßen verarbeiten.

Tante Sophia war der warme, liebevolle und tröstende Teil, Onkel Robert, der etwas jünger als Tante Sophia war, war genau ihr Gegenstück. Irgendwie fand Hannah, dass sie in ihrem Onkel das Kind im Manne entdeckte. Mit niemandem konnte sie so unbeschwert lustig sein, manchmal sogar richtig blödeln. Besonders er trug mit seiner nicht gespielten fröhlichen Jungenart sehr viel zu Hannahs Trauerbewältigung bei. Er schaffte es, wenn sie still vor sich hin sinnend dasaß, sie aus ihrem lethargieähnlichen Zustand herauszuholen. Hannah liebte beide sehr. Sie waren für sie echter Elternersatz. Und sie selbst machte ihnen viel Freude, nicht nur weil sie eine gute fleißige Schülerin war und so lieb und anschmiegsam sein konnte. Sie war so gut erzogen, so höflich und sie machte ihren Pflegeeltern nie Ärger. Sie war ein Mädchen, wie Eltern sie nur wünschen konnten.

Dafür, dass Hannah ein bisschen ernster und nachdenklicher als früher war, hatten sie volles Verständnis. Denn womit das Kind fertig werden musste, war schon ein gewaltiger Einschnitt in dieses junge Leben. Doch sie setzten auf die barmherzige Zeit, die bekanntlich Wunden allmählich heilen ließ.

*

»Was ist los, Hannah?«, bohrte Alexander wieder.

»Hm?«, schreckte sie aus ihren Gedanken hoch.

»Ich sehe doch, dass dich seit Tagen etwas bedrückt. Willst du es mir nicht sagen? Es macht mich traurig, erstens dich so zu sehen und zweitens noch mehr, dass du so wenig Vertrauen hast, um mit mir über deine Sorgen zu sprechen.«

»Nein, nein. Es ist nur …« Sie stockte. Was für ein blöder Anfang, um mit Alexander über ihre Bedrücktheit zu sprechen. Aber, wie sollte sie es ihm sagen? Sie war im dritten Monat schwanger und hatte keine Ahnung, wie eine ihr Leben so stark verändernde Nachricht bei Alexander ankommen würde. Würde er wütend sein? Würde er einfach nur niedergeschlagen sein? Würde er ihr Vorwürfe machen und sie womöglich zur Abreibung drängen? Dass er sich freuen könnte, wagte sie gar nicht zu hoffen. Sie wusste ja selbst nicht einmal, ob sie sich über das Tropi-Kind, so nannte man Kinder, die trotz Pille entstanden, freute. Ihr Studium würde sie für eine Weile oder gar für immer an den Nagel hängen müssen. Sie hatte im ersten Moment sogar erwogen, das winzige Etwas, das in ihr heranwuchs, wegmachen zu lassen. Das jedoch war nur ein kurzer Gedanke bei der Alternativsuche, wie es nun weitergehen sollte. Sie wusste schon in dem Moment, als sich dieser Gedanke einschlich, dass sie es niemals übers Herz bringen würde.

»Es ist nur …?«, hakte Alexander ungeduldig nach. Hannah schaute ihm tief in die Augen, um jede kleine Regung in ihm aufzufangen, während sie sagte: »Wir beide bekommen ein Kind.«

Er erstarrte für einen Moment. ›Das war es also das Geständnis, das so lange in der Luft hing und eine Bedrücktheit verbreitete‹. Er war einfach nur sprachlos. Es fiel ihm schwer, das soeben Erfahrene zu kommentieren. Es war, als würde ihm jemand den Hals zuschnüren.

Die Gedanken überschlugen sich. Er war 22, Hannah 21 … wie sollten sie das Leben bewältigen … mit einem Kind. Sie steckten beide mitten in der Ausbildung. Ihre erste Zwischenprüfung nach dem vierten Semester stand bevor. Sie hatten Pläne. Sie träumten von einer Gemeinschaftskanzlei. Hannah wollte sich auf Familien-, Erb- und Scheidungsrecht spezialisieren, während er, Alexander, die Gebiete Handels- und Gesellschafts- sowie Arbeitsrecht abdecken wollte. Sollte das alles jetzt plötzlich wie eine Luftblase zerplatzen? Alle ihre Pläne? Wie konnte es passieren? Hannah nahm doch die Pille.

Ein bleiernes Schweigen hing zwischen ihnen beiden. Alexander blickte zu Hannah und sah, dass Tränen in ihren Augen standen.

Tonlos fragte er: »Wann … wann ist es soweit?«

Hannah stand auf, schnäuzte sich ihre Nase, ging zur Tür. Sie war so aufgewühlt. Sie wollte am liebsten davon laufen. Einfach weg.

Dann drehte sie sich wieder zu Alexander um, mit

dem Rücken an den Türrahmen gelehnt, sagte sie mit fast erstickter Stimme: »Anfang August.«

»Hannah … ich …«, stammelte Alexander, »ich … ich bin im Moment überfordert. Alles schlägt über mir zusammen. Es ist … es ist, als wäre ich in ein tiefes schwarzes Loch gefallen … als müsste ich ertrinken. Ich weiß nicht …«

Verdammt noch mal. Warum konnte er nicht in Worte fassen, was er fühlte. Noch nie zuvor blieben ihm die Worte einfach so weg, als steckten sie im Hals fest … um ihn dort zu ersticken. Er stand auf und ging zu Hannah, nahm ihr Gesicht in beide Hände. Er spürte, dass sie zitterte.

»Ich weiß einfach nicht, wie es nun weitergehen soll«, brachte er nur mühsam hervor. Sie senkte ihren Blick.

»Wirst du mich verlassen?«, fragte sie ohne Umschweife.

»Um Gottes Willen, Hannah, nein! Nein …, das ist es nicht. Ich will dich doch nicht verlassen. Dafür liebe ich dich zu sehr. Nur … ich muss erst mal einen klaren Gedanken fassen.«

Der traurige Blick, mit dem Hannah ihn anschaute, schmerzte ihn.

»Komm mein Kleines«, sagte er, jetzt bedeutend ruhiger, und zog sie an sich. Sie ließ sich in seine Arme sinken und legte ihr Gesicht auf seine Schulter. Er spürte ihren zarten Körper und die Wärme, die von ihr ausging. Sie wirkte so zierlich, so verletzbar. Wie so oft, wurde sein Beschützerinstinkt wieder geweckt und mit warmer, ruhiger Stimme sagte er: »Wie könnte ich das tun? Es ist doch auch mein Kind.«

Es war ihm, als würde er die Bedeutung der Aussage ›Wir beide bekommen ein Kind‹ erst jetzt richtig begriffen haben. Ein Geschöpf, dessen Existenz mit dem Tage der Verkündung für den Rest seines Lebens ein Teil desselben sein würde. Eine Verantwortung, in die er erst hineinwachsen musste.

»Wir müssen jetzt einfach nur überlegen, wie es weitergehen soll.«

Hannah schaute zu ihm auf. Sie nahm ihn durch den Schleier ihrer Tränen nur verschwommen war:

»Weißt du, ich könnte in Joeys Treff kellnern. Joey wäre sicherlich froh, wenn er hört, dass ich immer arbeiten könnte, nicht nur sonntags und in den Semesterferien oder zwischendurch mal abends. Das Restaurant ist sehr gut angelaufen. Es hat sich herumgesprochen, dass man dort sehr gut essen, gemütlich sitzen und gelegentlich musikalische Darbietungen genießen kann. Er müsste früher oder später noch Personal einstellen. Ich denke er könnte Unterstützung jetzt sehr gut gebrauchen. Und du arbeitest ja auch in den Semesterferien. Außerdem hast du ja noch das Geld auf dem Bankkonto, das dir dein Vater einrichtete und das uns gut über die Runden helfen würde.«

»Ja sicher. Das hört sich alles sehr schön an. Aber was ist mit deiner Zwischenprüfung?«

»Ich kann doch später, wenn du ein erfolgreicher Rechtsanwalt bist, mein Studium wieder aufnehmen. Ich bin doch noch jung«, insistierte sie mit einem leichten Anflug von Euphorie, »jetzt geht es doch nur darum, dass wir einigermaßen gut über die Runden kommen. Alles Weitere sehen wir dann.«

»Komisch«, sinnierte Alexander mehr zu sich selbst als zu Hannah, »ganz plötzlich löst sich ein eben scheinbar unlösbares Problem fast wie im Nichts auf.«

Voll Vertrauen, von dem noch Minuten zuvor nichts, aber auch gar nichts zu spüren war, streichelte er ihren Bauch und lächelte: »Wir packen das, Hannah! Wir packen das!«

2

Die Natur war längst aus ihrem Winterschlaf erwacht und verwandelte sich allmählich zu einem einzigen großen Blumenstrauß. Es roch so herrlich. Hannah kam gerade von der Arbeit bei Joey und war auf dem Weg nach Hause. Sie nahm einen Umweg, um das wunderbare Gefühl noch möglichst lange auf sich wirken zu lassen.

*

Joey war ein kräftiger urwüchsiger Bursche. Er war 35 Jahre alt, groß und breitschultrig. Ein ganzer Kerl eben und lebte seit fünf Jahren in einer Beziehung mit dem zwei Jahre älteren Thomas, ein begnadeter Koch. Joeys dunkelblondes dickes, unzähmbares Haar, umrahmte sein Gesicht und gab diesem Hünen ein etwas jungenhaftes Aussehen. Doch das Jungenhafte verlor sich, angesichts seiner grünen Augen, die einen sehr kritischen manchmal nachdenklichen Ausdruck hatten. Man hätte ihm bei der ersten Begegnung niemals diese ruhige, besonnene und dennoch herzliche Art, die sein Wesen bestimmte, zugetraut.

Als Hannah ihm erzählte, dass sie ihm ab sofort als feste Mitarbeiterin zur Verfügung stand, war er hoch erfreut. Dennoch fragte er etwas besorgt: »Ja, und was ist mit deinem Studium?«

Die Nachricht von Hannahs Schwangerschaft jedoch ließ ihn diese zierliche Frau vor lauter Freude wie ein Kind brüsk in die Höhe heben. Er herzte sie vor Überschwang.

*

Am meisten jedoch hatte sie sich vor der Beichte bei ihren Zieheltern gefürchtet. Schließlich waren Onkel und Tante stolz auf ihre Hannah; stolz, dass sie ihr Mädchen, nach den herben Schicksalsschlägen, mit ihrem elterlichen Einfühlungsvermögen auf einen guten Weg bringen konnten. Stolz, dass Hannah das Zeug hatte, zu studieren.

Hannah wählte die Nummer in Stuttgart und hatte Tante Sophia an der Strippe. Als sie nach der ersten freudigen Begrüßung allmählich mit ihrer Neuigkeit herausrückte, war es einen Moment ganz still. Hannah spürte, dass ihre Tante enttäuscht war. Sie vernahm, wie Onkel Robert im Hintergrund ganz ungeduldig fragte, was eigentlich los sei. Ihre Tante legte wohl die Hand auf den Hörer, denn wie durch einen Filter gedämpft, hörte sie, wie sie dem Onkel in aller Kürze von Hannahs Schwangerschaft erzählte.

»Was?«, hörte sie ihn rufen und schon hatte er Tante Sophia den Hörer aus der Hand genommen, »wir werden Großeltern? Hannah! Oh mein Gott Hannah!«

Konnte es sein, dass das ein freudiger Ausruf war? Hannah war sich noch nicht ganz sicher.

»Na ja«, meinte er, »zugegeben, der Zeitpunkt ist nicht gerade gut gewählt, ich meine so mitten in der Ausbildung, aber … wenn's halt passiert ist. Man kann das kleine Wesen doch deshalb nicht gleich verdammen, oder!«

Hannah fiel ein Stein vom Herzen. Wahrscheinlich hatte sie diese Einstellung ihres Onkels der Tatsache zu verdanken, dass sie beide ungewollt kinderlos geblieben waren. Er musste es als großes Glück empfunden haben, wenn andere ihr Schicksal der Kinderlosigkeit nicht teilen mussten.

*

*H*annah atmete die herrlich würzige Frühlingsluft tief ein. Sie liebte den Frühling. Es war ein Sprießen und Drücken. Alles drängte, sich zu entfalten gleich einer Explosion. Sie verglich dieses Erwachen der Natur mit ihrem jetzigen Zustand. Sie schaute lächelnd an sich herunter und strich sich über ihren sich schon deutlich abzeichnenden Bauch. Wenn es ein Junge würde, würde sie ihn Simon nennen, nach ihrer Mutter Simone. Den Mädchennamen, Daniela, nach Hannahs Vater Daniele, hatte Alexander von sich aus vorgeschlagen. Es war ganz in Hannahs Sinn, obwohl sie ihn nicht selbst vorgeschlagen hatte. Sie wollte die Wahl des Mädchennamens Alexander überlassen.

Sie ließ sich Zeit, lief ganz langsam, nahm diesen wunderbaren Augenblick ganz bewusst wahr. Alexander würde jetzt gerade über seiner Klausurarbeit sitzen, und da wollte sie ihn nicht stören. Wenn er in dieser Halbzeit erfolgreich war, konnte er in zweieinhalb Jahren sein Studium abschließen. Sie war sich sicher, alles würde gut werden. Alexander freute sich mittlerweile auf das Kind und er schmiedete jetzt schon wieder Pläne. »Man muss flexibel sein«, sagte er zu Hannah, »und sich verändernden Verhältnissen anpassen können. Schließlich geht das Leben ja weiter.« Alle anfänglichen Sorgen waren wie weggeblasen. Es galt hier nur noch die Freude über ihr gemeinsames Kind, ein Kind der Liebe.

Es war schon drei Uhr am Nachmittag als sie nach Hause kam. Alexander saß, wie vermutet, über seinen Büchern. Auf der Küchentheke standen noch die Reste des Mittagessens des Vortags, das er sich aufwärmte. Hannah kochte am Abend immer so viel, dass es für den nächsten Tag reichte, weil sie ja arbeitete. Gegen Abend musste sie nämlich wieder in Joeys Treff, um für die abendlichen Gäste zu kellnern. Sie war bei den Gästen sehr beliebt und verdiente ziemlich gut Trinkgeld.

Alexander war so sehr in seine Arbeit vertieft, dass er Hannah erst gar nicht bemerkte, als sie hereinkam. Erst, als sie sich daran machte, die Küche aufzuräumen, wurde er ihrer gewahr. »Ach, du bist da? Habe dich gar nicht kommen hören.« Er stand auf, ging zu ihr, umarmte sie, küsste sie und streichelte ihren gewölbten Leib. »Komm, lass das, ich räume meine Reste selbst weg! Und du ruhst dich aus.« Sie lächelte: »Es ist ja nur eine Kleinigkeit. Das mache ich mit einem Handstreich.« Er strich Hannah nochmals zärtlich über die Wange, »du bist eine wunderbare Frau«, und machte sich wieder über seine Bücher.

Plötzlich schoss ihm sichtlich etwas durch den Kopf. »Ach Hannah, fast hätte ich es vergessen. Tante Sophia hat angerufen. Es schien dringend und sie bittet, dass du sie gleich zurückrufst.«

»Hatte sie etwas gesagt, worum es geht?«

»Nein. Es hörte sich nur einfach sehr wichtig an. Zumindest schien sie sehr aufgeregt.«

Hannah ging zum Telefon, wählte die Stuttgarter Nummer und schon nach dem zweiten Klingelton vernahm sie Tante Sophias fragendes »Hallo?«

»Ich bin's, Hannah. Du hast angerufen Tante Sophia?«

»Ja, gut dass du gleich zurückrufst. Doch zuerst, wie geht es dir? Läuft alles gut mit der Schwangerschaft? Ist der Arzt zufrieden? Kommt Alexander gut voran mit seiner Arbeit? Geht es dir auch wirklich gut?«

Hannah lachte und meinte: »das waren eine Menge Fragen gleich auf einmal. Ja, Tante Sophia, es geht mir gut, die Schwangerschaft verläuft bilderbuchgemäß, mein Arzt ist mehr als zufrieden und Alexander kommt mit seiner Arbeit gut voran. Auch in meinem Job bin ich sehr zufrieden. Joey ist ein richtig lieber Kerl. Er mag mich. Er passt gut auf mich auf, will nicht, dass ich mich übernehme. Er sieht sich fast ein bisschen wie Papa Nr. 2, denn er redet immer von ›unserem Kind‹.«

»Na, ich weiß nicht. Ist der Kerl nicht schwul?«

»Tante Sophia!!«, sagte Hannah mit gespielter Empörung, »du bist doch von dieser Welt. Es ist doch heutzutage nichts mehr Außergewöhnliches, wenn jemand homosexuell ist. Joey und Thomas sind ganz nette, gute Freunde, auf die Verlass ist. Die beiden sind das perfekte Team. Sie haben das Restaurant, das Joey in herunter gekommenem Zustand übernommen hatte, innert kürzester Zeit auf Erfolgskurs gebracht. Und, was mich betrifft, ich bin froh dass ich in Joeys Treff arbeiten darf.«

»Na ja, vielleicht hast du recht. Wahrscheinlich bin

ich halt doch ein bisschen altmodisch.«

»Aber sag Tante Sophia, das Thema Joey war doch nicht der Grund, warum ich anrufen sollte. Alexander sagte mir, es sei äußerst dringend.«

»Ach was, äußerst dringend ist etwas übertrieben.«, widersprach sie betont gleichgültig, als wäre die Angelegenheit nicht von solcher Bedeutung, wie Alexander antönte, »es ist nur … na ja, es gibt da bei uns eine gewichtige Änderung.«

»Aha, also doch immerhin ›*gewichtig*‹«, stellte Hannah leicht ironisch fest.

»Roberts Bruder braucht unsere Hilfe«, brachte Tante Sophia schließlich ohne weitere Umschweife hervor.

*

Onkel Roberts Bruder, Paul, war zehn Jahre älter als Robert, also 52 Jahre alt, und wanderte vor knapp dreißig Jahren nach Neuseeland aus. In Auckland eröffnete er einen Gebrauchtwagenhandel. Die Geschäfte liefen zwar nicht schlecht, aber es fehlte einfach noch etwas und so erweiterte er sein Geschäft um den Zweig Autovermietung. Nach relativ kurzer Zeit hatte er ein florierendes Geschäft, das er nach und nach vergrößerte. Er war auch verheiratet, doch die Ehe ging nach fünf Jahren auseinander. »Wir sind einfach zu verschieden«, sagte eines Tages seine Frau Jennifer ganz unerwartet. Paul war wie vor den Kopf gestoßen, konnte es gar nicht richtig fassen. Es stimmte, sie waren verschieden, aber zogen sich Gegensätze bekanntermaßen nicht eher an, als dass sie ein Hindernis darstellten? Jenny ging gerne aus, genoss das Leben, wollte tanzen, feiern, während er eher ein Familienmensch war. Er hatte sein Geschäft, das bestens lief, eine süße kleine Tochter, eine hübsche Frau, was wollte er mehr. Doch das war Jenny nicht genug und Paul wurde klar, dass es nicht diese Gegensätze waren, die zusammenschweißten. Geraldine, die Jenny bei Paul ließ, ist heute vierzehn Jahre alt und Paul ist stolz, dass sich seine Tochter auch ohne Mutter sehr gut entwickelt hatte.

*

»Und wie soll die Hilfe aussehen?«, fragte Hannah jetzt schon etwas ungeduldig.

»Paul ist krank, sehr krank. Er fürchtet, dass ihm nicht mehr allzu viel Zeit bleibt, bis seine Tochter alt genug ist, um auf eigenen Beinen zu stehen und das Geschäft zu übernehmen. Er fragte uns, ob wir es uns vorstellen könnten, nach Auckland zu kommen, und uns seiner Tochter und seines Geschäfts anzunehmen. Alles würde natürlich vertraglich gut abgesichert werden, so dass wir keine Angst zu haben bräuchten.« Tante Sophia machte eine kurze Pause, um Hannah Zeit für eine Reaktion einzuräumen, doch die war zu sprachlos, nur einen Pieps hervorzubringen.

»Hannah, bist du noch da?«

»Ja, ich bin noch da. Ich höre.«

»Nun dieser Vorschlag kam für uns etwas plötzlich. Ich meine, damit konnten wir doch überhaupt nicht rechnen – oder? Mit einem solchen Gedanken, auszuwandern, hatten wir uns im Traume nie auseinandergesetzt. Und nun werden wir so ganz beiläufig angefragt, als ginge es um eine alltägliche Sache, wie … wie … na ja, wie ein Wocheneinkauf. Wir sollten gerade mal so eben eine Entscheidung treffen, die unser ganzer Leben verändern würde.«

»Und, habt ihr sie getroffen?«, drängte Hannah, um endlich zu erfahren was Sache ist.

»Nun, wir baten Paul um eine Bedenkfrist. Und er meinte dann, dass er auch nicht gleich mit einer Antwort gerechnet habe. Er wisse schließlich, dass ein solcher Entschluss reichlich überlegt sein müsse. Er versicherte uns auch, dass er es uns nicht verübeln würde, wenn wir uns zu einem solchen Schritt nicht durchringen könnten. Er dachte an uns, da ihm halt wichtig war, dass Geraldine versorgt sein würde. Die Tatsache, wie wir für dich, Hannah, Vater und Mutter mit Liebe und Fürsorge ersetzten, mache ihn zuversichtlich, dass Geraldine gut aufgehoben sein würde. Er habe so großes Vertrauen in uns und wäre überglücklich, wenn wir auf seinen Vorschlag eingingen.«

Tante Sophia, machte erneut eine kurze Pause, und da sie von der anderen Seite der Leitung immer noch nichts hörte, fuhr sie weiter: »Und da saßen wir nun, Robert und ich. Robert meinte dann, dass es schon wert sei, sich mit der Vorstellung einer Auswanderung auseinanderzusetzen. Schließlich ist sein Arbeitgeber gerade dabei, der schleppenden Geschäfte wegen, Mitarbeiter zu entlassen. Sicher sei im Moment gar nichts, und erst recht nicht der Job. Wir überlegten hin und her, diskutierten oft bis tief in die Nacht. Ich kann dir sagen, Hannah, es kostete mich manche Stunde Schlaf. Und dann sagte Robert ziemlich entschlossen, dass er Paul diesen Gefallen nicht ausschlagen könne. Immerhin sei Paul sein Bruder, der nicht mehr lange zu leben habe und nun ihn um seine Hilfe anflehte. Wie könnte er seinem einzigen Bruder seinen, sagen wir mal, letzten Wunsch ausschlagen. Zweitens wisse er nicht, wie es mit seinem Job hier weitergehen würde und drittens, reize es ihn, nochmals ganz etwas Neues anzufangen. Er ist immerhin erst 42 Jahre alt und Neuseeland wollte er immer schon einmal kennenlernen. Außerdem …«. Tante Sophia stockte abermals.

»Außerdem …?«, hakte Hannah unverzüglich nach.

»Na ja, er meinte, du seiest ja jetzt selbständig, hast bald deine eigene Familie und bist auf uns nicht mehr so angewiesen … zumindest nicht so, wie Paul und Geraldine«, beendete sie den begonnenen Satz.

»Das bedeutet also, dass ihr euch entschieden habt?«

»Ja.«

»Aha«, antwortete Hannah, die sich durch diese überraschende Nachricht im Moment etwas überfahren fühlte, oder wie man so schön sagt … sie fiel aus allen Wolken. »Und, wann wollt ihr Deutschland verlassen?«

»Anfang Juli. Wir waren natürlich inzwischen schon aktiv, haben ziemlich viel in die Wege geleitet. Robert hat gekündigt und arbeitet noch bis Ende Juni. Tja, und dann geht's ab nach Neuseeland.«

»Ui, so weit seid ihr schon mit der Planung und Organisation? Ich bin sprachlos.« Hannah holte erst mal tief Luft. Die beiden würden ihr fehlen, aber auf der anderen Seite, war es deren Leben und … nun, die kleine Geraldine würde eine große Chance erhalten. Und so fügt sie hinzu: »Ich denke, ihr habt es euch wirklich reiflich überlegt und, na ja, ihr werdet mir zwar fehlen, aber es wird wohl das Richtige sein. Können wir uns noch mal sehen, bevor ihr abfliegt?«

»Ja, auf jeden Fall. Es wäre natürlich schön, wenn du nach Stuttgart kommen könntest.«

Hannah überlegte einen Moment. Joey würde ihr sicher ein paar Tage frei geben, damit sie nach Stuttgart reisen konnte. Sie würde dann am Mittwochnachmittag fahren und am Montag um die Mittagszeit wieder in München sein.

»Ich werde versuchen Ende Mai für vier Tage zu euch zu kommen, muss aber erst noch mit Alexander und Joey sprechen. Ich gebe dir Bescheid, sobald ich mich definitiv entschieden habe, ja.«

Sie verabschiedeten sich voneinander und Hannah blieb einen Moment bewegungslos sitzen. Das war ein bisschen viel auf einmal. Eine ganz neue, unbekannte Situation. Doch sie tröstete sich. Es gab ja Telefon. Was sie von München nach Stuttgart bewerkstelligen konnte, konnte sie doch auch von München nach Auckland. Regelmäßig gesehen haben sie sich ja seit sie ihr Studium aufgenommen hatte sowieso nicht.

3

Hannah saß im Zug zurück nach München. Eine Hand hielt sie auf ihrem Bauch. Sie spürte die Bewegungen ihres Kindes ganz deutlich. Es war ein unbeschreibliches Gefühl. Sie sah glücklich aus. Sie dachte zufrieden lächelnd an ihren Besuch bei Tante Sophia und Onkel Robert, wo sie vier wunderschöne Tage erlebte. Die beiden verwöhnten sie hinten und vorne, meinten sie müsse jetzt für zwei essen und wollten sie vollstopfen mit allen möglichen Köstlichkeiten. Sie waren ziemlich aufgeregt.

Und wenn nicht gerade Hannah und ihr Baby Gegenstand ihrer Unterhaltung waren, führte natürlich jedes Gespräch nach Neuseeland. Sie malten sich immer wieder aus, wie ihr Alltag dort aussehen würde. Ein bisschen hatten sie auch Respekt vor dem Unbekannten. Schließlich waren sie zuvor nie so weit von Stuttgart weggewesen. Ein Urlaub in Oberbayern, an der Nordsee oder, jedoch eher selten, eine Reise in Sophias Heimat Florenz, war das höchste der Gefühle.

Als Hannah sich am Montag verabschiedete, war ihr dann schon etwas mulmig, denn es würde ein Abschied auf Dauer, wenn nicht gar für immer sein, denn eine Reise von Deutschland nach Neuseeland und umgekehrt war nicht gerade eine Kleinigkeit, die man mal so schnell eben in Angriff nahm. Tante Sophia hielt Hannahs Gesicht mit beiden Händen fest, schaute sie durch einen Schleier von Tränen an und sagte: »Pass auf dich auf mein Kind!« Sie nahm sie dann fest in die Arme und diesmal war es mehr als nur ein paar Tränen, die sich in ihre gutmütigen Augen stahlen. Jetzt schluchzte sie richtig. »Ich wäre zur Geburt deines Kindes gerne da gewesen«, brachte sie nur mit erstickter Stimme hervor.

Hannah konnte natürlich nicht mehr an sich halten. Sie war überwältigt vom Gefühlsausbruch ihrer Tante. Wenn jemand weinte, musste sie einfach mitweinen. Es nutzte nichts, wenn sie sich vornahm, dass sie stark sein wolle. Sie standen eine ganze Weile schluchzend in inniger Umarmung. Als sie sich von Tante Sophia löste, um sich von Onkel Robert zu verabschieden, sah sie, dass auch er mit den Tränen kämpfte. »Mach's gut meine Kleine«, stammelte er. Oh wie hasste Hannah diese Abschiede.

Jetzt, da sie schon eine Weile im Zug saß, hatte sich der Abschiedsschmerz allmählich wieder gelegt. Sie schweifte mit ihren Gedanken zu Tante Sophia und Onkel Robert. Sie schmunzelte vor sich hin, wenn sie sich deren geschäftige Gesichter vor ihrem geistigen Auge vorstellte. Es war schon etwas Großartiges, was sie da vorhatten und es war schön, die beiden in dieser betriebsamen Vorfreude zu beobachten. Nur das alleine zählte, sonst nichts. Jeder lebt sein Leben. Kinder werden flügge und ebenso verhält es sich mit den Eltern oder, wie in ihrem Falle, den Ersatzeltern. Sie selbst führte ihr eigenes Leben und auf das freute sie sich.

Hannah blickte aus dem Zugfenster und genoss das monotone rhythmische Rattern des Zuges. Es machte sie so schön schläfrig und es ging auch nicht lange bis sie einnickte. Kurz vor München wachte sie wieder auf und stellte fest, dass sich das Abteil, indem sie vor ihrem Schlaf alleine saß, plötzlich bis zum letzten Patz gefüllt hatte. Der Zug fuhr langsam in München ein und Hannah versuchte auf dem vorbeiziehenden Bahnsteig Alexander auszumachen. Sie konnte ihn nirgends entdecken. Hatte er sie vergessen? Vielleicht hatte sie ihn auch nur übersehen. Schließlich liefen und standen eine Menge Leute auf dem Bahnsteig herum. Sie stieg aus dem Zug und blickte um sich. Nichts. Enttäuscht ging sie zum Treppenabgang und da sah sie Alexander, der keuchend um die Ecke gespurtet kam.

»Puh«, sagte er atemlos, »gerade noch rechtzeitig.« Sie begrüßten sich mit inniger Umarmung und gingen schließlich zum Ausgang. Bald saßen sie im Auto, das Alexander sich von Claus, einem Kommilitonen, ausgeliehen hatte und Hannah sprühte vor Beflissenheit, als sie unaufhörlich auf Alexander einredete. Sie hatte so viel zu erzählen und er amüsierte sich ob des kindlichen Eifers seiner Freundin.

»Komm, lass uns noch in den englischen Garten gehen. Es ist so schönes Wetter, das man genießen sollte«, schlug Alexander vor, als Hannah ihn endlich zu Wort kommen ließ. Sie grinste und stellte lakonisch fest: »Habe ich zu viel gequasselt?«

»Mitnichten«, witzelte er, »Kein Wort zu viel. Ehrlich.« Sie schauten sich an und prusteten gleichzeitig los.

*

*A*lexander war ein wundervoller Mensch. Obwohl er nicht die beste Ausgangslage in seinem Leben hatte, wuchs er zu einem anständigen und respektvollen Mann heran, der sehr liebevoll und zärtlich sein konnte. Er erlebte in seiner Kindheit nicht diese liebevolle Geborgenheit wie Hannah sie kannte. Er hatte einen gestrengen Vater, der höchste Ansprüche an ihn stellte und ihn streng bestrafte, wenn er diesen Ansprüchen nicht gerecht wurde.

Sein Vater war Ingenieur und hielt Alexander lange Vorträge über hochtechnische Themen. Wahrscheinlich dachte er, dass Alexander sich zu einem Genie entwickeln würde, wenn er nur früh genug mit hochkomplizierter Technik vertraut gemacht würde. Anschließend an die Vorträge ließ er ihn, wohl wissend, dass der Junge solche schwierige Sachverhalte nicht wiedergeben konnte, das Gesagte in einem Aufsatz niederzuschreiben. Da saß seine Hand ziemlich locker und ehe Alexander sich versah, fühlte er den brennenden Abdruck einer schallenden Ohrfeige begleitet vom Kommentar:

»Du Idiot, du bist doch dümmer, als die Polizei erlaubt. Na ja, was sollte man auch erwarten bei der Mutter«. Um seine sadistische Ader befriedigen zu können, waren auch solch belanglose Dinge, wie das ungemachte Bett Grund zur Bestrafung. Nicht selten hieß Bestrafung auch körperliche Züchtigung mit dem Gürtelriemen, die, wie der Vater erklärte, noch niemandem geschadet hatte. Oder er zerrte ihn grob hinter sich her, um ihn zur Strafe in den dunklen Keller zu sperren. Alexander lernte viele Facetten von Bestrafung kennen. Dazu gehörte auch, dass er, in sein Zimmer gesperrt, auf sein Abendessen verzichten musste. Oder der Vater trug ihm, um ihn zu demütigen, unnütze Arbeiten auf, die ihn einen ganzen Nachmittag beschäftigten. So verlangte er zum Beispiel, dass er das Brennholz für den Winter umstapelte und zwar von der einen Wand an die gegenüberliegende, und wenn er fertig war, ging die ganze Sache wieder zurück an die ursprüngliche Wand. Er erklärte seinem Sohn, dass das notwendig sei, weil sich ja Mäuse und sonstiges Ungeziefer einnisten konnten, die man rechtzeitig unschädlich machen musste. In Wirklichkeit war es reine Schikane, die er sich da ausdachte und er genoss es sichtlich: »Zu mehr taugst du ja nicht«. Alexanders Mutter war schwach und traute sich nicht, sich gegen ihren jähzornigen, groben Mann aufzulehnen. Solange er Alexander quälte, hatte sie schließlich ihre Ruhe.

Alexander konnte sich nicht bei seiner Mutter anlehnen, was er sehr gerne getan hätte. Er lechzte nach Liebe und Wärme, was er nie bekam. Trotzdem ist er nicht auf der Suche nach Liebe und Verständnis in zweifelhaften Gruppen gelandet und abgedriftet, wie es allzu oft bei Kindern ohne Nestwärme der Fall ist. Zudem war Alexander ein guter Schüler, der sehr beliebt war. Er hatte ein Ziel vor Augen und das verfolgte er ohne Umwege. Ja, er wollte bald möglichst unabhängig von seinen Eltern leben können und dazu brauchte es eine gute Ausbildung. Das war ihm wohl bewusst.

Dass er mit seinen inzwischen geschiedenen Eltern keinen Kontakt mehr wünschte, konnte ihm jeder nachempfinden. Er gab ihnen nicht einmal seine neue Adresse bekannt, als er mit Hannah zusammenzog. Sie sind einfach aus seinem Leben verbannt worden. Das Bankkonto, das sein Vater dennoch für Alexander im Hinblick auf eine spätere Ausbildungszeit großzügig auffüllte, fand er nicht mehr als angemessen für entgangene Liebe und Nestwärme. Er meinte, dass sich sein Vater damit von seiner Schuld freikaufte, wie es damals mit dem finanzierten Sündenablass geschah.

*

Der englische Garten war ziemlich belebt. Hannah und Alexander setzten sich ins Gras vor dem griechischen Säulenpavillon. Hier saßen sie im letzten Sommer sehr oft. Sie liebte es hier zu sein. Die Maisonne war ungewöhnlich warm. Es war fast wie im Sommer.

Plötzlich nahm sie Alexanders Hand und legte sie auf ihren Bauch. Seine Augen leuchteten. »Schön«, sagte er ehrfürchtig, als er die kräftigen Tritte des Babys spürte. Es war ein wundervoller Moment. Sie vergaßen die Welt um sich herum. Die vielen Menschen, die von diesem herrlichen Wetter in den Park gelockt wurden, existierten für sie nicht. Es gab nur noch sie beide … und ihr Baby.

Gegen fünf machten sie sich dann langsam auf den Heimweg, denn Hannah verspürte allmählich Hunger. Die Sandwiches, die Tante Sophia für sie vorbereitet hatte hielten nicht ewig vor.

»Lass uns zu Joey gehen und eine Kleinigkeit essen«, schlug sie vor, denn sie freute sich auch darauf, die beiden Freunde wieder zu sehen. Alexander machte zu diesem Vorschlag nicht gerade ein begeistertes Gesicht. Er räusperte sich und bevor er etwas sagen konnte, wurde er von Hannah unterbrochen: »Ich seh' schon, du magst nicht. Was schlägst du vor?«

»Ich hab etwas vorbereitet, eine kleine Überraschung.«

»Wirklich?«, freute sie sich kindlich.

Er nickte sehr vielsagend und weckte damit natürlich Hannahs Neugierde. ›So war es geplant‹, schmunzelte er in sich hinein.

*

*E*s roch phantastisch, alleine schon, als sie unten ins Haus traten. Zusammen stiegen sie die zwei Stockwerke hoch bis zu ihrer Wohnung. Als sie aufschlossen und in den kurzen Flur traten, stieg die Spannung, denn Hannah vernahm ein aus der Küche kommendes Geklapper. Sie schaute Alexander mit großen fragenden Augen an.

Er zog als Ausdruck, der ein ›keine Ahnung‹ andeutete, nur die Schultern und Augenbrauen hoch. Dann lächelte er vielsagend und in freudiger Erwartung sagte er »Komm«, und nahm sie bei der Hand. Zuerst sah sie den festlich gedeckten Tisch, der sie in Staunen versetzte und, als sie um die Ecke in die offene Küche lugte, sah sie Claus und seine Freundin Antonia im Endspurt ihrer Betriebsamkeit. Beide schauten lachend, ohne sich umzudrehen, über ihre Schultern hinweg zu Hannah.

Claus und Toni waren ihre engsten Freunde. Man konnte immer auf sie zählen.

Noch bevor Hannah nach Stuttgart reiste, hatten die drei diese Überraschung ausgeheckt. Hannah war so perplex, dass sie fast keinen Ton herausbrachte. Tränen der Rührung standen in ihren Augen. Nach einem Augenblick der Sprachlosigkeit lief sie zu ihnen und umarmte einen nach dem anderen ganz innig.

»Es ist bereit, à table«, verkündete Toni und servierte den ersten Gang, einen leckeren Papayasalat mit Erdnüssen.

»Ein Gedicht«, war Hannahs höchste Auszeichnung, die sie nur für das Absolute vergab, denn schließlich arbeitete sie in Joeys Treff und kannte sich aus. Thomas verstand sein Handwerk, das er im Hôtel de Crillon in Paris erlernte besser wie kein anderer. Sie war überzeugt, dass es kaum einen Koch in Garching und Umgebung gab, der ihm das Wasser reichen konnte.

»Warte erst mal ab. Jetzt kommt der Hauptgang«, versuchte Claus die Spannung zu steigern und schon trug Toni die dampfenden Schüsseln auf, begleitet von einem Beifall heischenden »Taraaaa …« Als Hauptgang gab es rotes Thai-Curry mit Rindfleisch.

»Ihr seid wahre Kochkünstler«, stellte Hannah anerkennend fest und Alexander stimmte ihr mit einem genießerischen Brummeln zu. Der letzte Gang wurde von Claus aufgetragen.

Gekonnt, wie ein Kellner in Glacé-Handschuhen präsentierte er den Nachtisch: »Und zum Abschluss: ›Ananas mit Zitronengras-Eis‹.«

»Uff«, stöhnte Hannah, nachdem sie fertig gegessen hatte, »ich glaube, ich platze gleich.« Sie wollte aufstehen und den Tisch abräumen, damit sie sich gleich an den Abwasch machen konnte, doch Claus hielt sie sanft aber bestimmt fest und meinte: »Das erledigen wir drei. Das gehört zum Service unseres Überraschungscoups.«

›*Schön*‹, dachte sie, ›*so tolle Freunde zu haben*‹.

Der Abend wurde dann noch so richtig gemütlich. Erst spät gegen Mitternacht verließen Claus und Toni die gelungene Veranstaltung.

»Ich bin so glücklich«, schnurrte Hannah und schmiegte sich eng an Alexander. Dieser drückte als Zeichen reziproker Gefühle sanft ihre Schultern. Erst als die Kirchturmuhr mit einem Schlag den neuen Tag ankündete, gingen sie schlafen.

4

Hannah ging erst gegen Abend zur Arbeit. Sie hatte am Vormittag noch einen Termin bei ihrem Gynäkologen. Gegen fünf traf sie bei Joey ein. Der veranstaltete fast einen Freudentanz, als er Hannah sah. Eiligen Schrittes mit strahlendem Gesicht kam er ihr entgegen, und hob sie hoch, während er sich mit ihr im Kreis drehte, so als hätten sie sich eine Ewigkeit nicht mehr gesehen. »Na, wie war die Überraschung gestern?«, fragte er neugierig.

Hannah stutzte: »Du hast davon gewusst?«

»Klar doch« sagte er mit dem Stolz eines Eingeweihten, »Alexander kam zu mir und fragte, was sich als kleines Festmenu eignen würde, und da machten wir, Thomy und ich ihm verschiedene Vorschläge. Tja, und wer bei Thomy in die Schule ging, kann nicht anders als erfolgreich zu sein.« Hannah war amüsiert.

»Es war eine solch tolle Überraschung«, sagte sie, »Alexander hielt mich bis am Nachmittag von zu Hause fern, während Antonia und Claus einen guten Job taten – ja, und irgendwie glaubte ich auch, Thomys Handschrift erkannt zu haben.«

Als Joey sie wieder auf festem Boden absetzte, ließ sie ihren Blick zufrieden durch die vertraute Umgebung des Restaurants schweifen. »Weißt du«, stellte sie währenddessen fest, »irgendwie fühle ich mich hier zu Hause«.

Ja, Joeys Restaurant war gemütlich eingerichtet. Die runde Bar-Theke mit den Barhockern, die runden Tische, die teilweise in künstlich geschaffenen Nischen eingebettet waren, vermittelten dem Gast das Gefühl einer ungestörten privaten Atmosphäre. Rechts von der Bar stand ein Piano, auf dem ein Student des Richard-Strauss-Konservatoriums, der sich etwas Geld hinzuverdiente, an manchen Abenden eine angenehm dezente Backgroundmusik spielte. Alles in diesem gemütlichen Restaurant, einschließlich der Beleuchtung und der Dekoration war harmonisch aufeinander abgestimmt.

Es war noch nicht viel los. Drei Tische nur waren bis jetzt besetzt. Links der Bar, saß ein junges verliebtes Pärchen und zwei Tische weiter saßen zwei Herren in dunklen Anzügen. Wahrscheinlich ein geschäftliches Treffen. Ganz hinten saß alleine ein alter Mann, der Hannah unentwegt anschaute. Sie wollte so tun, als bemerkte sie es nicht, drehte sich wieder zu Joey und meinte:»In einer Stunde wird hier wahrscheinlich jeder Tisch besetzt sein«. Joey nickte zufrieden. Ja, das Geschäft lief gut. Es war ein richtiges Bijou und die Qualität der Küche hatte sich schnell herumgesprochen.

Dieser alte Mann in der hintersten Ecke hatte es Hannah angetan. Warum schaute er nur so. ›Ich werde jetzt einfach mal zu ihm hingehen und fragen, ob er noch einen Wunsch hat‹, dachte sie und machte sich in seine Richtung auf. So von der Nähe betrachtet war er eine äußerst eindrückliche Erscheinung. Sein Gesicht war von Falten zerfurcht, sein schneeweißes gut kinnlanges gewelltes Haar, war glatt nach hinten gekämmt. Doch das eindrücklichste an ihm waren die wasserblauen, gütig dreinblickenden Augen, die in diesem furchigen Gesicht wie ein Jungbrunn wirkten. Er war sehr bescheiden, aber dennoch sauber gekleidet. Ein blütenweißes, bis zum Brustbein offenstehendes Hemd im indischen Stil, bildete einen Kontrast zu seiner braunen Haut. Um den Hals trug er ein schwarzes Lederbändchen mit einem Anhänger in der Form des Hakenkreuzes.

Hannah erstarrte als sie den Anhänger erblickte. Das passte nicht zu diesem gütigen, weise blickenden Gesicht. Etwas verstört begrüßte sie ihn. Er bemerkte Hannahs Gefühlsregung sofort, und hob mit einer Hand den Anhänger hoch, ohne den Blick von ihr zu lassen. »Das ist eine Svastika, ein buddhistisches Symbol und für mich ein Glücksbringer«, erklärte er ihr in angenehmer sonorer Stimme.

Hannah war beeindruckt vom Wohlklang dieser Stimme und sie lauschte gespannt seinen weiteren Erklärungen: »Das Wort Svastika setzt sich im Sanskrit zusammen aus den Silben ›su-‹ was ›gut‹ bedeutet und ›asti‹ ist das Substantiv zum Verb ›as-‹, was ›sein‹ bedeutet. Zusammen genommen bedeutet Svastika ›das Heilbringende‹. Dieses Symbol ist in buddhistischen Ländern auf Brust, Füßen oder Händen von Buddha-Statuen und an Tempeln zu sehen. Es wird als Weitergabe der Buddha-Natur gedeutet. Doch auch anderswo kann man das Symbol entdecken. Wenn du einmal auf die Suche gehst, wirst du es in christlichen Kirchen und Kathedralen, alten Landesflaggen und Familienwappen entdecken«.

Hannah stand da, wie angewurzelt. Sie war fasziniert, gebannt von diesem alten Mann mit der schönen

Stimme. Er lächelte und sagte weiter: »Ich habe gesehen, dass du beim Anblick des Symbols erschrocken warst. Du glaubtest soeben, darin einzig das Symbol des Nationalsozialismus, das Hakenkreuz, erkannt zu haben, nicht wahr?«, ohne eine Antwort abzuwarten erklärte er weiter: »Es ist diesem mit einem kleinen Unterschied ähnlich. Doch wenn du genau hinschaust, wirst du erkennen, dass die Stellung meines Kreuzes ein Pluszeichen, während das des nationalsozialistischen Symbols ein X darstellt. Doch erst das Nazideutschland hatte diesem heilsamen Symbol eine unselige Bedeutung gegeben, das die Leute bei dessen Anblick erstarren lässt, als sähen sie ein Schreckensgespenst. Was es natürlich in diesem Zusammenhang auch ist«, beendete er seine Ausführungen.

Hannah musste sich einen Moment setzen, ihre Beine waren ganz wackelig. Eine noch nie erlebte Anziehungskraft ging von diesem Mann aus. Er lächelte milde und legte sanft eine Hand auf Hannahs Unterarm. Diese Hand wirkte, wie die Augen, im Vergleich zu seinem Gesicht sehr jung. ›Welch Gegensätzlichkeit in diesem Mann‹, dachte sie, ›jung und alt in einer Person‹. Sie glaubte plötzlich, die Energie zu spüren, die von seiner Hand auf sie überströmte.

Joey beobachtete die Szene von der Bar aus, hielt sich aber zurück, denn er wollte nicht stören. Er kannte den Alten, der jeden Menschen ganz selbstverständlich duzte und in seinen Bann zog. Er war schon öfter hier, jedoch bisher noch nie, wenn Hannah Dienst hatte. Joey achtete diesen besonderen Mann, und ahnte genau, was jetzt in Hannah vorging. Er erinnerte sich noch zu gut an das erste Mal, als er ihn traf. Er war gefessalt vom Charisma und der Stimme dieses Mannes.

»Kannst Du mir die Rechnung bringen?«, bat der Alte Hannah schließlich.

»Ja, ich …«, Hannah stockte einen Moment, schaute ihn mit verwirrten Augen an, bewegte sich allmählich rückwärts zum Gehen. »… ich … ich … komme gleich«, stammelte sie, immer noch unter dem Eindruck totaler Verwirrung. Dann entfernte sie sich von seinem Tisch in Richtung Theke. Als Joey Hannah auf sich zukommen sah, wusste er, dass er die Rechnung fertigstellen konnte. Bis sie bei ihm war, hatte er sie schon bereit und gab sie ihr. Sie beeilte sich, wieder zum Tisch des merkwürdigen Gastes zu kommen, legte ihm die Rechnung hin und nannte gleichzeitig den Betrag. Er zückte einen Beutel und zählte das Geld heraus.

»Der Rest ist für dich«, sagte er, hielt dann einen Moment inne, und fragte schließlich mit dem Kopf auf ihren Bauch deutend: »Hat er schon einen Namen?«

»Simon«, antwortete Hannah verdattert darüber, dass der Alte, ohne sie zu kennen, sie so ganz selbstverständlich duzte und von ›ihm‹ sprach. Er stand auf. Er war viel größer als Hannah ihn sich vorgestellt hatte. Sein weißes Hemd hing lässig über seine beige Leinenhose. Er reichte ihr die Hand, schaute sie ruhig an, während sein Blick plötzlich ernster wurde. Während er die andere Hand oben auflegte, sagte er in väterlichem Ton: »Ich wünsche dir alles Gute. Du brauchst viel Kraft mein Kind.«

Wieder spürte Hannah die Energie, die von ihm ausging. Er löste sich von ihr, strich ihr kurz über die rechte Wange und verließ schnell das Restaurant. Hannah blieb verwirrt zurück.

Was sagte er da? ›*Du brauchst viel Kraft mein Kind*‹, hallten in ihrem Kopf seine letzten Worte nach. Langsam ging sie auf Joey zu: »Kennst Du diesen Mann?«

»Wir nennen ihn Nathan«, gab er zur Antwort.

»Nathan«, wiederholte sie wie geistesabwesend, »Nathan«, als wolle sie sich diesen Namen für immer fest einprägen. ›Ja‹, dachte sie, ›*das passte zu ihm. Nathan der Weise.*‹

Joey sah Hannahs Verwirrtheit, doch er erkundigte sich nicht nach dem Erlebten. Es war wohl ihre ganz persönliche Sache, und wenn sie darüber sprechen wollte, würde sie es von sich aus tun.

Allmählich füllte sich das Lokal und Hannah bekam gleich eine Menge zu tun. Sie war dankbar, dass sie dadurch Ablenkung bekam. Bis zehn Uhr war sie pausenlos am Rennen und nun spürte sie eine bleierne Schwere.

Die Küche war nun geschlossen und es hielten sich nur noch trinkende Gäste im Lokal auf. Als sie von einem zahlenden Gast zurückkam, sah sie Alexander an der Theke stehen. Er holte sie jetzt abends nach Feierabend immer ab. Es war zwar nicht weit bis zu ihrem Zuhause, doch wollte er nicht mehr, dass sie so spät alleine auf der Straße war. Sie beide wechselten noch ein paar Takte mit Joey und Thomy, der mittlerweile auch hinzukam, und verabschiedeten sich schließlich.

5

Der ganze Juni war ungewöhnlich trocken und heiß. Hannah, die sonst eine Sonnenanbeterin war, hätte es, angesichts ihres Zustandes, gerne etwas kühler gehabt. Heute war Montag, Joeys Wirtesonntag, so dass sie nicht arbeiten musste. Sie saß zu Hause auf der Couch und lauschte dem Hornkonzert in Es-Dur aus ihrer Mozart-Klassiksammlung. Alexander war mit Claus in München in der Unibibliothek. Sie fuhren mit dem Auto, weil sie anschließend, zum gegenseitigen Austausch noch einen Kommilitonen in Germering besuchen wollten. »Es wird etwas später werden«, sagte er, bevor er Hannah verließ.

Hannah dachte an Tante Sophia und Onkel Robert, die in den letzten Zügen ihrer Reisevorbereitungen lagen. In zwei Tagen schon, also am 4. Juli, würden sie Deutschland verlassen. Plötzlich schreckte sie durch das Telefonklingeln aus ihren Gedanken. »Hallo«, meldete sie sich.

»Hallo, Liebes«, vernahm sie Tante Sophias Stimme, die in einen richtigen Redeschwall verfiel: »Ich wollte dich nochmals hören, bevor wir abreisen. Bei uns geht es im Moment drunter und drüber. Ich bin froh, wenn wir alles hinter uns haben. Ein bisschen fürchte ich mich schon vor dem langen Flug. Schrecklich die Vorstellung, dreißig Stunden unterwegs zu sein. Oh Hannah, worauf haben wir uns da nur eingelassen?«

»Tantchen, es wird schon alles gut gehen«, beruhigte sie ihre Tante in sanftem Ton.

»Mein Gott, wie schäbig von mir. Da jammere ich dir die Ohren voll, und du musst mich trösten. Dabei müsste ich mich nach dir erkundigen, schließlich ist es bei dir in gut einem Monat so weit. Verzeih mir Kleines.«

»Schon gut Tantchen. Ich weiß doch, was in dir jetzt vorgeht. Ihr geht ja nicht mal eben um die Ecke. Mir selbst geht es gut, die Schwangerschaft verläuft mustergültig ohne Komplikationen. Ja, ich bin zuversichtlich. Und außerdem habt ihr mehr als genug für uns getan.« Sie schaute auf die Wiege, die in der Ecke stand und fügte hinzu: »Die ganze Erstlingsausstattung für unser Kind – das war mehr als eine großzügige Geste. Ihr habt uns damit sehr geholfen.«

»Ach, papperlapapp. Das ist nicht der Rede wert. Es ist doch wohl das Mindeste, das wir für dich tun konnten, wenn wir uns schon aus deinem Leben stehlen.«

»Nein, Tante Sophia, das ist es nicht. Es ist nicht das Mindeste. Es ist viel, viel mehr. Und außerdem stehlt ihr euch nicht aus meinem Leben, sondern ihr lebt euer Leben. Nun führt euch euer Helfersyndrom halt nach Neuseeland. Und es ist gut so.«

»Du bist so verständig, einfach wunderbar. Alexander kann von Glück reden, dass er dich abbekommen hat«.

Hannah lächelte: »Tantchen, ich hab den anderen Schuh an. Auch ICH kann von Glück reden, dass ich Alexander abbekommen habe. Er ist ein wunderbarer

Mensch, so liebevoll, so zärtlich und so fürsorglich. Er ist das Beste, das mir passieren konnte.«

»Stimmt, du hast recht. Ihr seid ein gutes Gespann.«

Sie verabschiedeten sich noch sehr wortreich, bevor Hannah den Hörer auflegte.

Sie lehnte sich zurück, legte die Beine hoch und hielt die Hände auf ihren Bauch, um die Bewegungen ihres Kindes zu spüren. Es war ein wunderbares Gefühl.

Mit geschlossenen Augen lauschte sie der Musik. Plötzlich sah sie vor ihrem geistigen Auge Nathan. Nathan, der alte Mann mit dem furchigen Gesicht, den jungen Augen und Händen. ›*Du brauchst viel Kraft mein Kind*‹, schoss es ihr durch den Kopf. Mit diesem Gedanken öffnete sie abrupt die Augen. Warum hatte er das gesagt. Sie war doch nicht die erste Frau, die ein Kind zur Welt brachte. Eine Geburt war doch für jede Frau ein überwältigendes Ereignis. Und warum dachte sie gerade jetzt daran? Jetzt zum Zeitpunkt der absoluten Entspannung, bei wunderbarer Musik Sie hätte ihn gerne gefragt, wie er das meinte. Doch seit der letzten Begegnung hatte sie ihn nie mehr wieder gesehen. Als sie Alexander damals von ihrem Erlebnis mit Nathan erzählte, sagte der nur: »Ein Spinner, nichts weiter. Lass dich nicht verrückt machen.«

Sie war empört darüber, dass Alexander diesen charismatischen Mann, ohne ihn gesehen oder gehört zu haben, als Spinner abtat. Sie hielt es für besser, diese Begebenheit in seiner Gegenwart nicht mehr zu erwähnen. Männer sind da meist etwas zu nüchtern und für

Alexander gab es sowieso entweder nur schwarz oder weiß.

Sie schaute auf die Uhr. Es war fast sieben. Draußen hatte es nach langer Trockenheit endlich zu regnen begonnen. Sie hatte Hunger und bereitete sich eine Kleinigkeit zum Essen vor. ›Heute Abend werde ich mir einen gemütlichen Fernsehabend genehmigen‹, dachte sie und kuschelte sich auf die Couch.

Eine Liebesschnulze kündete das Fernsehprogramm an. Das war jetzt genau das Richtige für sie. Sie wollte ein bisschen schwelgen. Doch die Geschichte war nicht nur eine glückliche Romanze. Bis die Hauptdarsteller ihr Glück fanden, mussten sie einige traurige Hindernisse bewältigen. Hannah, die während ihrer Schwangerschaft noch zartfühlender war als gewohnt, musste weinen, so rührend war die Geschichte. Um zehn Uhr, nach dem Film, schaltete sie den Fernseher aus und legte erneut eine Klassik-CD in den Player. Sie schlief ein und träumte wild durcheinander.

Die Türglocke, die heftig betätigt wurde, schreckte sie auf. Sie war ganz benommen, ihr Herz klopfte wild. Ein Blick auf die Uhr zeigte, dass es kurz nach Mitternacht war. Hatte Alexander den Schlüssel vergessen? Etwas wacklig ging sie zur Tür und öffnete sie. Sie sah sich zwei Polizeibeamten, eine Frau und ein Mann, gegenüber. Ihr Hals schnürte sich zu.

»Frau Hannah Villamonti?«, richtete die Beamtin die Frage an Hannah. Hannah brachte keinen Ton heraus. Sie nickte nur.

»Wohnt hier auch Alexander Claussen?«, kam die nächste Frage.

Wieder nickte Hannah. Jegliche Farbe wich aus ihrem Gesicht.

»Dürfen wir hereinkommen?«, fragte die Beamtin.

Hannah trat zur Seite und bedeutete ihnen einzutreten.

»In welchem Verhältnis stehen sie zu Alexander Claussen?«

Sie räusperte sich. »Er ist mein Freund und Vater meines Kindes«, antwortete sie tonlos, während sie die Hände auf ihren Bauch legte.

»Wir müssen ihnen leider eine traurige Mitteilung machen.«

Hannah stand wie zur Säule erstarrt da. Schneeweiß ihr Gesicht, die Augen aufgerissen. Panik stand ihr ins Gesicht geschrieben. ›Du brauchst viel Kraft mein Kind‹, schoss es ihr wieder durch den Kopf. ›Du brauchst viel Kraft‹. Die Beamtin ging auf Hannah zu.

»Kommen Sie, setzen sie sich. Soll ich ihnen ein Glas Wasser holen?«

Hannah schüttelte den Kopf. »Was …was ist passiert?«, stellte sie die alles bewegende Frage.

»Ein Autounfall. Das Auto, in dem ihr Freund saß, kam auf regennasser Fahrbahn ins Schleudern. Es schlitterte mit hoher Geschwindigkeit gegen einen Baum. Beide, Fahrer und Beifahrer, waren sofort tot. Tut mir sehr leid.«

Hannah bäumte sich auf vor Schmerz. Sie schrie laut: »Nein, nein, nein.« Ausgerechnet der Regen, über den sie sich so freute, weil er endlich etwas Abkühlung brachte, wurde Alexander und Claus zum Verhängnis. Wieder schrie sie laut auf: »Nein, nein, nein.«

Ihr Bauch krampfte sich zusammen. Sie hatte plötzlich ungeheuerliche Schmerzen, krümmte sich und sank schließlich zu Boden. Sie schrie vor Schmerzen. Die Beamtin kniete sich sofort zu ihr herunter.

»Frau Villamonti, Frau Villamonti …«, rief sie.

Das letzte, was Hannah noch vernahm, war die aufgeregte Stimme der Beamtin: »Schnell Markus, ruf einen Krankenwagen«, Dann umfing sie gnädig die Dunkelheit der Ohnmacht.

6

Hannahs Augenlider flatterten. Sie versuchte die Augen zu öffnen, doch es gelang ihr nicht.

»Sie wacht auf«, hörte sie jemanden ganz entfernt, wie durch einen dichten Nebel hindurch sagen. Wie von weit her wurde immer wieder ihr Name gerufen.

Abermals versuchte sie krampfhaft, ihre Augen zu öffnen. Es wollte ihr nicht gelingen. Es war, als klebten ihre Lider zusammen. Sie war müde, sie war erschöpft. *›Was ist geschehen?‹* Noch immer konnte sie keinen klaren Gedanken fassen. Wieder versuchte sie die Lider zu öffnen. Mehr als nur ein kurzes grelles Blitzen konnte sie nicht erhaschen. Dieses Blitzen schmerzte.

»Komm Hannah, aufwachen«, vernahm sie eine Stimme. *›Kenne ich diese Stimme? Sie ist so weit weg, aber sie ist mir nicht fremd‹*, ging es ihr durch den Kopf. Wieder blinzelte sie.

»Hannah, Hannah!« Jemand tätschelte ihr die Wange. *›Wenn ich doch nur meine Augen öffnen könnte.‹* Jemand Fremder kam hinzu, eine Stimme, die sie nicht kannte. »Frau Villamonti, aufwachen!«, sagte diese fremde Stimme.

›Was ist geschehen? Wo bin ich? Warum kann ich meine Augen nicht öffnen?‹ Hannah versuchte, sich an irgendetwas zu erinnern. Vergebens. Sie nickte ein.

Als Hannah abermals versuchte, die Augen zu öffnen, war es im Raum, in dem sie lag, nicht mehr so grell. War es Abend geworden? Hatte sie den Tag verschlafen? Es war angenehmer das dämmrige Licht, viel angenehmer als das grelle Tageslicht. Sie blinzelte wieder. Es fiel ihr jetzt etwas leichter.

Verschwommen nahm sie eine Gestalt wahr, die sich über sie beugte. Wieder wurde sie auf die Wange getätschelt. »Frau Villamonti, behalten sie die Augen geöffnet!«

Die Tür ging. Jemand anderer näherte sich ihrem Bett. »Kommen Sie«, sagte die fremde Stimme zu der eintretenden Person, »ich glaube jetzt wacht sie wirklich auf. Es wäre gut, wenn sie ein bekanntes Gesicht sieht.«

Allmählich konnte sie die Konturen auseinander halten. Sie strengte sich sehr an. Ganz verschwommen erkannte sie das zweite Gesicht, das sich jetzt über sie beugte. Sie öffnete den Mund, wollte etwas sagen. Doch es kam kein Ton heraus. Warum lag sie hier? Was ist geschehen? Sie versuchte sich zu erinnern. Jetzt schaute sie in das Gesicht, das sich über sie beugte:

»Hannah«, sagte eine vertraute Männerstimme. Wieder strengte sie sich an zu sprechen. Ihre eigene Stimme, die sie wie im Traum vernahm schien ihr fremd, krächzend und sehr leise. »Joey?«, fragte sie. Mehr war nicht möglich.

»Ja, Hannah, ich bin es Joey.«

»Wo … wo bin ich?«, brachte sie nur mühsam hervor.

»Im Universitätsklinikum München. Du bist gut aufgehoben hier«, beruhigte er sie.

Hannah kämpfte, denn schon wieder drohte sie einzuschlafen. Doch sie wollte nicht schlafen. Sie wollte wissen, was passiert ist. Sie war froh über Joeys Anwesenheit. Sie versuchte zu lächeln. Suchend bewegte sie ihre Augen, um von der Umgebung etwas zu erfassen.

Ein Ständer mit zwei Flaschen stand links von ihrem Bett. Sie lag regungslos da. Langsam versuchte sie ihre Finger zu bewegen. Jetzt hörte sie die fremde Stimme wieder. Sie bewegte ihre Augen in die Richtung, von der sie die Stimme vernahm. Eine Krankenschwester näherte sich wieder ihrem Bett und hantierte an den Schläuchen, die von den Flaschen weg zu ihr führten und sagte dabei: »Gut Frau Villamonti, dass Sie nun aufgewacht sind. Hat Sie recht viel Mühe gekostet.«

Was war das Letzte, an das sie sich erinnerte? Sie strengte sich an und plötzlich sagte sie mit einer ihr fremden unsicheren Stimme: »Du brauchst viel Kraft mein Kind«.

»Was hat sie gesagt?«, fragte die Schwester erstaunt.

»Es klang so, als hätte sie so etwas gesagt wie, ›du brauchst viel Kraft mein Kind‹. Aber sicher bin ich mir nicht. Es war ziemlich undeutlich.«

»Komisch«, meinte die Schwester und schüttelte nur verständnislos den Kopf. Sie verließ das Krankenzimmer. Jetzt war Hannah mit Joey alleine. Er schaute sie liebevoll an, dennoch sah er sehr bedrückt aus.

»Wie … wie lange bin ich schon hier?«, erkundigte sie sich jetzt. Ihr schien, dass ihre Stimme langsam wieder zu ihrem gewohnten Klang fand.

»Heute genau seit einer Woche«, beantwortete er ihre Frage.

»Was für einen Tag haben wir heute?«

»Montag. Letzten Dienstag in den frühen Morgenstunden kamst du hierher«.

›Weiß sie überhaupt nicht mehr, was passiert ist?‹, dachte er bei sich. ›Mein Gott, wie soll ich ihr erklären, was an dem traurigen Montag vor einer Woche geschehen ist?‹

»Hannah, du hast einen Sohn. Ein richtig süßer kleiner Kerl ist er«, begann er erst einmal mit der erfreulichen Nachricht, statt ihr von diesem schrecklichen Ereignis zu berichten. Er versuchte, angesichts dieser freudigen Botschaft ein fröhliches Gesicht zu machen, was ihm nur schwer gelang.

»Ein Sohn«, überlegte sie halblaut. ›Hat er schon einen Namen?‹, schoss es ihr durch den Kopf. ›Du brauchst viel Kraft mein Kind … Wir müssen ihnen leider eine traurige Mitteilung machen.‹

Die Gedanken wirbelten in ihrem Kopf durcheinander, und gaben ihr, wie Puzzleteile, langsam ein Bild der Geschehnisse. Sie fing an zu wimmern. Joey war hilflos. Er fühlte sich von dieser Situation völlig überfordert. Er schaute sie mitfühlend an und streichelte ihre Wange.

»Er ist tot, nicht wahr?«, sagte sie mit tränenerstickter Stimme. »Alexander ist tot?«

Auch Joey hatte jetzt Tränen in den Augen. Seine Stimme wollte ihm nicht gehorchen, er zitterte. Statt einer Antwort nickte er nur.

*

*A*n jenem schwarzen Montag, nein Dienstag, der neue Tag war ja eben gerade angebrochen, hörte Joey, wie ein Krankenwagen mit Blaulicht und lauter Sirene am Restaurant vorbeifuhr. ›*Wahrscheinlich ein Unfall*‹, dachte er und schaute aus dem Fenster im oberen Stockwerk, wo er mit Thomas wohnte. Als er hörte, dass der Krankenwagen bald, nachdem er um die Ecke bog, anhielt, erfüllte ihn eine schreckliche Ahnung. Schnell warf er sich seinen Anorak über, um sich gegen den Regen, der jetzt ziemlich stark prasselte, zu schützen. Er rannte. ›*Bitte lass es nicht wahr sein*!‹, dachte er, während er rannte.

Der Krankenwagen stand vor dem Haus, in dem Hannah und Alexander wohnten. Das Blaulicht verwandelte die Umgebung in ein unwirkliches gespenstisches Licht. Jetzt verlangsamte er seinen Schritt und lief auf den Krankenwagen zu. Es ging nicht lange, da brachten die Sanitäter eine Trage. Ein Arzt lief neben ihr her. Er konnte nicht genau erkennen, wer darauf lag, denn eine Maske verhüllte das halbe Gesicht. Die Sanitäter beeilten sich wegen des starken Regens. Bevor die Trage endgültig in den Wagen geschoben wurde, glaubte Joey eine Strähne von Hannahs langem blondem Haar erkannt zu haben.

Der Krankenwagen fuhr lärmend und blinkend davon. Jetzt erst sah er die beiden Beamten. Er ging auf sie zu, um zu fragen, was geschehen sei. Sie wollten ihm zuerst keine Auskunft geben. Als er aber erklärte, dass er mit dem Paar gut befreundet sei und die junge Frau, die eben abtransportiert wurde, bei ihm arbeitete, erzählten sie ihm vom schrecklichen Unfall. Sein Gesicht nahm bei dieser Schreckensnachricht eine aschfahle Farbe an. Er war wie versteinert.

Die Beamtin fragte noch, ob es nahe Angehörige gäbe, die man benachrichtigen konnte. Er schüttelte den Kopf und wie in Trance wandte er sich langsam zum Gehen. Er hörte noch, wie die Beamtin ihm nachrief:

»Sie wird ins Universitätsklinikum München gebracht.«

Als er am späten Nachmittag desselben Tages ins Klinikum ging, erfuhr er, dass man Hannah per Kaiserschnitt von einem Sohn entbunden hatte. Der Kleine brachte zwar, wie es bei Achtmonatskindern üblich ist, nur etwa 2000 g auf die Waage, schien aber ein zäher kleiner Bursche zu sein. Um Hannah jedoch machten sich die Ärzte mehr Sorgen. Sie war noch nicht über den Berg. Die Ärzte kämpften um ihr Leben. Fünf Tage lag Hannah in der Intensivstation. Täglich rief er an.

Alexander und Claus wurden in dieser Woche, als Hannah mit dem Tod rang und ihn besiegte beigesetzt. Claus in seiner Heimatstadt Nürnberg und Alexander im Kreis vieler Kommilitonen in Garching.

Am Sonntag hatte Hannah es definitiv geschafft. Sie wurde in ein Krankenzimmer verlegt. Am Montag besuchte Joey sie. Er saß seit Morgen an ihrem Bett. Er hatte ja Zeit, das Restaurant hatte montags immer geschlossen.

*

›*Arme kleine Hannah*‹, dachte er, während er hilflos neben ihrem Bett stand und sah, wie sich das blasse Gesicht schmerzhaft verzog. Sie wirkte so klein und zierlich. Es würde nichts mehr so sein wie früher. Vielleicht half ihr die Zeit, irgendwann einmal über den Schmerz hinwegzukommen. Die Stille im Raum war unerträglich. Sie schien eine Ewigkeit zu dauern. Er musste etwas sagen, er hielt es nicht mehr aus.

»Hannah?«, sagte er leise. Sie schaute ihn an. Ihr trauriger Blick schmerzte ihn tief im Herzen.

»Dein Sohn, er hat noch keinen Namen. Man hatte mich danach gefragt.«

Hannah versank einen Moment in Gedanken, dann sagte sie im Flüsterton: »Alexander soll er heißen, Alexander.«

7

*T*äglich bekam Hannah Besuch: der Arzt, der Psychologe, der Physiotherapeut, die Krankenschwestern und immer wieder Joey; einer nach dem anderen gab sich die Klinke in die Hand. Doch ihren Sohn bekam sie bisher nie zu sehen. Sie hatte auch nicht nach ihm gefragt, noch nicht. Als sie erfuhr, wie schlimm es um sie stand, fragte sie ihren Arzt Dr. Walther: »Warum haben sie mich nicht sterben lassen?«

»Hätten Sie das gewollt?«, fragte er zurück, »hätten sie das wirklich gewollt? Frau Villamonti, Sie haben einen Sohn geboren, einen süßen kleinen Sohn, mit starkem Lebenswillen. Hätten Sie gewollt, dass dieses kleine zähe Kerlchen nicht nur seinen Vater verlor, sondern auch ohne seine Mutter aufwachsen soll?«

Sie schluchzte: »Es ist so schwer. Es ist so unendlich schwer, das alles zu ertragen. «

»Ich weiß«, sagte Dr. Walther und legte seine Hand tröstend auf die ihre, »ich weiß.«

»Kann ich meinen Sohn sehen?«, fragte sie, nachdem sie ihre Stimme wieder gefunden hatte.

Er nickte. »Ich werde dafür sorgen, dass er Ihnen gebracht wird.«

Am frühen Nachmittag ging die Türe auf und Joey erschien. Er war nicht alleine. Auf dem Arm trug er ein kleines Bündel. Hinter Joey entdeckte sie Thomas, der etwas unsicher wirkte. Wahrscheinlich fürchtete er sich vor der ersten Begegnung mit Hannah und außerdem waren Krankenhäuser mit ihren typischen Krankenhausgerüchen für ihn ein Graus.

Joey lächelte, kam zu Hannahs Bett und legte ihr das Bündel in die Arme. Da lag der Winzling mit dem schwarzen dichten Haar und schlief friedlich. Hannahs bis anhin farb- und ausdrucksloses Gesicht veränderte sich sofort. Liebevoll schaute sie auf ihren Sohn. Joey und Thomas standen gerührt vor ihrem Bett und trauten sich nicht, etwas zu sagen, aus Angst, sie könnten diese intime Atmosphäre zwischen Mutter und Kind stören. Als Hannah aufschaute, hatte sie Tränen in den Augen: »Er ist wunderschön.«

»Ja«, sagten beide wie aus einem Mund. Dann streckte Thomas ihr einen Blumenstrauß hin und murmelte verlegen, »damit das Zimmer etwas Farbe bekommt.« Sie lächelte.

Es war so schön, sie wieder lächeln zu sehen. Beide küssten sie auf die Wange.

Während Hannah mit einer Hand Alexanders Köpfchen streichelte, fragte sie sich, wie es jetzt weitergehen sollte. Sie würde sich die Wohnung alleine nicht mehr leisten können.

»Mach dir darüber keine Sorgen«, beruhigte Joey sie, »wir haben bei uns oben noch zwei große Dachkammern. Das waren früher mal die Kammern für Bedienstete. Darin kannst du wohnen. Bis du aus dem Krankenhaus raus bist, haben wir dort oben Ordnung geschaffen. Und wenn du wieder voll fit bist, kannst du wieder im Restaurant arbeiten.«

»Aber unsere … meine Wohnung muss doch noch gekündigt werden.«

»Du, wir sprechen mit dem Vermieter. Der wird, wenn er von den tragischen Umständen erfährt, nicht an einer vertraglichen Kündigungsfrist festhalten. Wohnungssuchende Studenten stehen Schlange. Er wird keinen Ausfall haben.«

»Ich bin so froh, dass ich euch habe.«

»Gib uns die Schlüssel, damit wir deine persönlichen Sachen in dein neues Zuhause umräumen können. Natürlich nur, wenn es dir recht ist … na ja, wegen der Intimsphäre und so. Wenn wir den Vertrag vorzeitig auflösen wollen, müsste die Wohnung natürlich leer sein. Außerdem, sind wir der Ansicht, wäre es besser, wenn du nicht mehr dorthin zurück müsstest.«

»Bei mir gibt es nichts, was Ihr nicht sehen dürft. Ihr könnt ruhig ausräumen. Ihr habt nämlich recht, ich sollte nicht mehr zurückgehen. Ihr seid so lieb.«

Begleitet vom typischen Neugeborenengrunzen begann der Kleine in ihren Armen die Stirn kraus zu ziehen und die Nase zu rümpfen. Hannah lächelte. »Na, gefällt dir der Vorschlag nicht?«, fragte sie scherzhaft.

Joey schaute auf die Uhr. »Oh, wir sollten gehen. Thomas muss noch Vorbereitungen treffen. Das Restaurant öffnet bald.«

Hannah händigte Joey noch den Schlüssel ihrer Wohnung aus, den man ihr in den Nachttisch gelegt hatte. Wenigstens daran hatten die Beamten gedacht, bevor sie die Türe zur Wohnung zugezogen hatten.

Ihre beiden Freunde verabschiedeten sich von ihr. An der Tür drehte sich Joey nochmals um und fragte zu Hannah gerichtet: »Sollen wir Tante und Onkel in Neuseeland noch informieren?«

Hannah schüttelte den Kopf. »Nein«, sagte sie, »noch nicht. Die sind ja kaum richtig in Auckland angekommen. Tante Sophia würde vor Gram keine Ruhe mehr finden.«

Als sie alleine war, betrachtete sie ihren Sohnemann eingehend. Sie wollte sich sein Gesichtchen für immer einprägen.

»Alexander«, flüsterte sie, »mein Sohn, Alexander.«

Hannah genas zusehends. Sie verfiel zwar immer wieder ins Grübeln, weinte manchmal auch, doch kannte sie immer mehr schöne Momente, vor allem mit ihrem kleinen Sohn. Der Psychologe half ihr sehr bei der Trauerbewältigung. Er gab ihr Halt, baute sie stetig auf, und gab ihr so immer wieder neue Kraft. Die Besuche von Joey waren schöne Lichtblicke im Krankenhaus-Alltag.

Einmal noch hatte sie ein bedrückendes Erlebnis, das sie für einen Moment in ein schwarzes Loch stürzen ließ.

Es war in dem Moment, als sie Besuch von Antonia erhielt. Antonia hatte ja auch den Tod ihres Freundes zu beklagen. Die beiden Freundinnen umarmten sich und weinten zusammen. Als Antonia den kleinen Alexander in den Armen hielt und ihn liebevoll betrachtete, sagte sie: »Du hast wenigstens noch etwas von Alexander. Ich habe nichts mehr von Claus. Er verschwand aus meinem Leben, ließ mich alleine mit meinen Erinnerungen zurück.«

Das war das letzte Mal, dass sie Antonia sah oder sprach. Wahrscheinlich wollte Antonia die Vergangenheit und alle, die Teil davon waren, vergessen.

Als Hannah wieder alleine war, wurde ihr die Bedeutung von Antonias Worten erst richtig bewusst. Alexander lebte in ihrem Sohn weiter. Diese Erkenntnis empfand sie als Trost.

Ende Juli war Hannah psychisch so stabil, dass sie aus der Klinik entlassen werden konnte. Joey holte sie ab und brachte sie direkt in ihr neues Zuhause. Hannah war überwältigt, was Joey und Thomas aus den beiden Dachkammern zauberten. Ein Zimmer war als Wohnzimmer mit einer kleinen Kochnische eingerichtet. Die Möbel waren nicht neu, dennoch sehr geschmackvoll. Das Wohnzimmer erhielt mit dem warmen Rot der Polster und der Regale und Kästen aus Kirschholz ein heimeliges Flair. Auf dem Couchtisch stand ein herrlich bunter Blumenstrauß. Das andere Zimmer, in das man vom Wohnzimmer aus gelangte, diente als Schlafzimmer. Es schien, als hätten sie diesen Durchbruch zum zweiten Zimmer erst jetzt gemacht.

Die Tür zum Flur wurde von einem großen Schrank verstellt. Von der hinteren Wand ragte ein Bett in den Raum hinein, neben dem Bett stand die Babywiege. An der gegenüberliegenden Wand befand sich die Wickelkommode mit Schubkästen und Fächern.

Alles fürs Baby hatten Tante Sophia und Onkel Robert vor ihrer Abreise liebevoll ausgesucht. Beide Dachfenster der Räume erhielten Jalousien. Die Zimmer waren ungewöhnlich groß. Der Grund lag darin, so erklärte ihr Joey, dass früher einmal zwei bis drei Bedienstete sich ein Zimmer teilen mussten. Auf dem

Flur, gegenüber der Wohnzimmertür, befand sich ein neu renoviertes kleines Badezimmer. Sie gingen wieder zurück ins Wohnzimmer und Joey, stellte die Babytragetasche auf dem flauschigen hellen Teppich ab. Erst jetzt entdeckte Hannah das Telefon auf dem kleinen Ecktischchen neben den Polstern. »Alles da«, sagte sie dankbar.

»Ja, und du hast deine alte Nummer wieder. Wir konnten sie mitnehmen. Na ja, deine neuseeländischen Verwandten könnten ja anrufen und sie sollten sich nicht gleich Sorgen machen müssen.«

Hannah lächelte. »Ihr habt wirklich an alles gedacht.« Sie umarmte beide. Ganz andächtig standen ihre beiden besten Freunde nebeneinander und lächelten.

»Jetzt sind wir eine große Familie«, erklärte Thomas voller Stolz. Beide wandten sich zum Gehen.

»Ach ja«, erinnerte sich Joey, »höre noch den Anrufbeantworter ab. Du hast eine Nachricht drauf!«, empfahl er ihr.

Hannah drückte die Abhörtaste und vernahm die monotone unpersönliche Stimme der Ansage: »Sie haben eine neue Nachricht. Samstag, 7. Juli, zehn Uhr«.

Nach dem Piepton hörte sie Tante Sophias Stimme: »Hallo ihr beiden. Wollte nur kurz Bescheid geben. Wir sind gestern Freitag todmüde aber wohlbehalten in Auckland angekommen. Onkel Paul war mit Geraldine schon da, um uns abzuholen. Geraldine ist ein richtig liebes, hübsches Mädchen. Sie erinnert uns ein bisschen an dich, Hannah, als du ein Teenager warst. Genau die blonden langen Haare wie du, nur dass ihre Augen ganz hellblau sind. Die Wohnung in Pauls Haus ist wunderschön. So etwas Tolles hatten wir nicht im Entferntesten erwartet. Leider ist es hier im Moment nicht so warm wie in Deutschland. Doch dafür, dass hier jetzt Winter ist, ist es mit 15 Grad im Vergleich zu unseren Wintern immer noch recht angenehm. Also, Ihr Lieben. Macht's gut und vor allem dir, Hannah, alles Gute zur bevorstehenden Geburt. Auch Robert, Paul und Geraldine wünschen Dir alles Gute. Ich melde mich wieder. Ciao.«

Erneut folgte ein Piepen und das Gerät verstummte. ›Gott sei Dank haben sie es zwischenzeitlich nicht nochmals versucht‹, dachte Hannah und hatte Tränen in den Augen. Es war die vertraute Stimme ihrer Tante, die diese Gefühlsregung in ihr hervorrief. Nach ihrem schlimmsten Erlebnis der vergangen Zeit, ist sie emotional sehr zart besaitet. Da reichte schon die Stimme der Tante, um eine Woge der Sentimentalität auszulösen.

Tante und Onkel haben keine Ahnung, was in dieser einen Woche ihres eigenen Umbruchs alles geschehen ist. Nichts mehr war so, wie es war, als sie sich das letzte Mal sprachen. Übermorgen haben wir den 1. August, das heißt, dass sich der errechnete Geburtstermin näherte. Sie musste ihrer Tante unbedingt bald Bescheid geben.

Sie nahm aus der Tasche das Fläschchen mit der Milch, das sie aus dem Krankenhaus mitbrachte, um es zu erwärmen, denn der kleine Alexander machte sich allmählich bemerkbar. Danach nahm sie ihr Söhnchen aus der Tragetasche, drückte ihre Wange ganz zart an das kleine Gesichtchen und gab ihm dann das Fläschchen. Das Kind war ein Geschenk, das ihr helfen würde, irgendwann einmal über den schlimmen Verlust hinwegzukommen. »Alexander«, sagte sie leise, »kleiner süßer Alexander.«

Am frühen Nachmittag, nachdem er das Restaurant geschlossen hatte, kam Joey, um nach Hannah zu sehen und ihr etwas zum Essen zu bringen. Die Tür zum Wohnzimmer war nur angelehnt. Joey klopfte ganz leise, erhielt jedoch keine Antwort. Er schob die Türe sachte auf.

Da saß Hannah mit geschlossenen Augen auf einem der gemütlichen roten Polster, Alexander lag bäuchlings in der Embryostellung auf ihrer Brust. Leise klang aus dem CD-Player die Romanze Andante aus Mozarts kleiner Nachtmusik. Es war ein Bild vollkommener Harmonie, das Joey rührte. Hannah spürte plötzlich die Anwesenheit einer weiteren Person und öffnete die Augen.

»Ich wollte nicht stören, Hannah, doch dachte ich, dass du etwas zu essen gebrauchen könntest. Du musst ja allmählich wieder zu Kräften kommen«, sagte er entschuldigend.

Ja, das hatte Hannah gemerkt, dass sie außerhalb des Krankenhausbettes viel schwächer war, als sie vermutet hätte. Und in der Tat, sie hatte auch Hunger.

»Du störst doch nicht Joey«, lächelte Hannah, die um Jahre gereift schien. Joey liebte sie, auf seine Weise. Er wollte, dass sie wieder glücklich wird, und dafür würde er alles tun.

»Komm, setz dich zu mir. Was hast du mir denn mitgebracht?«

»Och, etwas ganz Einfaches. Lachsspaghetti mit gemischtem Salat.«

»Hört sich gut an«, kommentierte sie das Speisenangebot, während sie ihre Lippen leckte.

Sie legte den schlafenden Alexander auf das Polster und sagte leise, während sie liebevoll auf ihn blickte, »Er scheint klassische Musik zu lieben. Er wirkt immer sehr entspannt, während er dabei ein ganz friedliches Gesicht macht und oft schläft er dann selig ein.«

»Wenn Du willst, kann ich ihn auch mal ausfahren, bis du dich selbst in der Lage fühlst«, bot er Hannah an, die zustimmend nickte.

»Ich esse das bombastische Menu, das du mir gebracht hast … tja und angesichts deines freundlichen Angebotes, würde ich mich gerne eine Stunde hinlegen. Ich brauche wirklich noch ein bisschen, bis ich wieder voll einsatzfähig bin. Wenn du …«.

Sie konnte gar nicht fertig sprechen, da antwortete Joey schon ganz euphorisch: »Klar doch. Jetzt gleich? Gerne.«

Als Joey sie mit Alexander verlassen hatte, legte sie sich hin und fiel gleich in einen tiefen, erholsamen Schlummer.

Stolz spazierte Joey mit dem kleinen Alexander durch die Straßen seines Quartiers. Natürlich hatte sich in der näheren Umgebung Hannahs Schicksal herumgesprochen. Eine Frau, die des Weges kam, schaute in den Kinderwagen und fragte: »Ist das der Sohn der

Kellnerin?«

»Ja, das ist er. Alexander heißt er.«

»Was für ein wunderschöner Knabe mit seinem dichten schwarzen Haar.«

Ja, der kleine Alexander war ein Bild von einem Kind.

8

Sophia und Robert waren voll eingebunden in Pauls Geschäft. Sie hatten ja eine Menge zu lernen. Auch mussten sie sich mit der Sprache vertraut machen. Ihre dürftigen Englischkenntnisse, die sie mitbrachten, reichten da nicht aus. Es war mittlerweile Mitte August und Sophia hatte es noch nicht geschafft, Hannah seit dem letzten Anruf, als sie auf den AB sprach, nochmals anzurufen. Ob das Kind wohl schon da war? ›*Natürlich war* es da‹, kommentierte sie selbst ihre Frage. ›*Ich muss heute Abend unbedingt anrufen*‹, dachte sie bei sich und machte sich wieder an die Arbeit. Sie kam aber nicht dazu anzurufen, denn Hannah kam ihr zuvor.

Das Telefongespräch mit Tante Sophia war der reinste Horror. Als Tante Sophia Hannahs Stimme vernahm, jauchzte sie übermannt vor Freude. Mit fröhlicher Stimme wollte Hannah ihr von der Ankunft ihres Sohnes berichten. Doch Tante Sophia, wäre nicht Tante Sophia, hätte sie nicht dieses Feingespür für ganz bestimmte Situationen.

»Hannah, stimmt etwas nicht? Ist das Kind gesund? Geht es dir gut«, fragte sie skeptisch forschend.

»Mach dir keine Sorgen, Tante Sophia, alles ist in Ordnung. Der Kleine ist so süß, kerngesund und hat auch einen gesunden Appetit.«

»Hat der Kleine auch einen Namen«, fragte sie misstrauisch.

Hannah gab es einen Stich ins Herz. Stimmt, sie hatte bis jetzt nur vom Kleinen gesprochen, die Nennung des Namens tunlichst vermieden. Kleinlaut sagte sie: »Alexander.«

»Alexander? Wie der Vater? Das gibt doch nur Verwechslungen. Das machte man vielleicht früher so. Da nannte man die Kinder nach Vater und Großvater. Außerdem hattest du doch während der Schwangerschaft von einem ganz anderen Namen gesprochen.«

»Ich wollte es so, Tante Sophia.«

»Hannah, da stimmt doch etwas nicht. Ich spüre es. Bitte sag mir was los ist. Ich mache mir Sorgen.«

»Bitte Tante Sophia, es …«, sie stockte. Ihre Stimme wollte ihr nicht gehorchen. Sie kämpfte mit den Tränen.

Tante Sophia schwieg, denn sie spürte, dass Hannah eben einen inneren Kampf ausfocht. Es vergingen ein paar Sekunden, was ihr wie eine Ewigkeit erschien, bis Hannah kaum hörbar sagte: »Er ist tot, Tante Sophia. Alexander ist tot.«

Tante Sophia brachte im Moment keinen Ton heraus. Dann schließlich fragte sie vorsichtig: »Dein Baby ist tot?« Ihre Stimme klang überraschend ruhig, fast beängstigend ruhig.

»Nein, Tante Sophia, mein Kind lebt, doch Alexander ist tot.«

Die Tante begriff nur langsam. Aufgrund der Namensgleichheit, hatte sie Mühe alles richtig einzuordnen. In ihr brach ein kleiner Paniksturm aus. Sie war hin- und hergerissen.

»Kind, was ist passiert«, fragte sie jetzt sehr beunruhigt.

Als Sophia erfuhr, dass Alexander zwei Tage vor ihrer Abreise tödlich verunglückte und Hannah, als sie beide im Flugzeug nach Neuseeland saßen, ihren Sohn geboren hatte, sie selbst aber mit dem Tode rang, fing sie laut an zu weinen. Sie stöhnte laut. Die Vorstellung, dass sie nicht da war, als ihre kleine zarte Hannah sie dringend gebraucht hätte, schmerzte.

»Bitte, Tante Sophia, bitte, hör auf zu weinen. Du machst es mir nur schwer. Dein Kummer, deine Traurigkeit reißen die Wunden so unbarmherzig wieder auf. Ich bin dabei, alles so gut wie möglich zu verarbeiten. Ich will Alexander junior eine fürsorgliche Mutter sein. Dazu bin ich aber auch angewiesen, starke Menschen um mich zu haben«, flehte Hannah eindringlich.

»Soll ich kommen«, fragte Tante Sophia jetzt wieder etwas ruhiger.

»Nein Tante Sophia. Du wirst in Neuseeland dringend gebraucht. Wie geht es überhaupt Onkel Paul?«

»Es geht ihm nicht sehr gut. Doch er hält sich sehr wacker«, beantwortete sie Hannahs Frage und fügte ihrem Angebot, nach Deutschland zu kommen, hinzu, »du brauchst doch jemanden von der Familie um dich herum. Du kannst das alles doch nicht alleine bewältigen.«

»Ich bin nicht allein, Tante Sophia. Joey und Thomas kümmern sich rührend um mich. Ich wohne jetzt bei ihnen im obersten Stock. Wirklich, Tante Sophia, es ist gut, wie es jetzt ist.«

Hannah war froh, als das Gespräch beendet war und sie den Telefonhörer auf die Basis zurücklegen konnte.

Ein tiefer Seufzer durchzog sie. So schlimm hatte sie es sich nicht vorgestellt. Sie dachte, sie könnte alles geheim halten, um ihre Lieben nicht noch zusätzlich zu belasten. Immerhin stand Onkel Robert noch ein weiterer Verlust bevor, den seines Bruders.

9

Es war früh am Morgen des 3. Novembers. Hannah hatte schlecht geschlafen, denn es war Vollmond. Sie trat auf den Flur, um ins Bad zu gehen und blieb abrupt stehen. Sie schmunzelte, denn mitten auf dem Flur stand ein kleines Tischchen. Darauf stand eine Torte schön verziert.

Auf der Mitte der Torte prangte eine aus Marzipan geformte Zahl: 22. Drei Kerzen gaben dem Flur ein gedämpftes schönes Licht. Nur der blasse Vollmond, der spärlich durch ein kleines rundes Fensterchen auf der Giebelseite schien, gab dem Flur noch zusätzlich Atmosphäre. Eine Karte, auf der ›Alles Liebe zu Deinem Geburtstag‹ stand gezeichnet von Joey und Thomas, war wie ein Hausdach aufgestellt. Daneben lag ein Geschenk, schön eingepackt. Es enthielt eine wunderschöne Klassik-CD-Sammlung, über die Hannah sich riesig freute. Die beiden mussten das alles zu ganz früher Stunde arrangiert haben, denn sie wussten, dass Hannah sehr früh aufstand. Sie waren so lieb. Sie taten alles für ihre junge Freundin, damit sie sich wirklich zu Hause fühlen sollte. Doch die beiden verwöhnten nicht nur Hannah, sondern auch Alexander. Immer wieder gab es auch Geschenke für ihn. Nichts großes, aber einfach liebevoll ausgesucht.

›Meine Familie‹, dachte Hannah dankbar. Darüber war sie sehr glücklich.

Wenn Hannah arbeitete, saß der Kleine in seiner Wippe und schaute mit seinen großen braunen Augen neugierig in die Welt. Er war mittlerweile vier Monate alt und ein äußerst ruhiges, zufriedenes Kind. ›Der Sohn der Kellnerin‹, wie man ihn gemeinhin nannte, war bald der Liebling der Gäste.

Hannah war sehr beliebt. Wenn sie mal nicht da war, weil sie mit Alexander einen Arzttermin wahrnehmen musste, fragten die Gäste gleich besorgt nach ihr und ihrem Sohn. Und ganz besonders die jungen männlichen Gäste hatten ein spezielles Augenmerk auf diese junge schöne Frau mit dem reifen, ernsten Gesicht. Doch Hannah hatte keine Augen für interessierte Männer. Nur einer interessierte sie und das war Alexander. Für ihn wollte sie da sein. Und natürlich waren da noch Joey und Thomas, die für sie ihre Familie bedeuteten.

Tante Sophia rief seit dem damaligen Gespräch, das sie so aufgewühlt hatte regelmäßig an.

»Geht es dir gut? Was macht der kleine Liebling«, waren immer ihre Standardfragen. Das Foto, das Hannah ihr schickte, stand auf ihrem Nachttisch.

Onkel Paul ging es zusehends schlechter, erfuhr Hannah von Tante Sophia, und ebenso, dass sie sich vor dem unabwendbaren Tag, der ihnen bevorstand, fürchteten.

*

Die Zeit verging im Fluge, so schien es Hannah zumindest.

Nach einem harten kalten Winter, zeigten sich jetzt

Ende März endlich die ersten Anzeichen des Frühlings. So oft es nur möglich war, ging Hannah mit Alexander hinaus an die frische Luft. Der Junge gedieh prächtig. Er war ein ganz außergewöhnliches Kind. Die Art, wie der Junge sehr ausdauernd beobachtete, war für ein Kind seines Alters ungewöhnlich. Hannah fragte sich manchmal, was im Kopf ihres kleinen Lieblings wohl vorging, wenn er sinnierend in die Welt schaute. Wenn sie dann seinen Blick erhaschen konnte, lächelte er und sah dabei so allerliebst aus. Zu Hause, wenn Hannah ihre Klassik-CDs einlegte, lauschte er ganz intensiv. Er war dabei ganz ruhig. Welche Ausdauer dieses erst neun Monate alte Kind hatte, dachte Hannah immer wieder verblüfft. Sie konnte nicht davon lassen, ihn immer wieder anzusehen. Wie sie ihn doch liebte, ihren Alexander.

Ende Juni, eine Woche vor seinem ersten Geburtstag, machte Alexander seine ersten selbständigen Schritte. Seine dunklen Locken umspielten sein hübsches Gesicht, seine dunkelbraunen Augen schienen alles auf einmal wissen zu wollen. Die Grübchen in den Wangen erinnerten Hannah sehr an Alexander den Großen, wie sie ihren toten Freund zur Unterscheidung ihres Sohnes nannte.

Am Todestag von Alexander bat sie Joey, er möge Junior beaufsichtigen, während sie zum Friedhof ging. Sie wollte mit Alexander dem Großen ganz alleine sein.

Hannah verharrte im Zwiegespräch am Grab, so als stünde er vor ihr. Sie erzählte ihm, dass sein Sohn, der einen Tag nach seinem Unfall auf die Welt kam, sich bestens entwickle und seit kurzem laufe. Sie erzählte ihm auch, dass er sie sehr an ihn erinnere. Sie fühlte sich Alexander in solchen Momenten sehr nahe. Bevor sie ging, sprach sie ein stilles Gebet.

Sie kam zurück und ging ins Restaurant und musste lächeln, als sie sah, dass Alexander am Klavier auf dem Schoß von Carsten, dem jungen Pianisten, saß und ganz zart die Tasten antippte. Carsten spielte mit der rechten Hand ganz leise eine harmonische Melodie. Irgendwie passte es zusammen. Alexander war ganz konzentriert. Er schien Musik über alles zu lieben. Als er seine Mutter wahrnahm strahlten seine Augen und er gluckste vor Freude.

»Wunderschön«, sagte sie zu ihrem kleinen angehenden Virtuosen und lächelte, »du machst das schon richtig gut.«

»Das kann man wohl sagen«, stimmte Carsten begeistert zu, »er ist so feinfühlig, haut nicht einfach nur wie wild auf die Tasten ein.«

Hannah war zu sehr mit den beiden beschäftigt, um zu bemerken, dass sie seit ihrer Ankunft genau beobachtet wurde. Erst als sich Carsten von ihr und Alexander verabschiedet hatte und sich zum Gehen wandte, spürte sie ganz plötzlich die Anwesenheit eines ruhigen Gastes im hinteren Teil des Restaurants.

Ja, es war ihr, als hätten sich die Blicke förmlich in ihren Rücken gebohrt. Wie von einer Kurbel gedreht, wandte sie sich um. Einen Moment stand sie wie angewurzelt da, so überrascht war sie beim Anblick des Gastes hinten in der Ecke.

»Nathan?«, wunderte sie sich. ›*Hat er schon einen Namen? … Du brauchst viel Kraft mein Kind. … Ich wün-*

sche dir alles Gute‹, wirbelten die Gedanken wieder durch ihren Kopf.

Nathan lächelte. Hannah fasste sich allmählich und ging mit ihrem Sohn auf der Hüfte langsam auf ihn zu.

»Ein besonderes Kind, der kleine Alexander. Ich habe ihn beobachtet, während du weg warst«, sagte er mit seiner angenehm warmen Stimme und streckte die Hände nach dem Kleinen aus. Zu Hannahs Erstaunen reckte sich der Junge in Richtung der ausgestreckten Arme. Er schien vor dem Fremden, der ihn jetzt in seinen Armen hielt, keine Angst zu haben. Auch Alexander schien Nathans angenehmer Stimme zu lauschen, als dieser schließlich fragte: »Wie geht es dir, Hannah?«

Hannah nickte nur, um damit ein ›*mir geht es gut‹.* anzudeuten. Er lächelte.

Dann sagte Hannah etwas, das seit ihrer ersten Begegnung mit ihm immer wieder in ihrem Kopf herumgeisterte, und das sie selbst überraschte als es heraus war: »Du brauchst viel Kraft mein Kind.« Ihre Stimme kam wie von ganz weit her, so schien es ihr.

Nathan setzte Alexander wieder auf dem Boden ab, ging unvermittelt auf Hannah zu und nahm sie in seine Arme. Wieder spürte Hannah diese Kraft, diese Energie, die von diesem Mann ausgingen. Übermannt von dieser unerwarteten intimen Vertrautheit, die Nathan ihr entgegenbrachte, fing sie an zu schluchzen. Alle ihre Schmerzen kamen mit unerträglicher Härte wieder hoch. Nathan wusste, dass heute der Jahrestag war. Er spürte wie Hannah von der Gewalt der Gefühle in seinen Armen zitterte.

»Warum?«, fragte Hannah unter Schluchzen, »warum?«

Nathan strich ihr sanft über den Kopf, wie ein Vater, der sein Kind tröstet. Alexander merkte, dass hier etwas nicht stimmte. Seine Mama war traurig, das spürte er. Schnell griff er an Mamas Hosenbein und hielt sich fest. Hannah beruhigte sich allmählich. Durch den Schleier ihrer Tränen schaute sie Nathan an und fragte: »Du hast es gewusst … im Voraus gewusst, nicht wahr?«

Er nickte nur. Es war für ihn nicht leicht, dass er Dinge im Voraus ahnte. Manche nannten es das zweite Gesicht, Eingebung, Vision. Es gab verschiedene Namen für diese Gabe.

Dann erfuhr Hannah, dass er Aurafelder von Menschen sehen, feinstoffliche Energien wahrnehmen konnte und dass Hannahs Aura ganz klar eine Störung gezeigt hatte. Zuerst konnte er sie nicht deuten und dann sah er ein Bild. Dieses Bild erschreckte und schmerzte ihn gleichzeitig. Es machte ihn sehr traurig damals. Deswegen hatte er sich dann auch ziemlich abrupt verabschiedet.

»Alexander hat eine ähnliche Gabe, Hannah, und er braucht dein Verständnis und deine Liebe. Damit umzugehen muss er erst lernen. Welcher Art und Ausprägung seine Gabe ist, kann ich dir nicht sagen, doch spüre ich, dass sie da ist. Er ist wohl von einem großen Geist beseelt.«

Hannah schaute an sich herunter zu Alexander, der sich immer noch an ihrem Hosenbein festklammerte und leicht verstört zu ihr hochblickte.

»Ach du mein kleiner Liebling«, sagte sie von tiefen Gefühlen der liebenden Mutter erfüllt. Sie lächelte ihn zärtlich an und nahm ihn hoch. Zu Nathan gewandt sagte sie, »ich werde Alexander eine gute Mutter sein.« Sie hatte sich jetzt wieder ganz gefangen.

»Das weiß ich. Ich habe nichts anderes erwartet«, antwortete er. »Du bist ebenso ein ganz besonderer Mensch«, bekräftigte er das eben gesagte.

»Aber sag Nathan, warum hattest du damals nur so vage Andeutungen gemacht? Warum hast du mir nicht mehr gesagt? Ich hätte doch auf Alexander Einfluss nehmen können, dass er an jenem Abend nicht mit dem Auto wegfährt.«

»Meine Liebe, wie hätte ich dir etwas sagen sollen, das noch nicht eingetroffen ist? Erstens hättest du mich für einen Spinner, einen Wichtigtuer gehalten und mich verurteilt, dass ich dir in deinem Zustand einen solchen Schrecken einjagte. Zweitens, wie hättest du deinen Freund schützen wollen, wenn du nicht weißt, wie und wann was passiert? Ich wusste es doch selbst nicht.«

Nach einer Pause, in der Hannah alle Informationen in ihrem Kopf zu ordnen versuchte, stimmte sie ihm, zumindest halbwegs, zu: »Wahrscheinlich hast du recht. Dennoch auch die Feststellung ›Du brauchst viel Kraft mein Kind‹ hat mich nicht gerade beruhigt zurückgelassen, auch wenn ich das Ausmaß der Bedeutung noch nicht kannte. Ich war ziemlich verwirrt. Zugegeben, es hatte sich nach einer Weile gelegt, doch die Frage blieb.«

»Du hast Recht Hannah. Es war nicht gerade geschickt«, stimmte Nathan zu. »Es war mir damals, als müsse ich dir Mut zusprechen, ohne zu bedenken, was dieser Satz bei dir auslösen könnte.«

Er schaute Hannah mit einem, väterlichen Blick mitfühlend an und schloss mit den Worten: »Es war deine Bestimmung, Hannah, so wie es die deines Sohnes war und so wie alles Künftige für ihn sein wird.«

»Muss ich Deine Worte, jetzt wo du über ›alles Künftige‹ meines Sohnes sprichst, wieder als Orakel verstehen? Etwas, worüber ich mir Gedanken oder Sorgen machen müsste?«

»Nein«, sagte er schmunzelnd. »Nein, wirklich nicht.«

Er streichelte zuerst dem Kleinen über die Wange, umarmte Hannah nochmals flüchtig und verabschiedete sich. Als er sich zum Gehen wandte, rief Hannah: »Nathan?«

Er hielt inne und drehte sich nochmals zu ihr um.

»Es ist kein Zufall, dass du ausgerechnet heute gekommen bist, nicht wahr?«

Er lächelte: »Nein. Ich habe auf dich gewartet.«

Als Nathan weg war, hatte sie ein gutes Gefühl. Es war das Gefühl, einen Freund gewonnen zu haben.

Am Tag darauf, den 3. Juli feierte die kleine Patchworkfamilie den Geburtstag von Alexander. Joey und Thomas übernahmen wie selbstverständlich die Patenschaft. Sie liebten den Kleinen und es sollte ihm an nichts fehlen.

So klein der Knabe auch war, er spürte, dass er an diesem Tag die Hauptperson war. Das kleine Kinderpiano, das er von Carsten erhielt, war der große Favorit des Tages. Für den Rest des Tages war er nur noch damit beschäftigt.

*

Ende Juli erhielt Hannah die Nachricht, dass Onkel Paul nun im Krankenhaus sei und nur noch künstlich ernährt würde. Eine lange Zeit der Agonie folgte, bis er endlich drei Monate später einschlafen durfte. Es war ein friedlicher Hinschied im Kreise der Familie, denn alle waren anwesend: Tante Sophia, Onkel Robert und die knapp 16jährige Geraldine.

Trotz der traurigen Nachricht, freute sich Hannah, dass dem Mädchen das gleiche Glück zuteil wurde, wie es ihr damals vergönnt war, als sie im fast gleichen Alter auch ihren Vater verlor. Geraldine würde außergewöhnliche Ersatzeltern haben, die alles für sie tun würden. Eltern, die sie lieben würden, als wäre sie das eigene Kind.

Teil 2

1996

Alexander
(*Kindheit*)

10

Es war ein verregneter Montag im August. Der inzwischen sechsjährige Alexander saß in der Gaststätte am Klavier und Carsten neben ihm. Carsten, der sein Studium inzwischen abgeschlossen hatte und sich nun mitten im Aufbaustudium in klassischer Komposition befand, begann schon vor drei Jahren mit ersten Klavierstunden für Alexander. Er machte es freiwillig, denn längst hatte er diesen aufgeweckten, begnadeten Knaben ins Herz geschlossen. In seinen Augen war Alexander ein Phänomen, eine außergewöhnliche Begabung. Ihm war jetzt schon klar, dass es nicht mehr allzu lange dauern würde, bis er ihm nichts mehr würde beibringen können.

*

Eigentlich wollte Hannah Alexander mit drei Jahren in den Kindergarten schicken, damit er mit anderen Kindern zusammenkam. Doch er, der schon sehr gut sprach und einen großen Wortschatz besaß, langweilte sich sehr bald. Nach einem halben Jahr, nachdem er alles kannte, sträubte er sich, weiter dort hinzugehen. »Hast du denn keine Freunde im Kindergarten?«, fragte Hannah.

»Doch«, antwortete der Kleine ohne weitere Erklärung.

»Aber?«, bohrte sie weiter.

»Nichts aber.«

»Sind die Kinder nicht nett?«, ließ Hannah nicht locker.

»Sie sind nett, Mama, aber langweilig. Ich will nicht mehr hingehen. Bitte Mama.«

Es blieb Hannah nichts anderes übrig, als den Jungen zu Hause zu behalten. Das war nicht einfach, denn der Knirps brauchte viel Förderung. Er musste immer etwas tun. Bald wollte er die Schriftzeichen auf jedem Produkt, auf jeder Karte, auf jedem Plakat und in seinen Kinderbüchern kennenlernen.

»Was heißt das, Mama?«, fragte er immer wieder und Hannah las vor, während sie beim Vorlesen auf das Wort deutete, das sie gerade las. Sie konnte es nicht fassen, wie schnell es ging, dass Alexander Worte erkannte und vorlas. Es war schwierig für sie mit diesem Kind nebenher zu arbeiten. Der Kleine wäre ein Ganztagsjob gewesen.

Gut, setzte er sich oft an sein Kinderpiano und versuchte, die Kinderlieder, die Hannah ihm vorsang, zu spielen. Bald genügten ihm die eineinhalb Oktaven auf seinem kleinen Piano nicht mehr. Es drängte ihn an das große Klavier, das in der Gaststätte stand.

Nun, das wäre natürlich während der Öffnungszeiten nicht gut gegangen. Die Gäste, die hier beim Essen ihre Mittagspause oder den Feierabend genießen wollten, waren nicht erpicht darauf, mit Kinderliedern zugedröhnt zu werden, auch wenn die Lieder mittlerweile richtig schön klangen, denn Alexander hatte bald ein Gespür für Harmonien. So war Klavierspiel immer nur montags, dem Wirtesonntag, oder zwischen den

Öffnungszeiten, das hieß, zwischen drei und sechs Uhr am Nachmittag möglich.

Wenn Carsten da war wurde er mit Fragen bombardiert. Immer wieder musste er dem Kleinen etwas erklären und vorspielen. Mit knapp vier Jahren war der Knabe überreif für regelmäßigeren, gezielteren Klavierunterricht und Carsten begann, ihn systematisch zu unterrichten. Er hatte Freude dabei, denn im Gegensatz zu seinen anderen jungen Klavierschülern, machte der jüngste unter ihnen, mit der außergewöhnlichen Begabung, schnell Fortschritte. Über die mittlerweile mehr als zwei Jahre des intensiven Unterrichts stellte sich bei Alexander seine Vorliebe für Mozart heraus. Er spielte ihn so gefühlvoll, man hätte glauben mögen, dass Mozart persönlich als kleiner Junge hier saß und in die Tasten griff.

Einmal sagte Carsten zu Hannah: »Ich weiß nicht, woher der Junge seine Informationen erhält. Manchmal spielt er etwas auf eine Art, wie ich es ihm noch nicht beibrachte. Und wenn ich ihn frage, woher er das denn wisse, antwortet er nur ›von Gottlieb‹. Keine Ahnung, wer dieser Gottlieb ist. Als ich ihn nach diesem Gottlieb fragte, wo er ihn denn treffe, meint er nur, dass der einfach da sei und mit ihm spreche. Hast du eine Ahnung, Hannah, wer Gottlieb ist?«

Hannah überlegte und schüttelte den Kopf: »Nein, ich weiß es nicht.« Plötzlich fiel ihr Nathan wieder ein. »›*Alexander ist wohl von einem großen Geist beseelt*‹ hatte Nathan gesagt«, erklärte Hannah Carsten, »ob dieser große Geist wohl Gottlieb heißt? Na ja, weil Alexander dir sagte, dass Gottlieb einfach da sei und mit ihm spreche. Wenn Gottlieb aber eine reale Person wäre, die einfach da ist, müsste ich ihn ja auch mal gesehen haben.«

Sie konnten noch so viel hin- und herüberlegen. Abschließend konnte im Moment niemand etwas mit diesem Gottlieb anfangen und Carsten meinte nur: »Warten wir es ab. Irgendwann, wenn Alexander älter ist, werden wir vielleicht mehr wissen.«

*

*H*annah war gerade dabei, die Gaststätte auszuwischen. Immer wieder hielt sie inne, um zu den beiden hinüber zu schauen. Als Alexander gerade das Allegro vivace assai aus Mozarts Klavierkonzert Nr. 21 spielte, war sie so gebannt, dass sie in Richtung Klavier ging und fasziniert lauschte. Sie war gerührt von diesem Spiel mit diesen schnellen Fingerbewegungen. Carsten schaute gleichzeitig überwältigt und stolz zu Hannah hoch, während er den Daumen seiner rechten Hand als Zeichen größter Anerkennung hochhielt. Er spielte schon mit dem Gedanken seinen jungen begabten Schüler seinem Professor vorzustellen. Alexander hingegen war so vertieft in sein Spiel, dass er die Welt um sich herum vergaß.

Hannah wusste längst, dass ihr Sohn anders war als andere Kinder und es graute ihr schon jetzt vor dem Gedanken an Alexanders Einschulung in vierzehn Tagen. Alexander konnte mittlerweile so gut lesen, dass er mühelos seine Bücher las. Die Grundrechenarten beherrschte er aus dem Effeff. Er würde sich hoffnungslos langweilen. Auf der anderen Seite hätte sie es natürlich sehr begrüßt, wenn er auch mal mit Kindern zusammenkam. Es konnte doch auf Dauer nicht gut sein, wenn er nur von Erwachsenen umgeben war.

Anfang September war es soweit. Alexander fand sich zusammen mit seiner Mutter in der Grundschule Garching Ost am Prof.-Angermair-Ring ein. Es war ein richtiges Gewusel. Einige der ABC-Schützen schauten etwas unsicher und aufgeregt in die Runde, während andere, die sich jetzt schon als die späteren vermutlichen Wortführer herauskristallisierten, sich gleich einmal wortstark in Szene setzten. Alexander beobachtete nur. Ihm war das zu viel der Aufregung. Allmählich versammelten sich alle Kinder mit ihren Eltern in der Aula, wo eine kleine Zeremonie die Schulanfänger in diesen neuen wichtigen Lebensabschnitt einführen sollte.

Die Kinder wurden in drei Klassen aufgeteilt. Man richtete sich ein bisschen danach, was die Kinder als Voraussetzung mitbrachten. Die Kinder, die schon etwas lesen konnten und auch sonst etwas weiter zu sein schienen, wurden der Klasse 1a zugeteilt. Die anderen Kinder wurden gleichmäßig auf die Klassen 1b und 1c aufgeteilt.

Alexander war also nun Grundschüler der Klasse 1a und mit ihm auch Tatjana, ein schüchternes zierliches Mädchen, mit der sich Alexander gleich anfreundete. Die Klassen 2a bis 2c sangen zusammen ein Lied für die Neuen, tja und das war dann der erste Schultag.

Alexander drängte nach der Veranstaltung gleich nach Hause, denn er wollte noch auf dem Klavier spielen, bevor das Restaurant öffnete.

Mittlerweile veranstaltete Joey in seinem Restaurant

musikalische Anlässe als besondere Darbietung für seine Gäste. Carsten spielte also nicht nur an bestimmten Abenden Backgroundmusic, sondern er gab einmal im Monat richtige kleine Konzerte.

Joey, der die Veranstaltungen in seinem Restaurant immer im Münchner Wochenanzeiger und auf einer Tafel am Eingang des Restaurants ankündigte, hatte für kommenden Freitag einen weiteren ganz besonderen Programmpunkt vorgesehen. Die neuesten Ankündigungen lasen sich wie folgt:

Mittwoch 11. September 1996, 20:00 Uhr

Jazzabend für alle Freunde des New-Orleans-Jazz
Carsten Wulff interpretiert mit viel Gefühl traditionelles New Orleans Piano

Freitag 13. September 1996, 20:00 Uhr

Klassik für alle Mozart-Liebhaber
Der 6jährige **Alexander Villamonti**, ein begabter Piano-Virtuose entführt Sie erstmals öffentlich zu einem Streifzug durch Mozarts Klavierkonzerte.

Von den musikalischen Veranstaltungen versprach sich Joey sehr viel. Sie waren seit jeher fester Bestandteil von Joeys Treff und bisher immer sehr erfolgreich. Die Leute kamen gern, um Carsten, der ein großes breitgefächertes Talent besaß, zuzuhören. Doch ganz besonders setzte er auf die Freitagsveranstaltung mit der Ankündigung eines Sechsjährigen am Klavier. Das würde die Leute neugierig machen und das Restaurant würde bis zum letzten Platz gefüllt sein.

Carsten, der seinen kleinen Schüler seinem Professor Dr. Ralph Haas gerne vorgestellt hätte, schwärmte von diesem begabten Jungen in den allerhöchsten Tönen vor und lud den Professor ein, sich beim Freitags-Event in Garching selbst davon zu überzeugen. Mit der Bemerkung, »Na, dann bin ich aber mal gespannt«, nahm dieser die Einladung gerne an.

11

*D*ie Freitagsveranstaltung war ein riesiger Erfolg. Nachdem der größte Teil der Gäste gegessen hatte, kündigte Joey Alexander laut an und als dieser in kariertem Hemd und Jeans schüchtern das Lokal betrat, ertönte lauter Beifall. Dann wurde es mit einem Mal ganz still. Viele kannten den Knaben mit den dunkelbraunen Haaren und den braunen Augen, denn er gehörte zum Restaurant wie Joey, Thomas und natürlich auch seine Mama, die Kellnerin. Andere, die Alexander nicht kannten, waren neugierig und beobachteten ihn aufmerksam.

Eine Frau beugte sich zu ihrer Tischnachbarin hinüber und fragte: »Wer ist dieser hübsche Junge?«

Die Angefragte zeigte auf Hannah, die zwei Tische weiter stand und den Gästen dort Getränke servierte, und sagte: »Er ist der Sohn der Kellnerin. Er muss ein Wunderknabe sein, habe ich gehört.«

Selbstredend hatte auch Nathan den Weg zum Restaurant gefunden. Denn Alexanders erstes Konzert, wenn auch nur im ungezwungenen Rahmen einer Restaurantatmosphäre, wollte er sich nicht entgehen lassen. Gebannt schaute er auf Alexander, der sich ans Klavier setzte und zu spielen anfing. Es war ein so gefühlvolles Spiel, dass manche Gäste vor Rührung Tränen in den Augen hatten. Nach dem ersten Part, als sich Alexander von seinem Klavierstuhl erhob und fast ein bisschen abwesend wirkte, standen alle Gäste auf und zollten ihm frenetischen Beifall. Alexander, der das nicht kannte, blickte ganz verlegen zu seiner Mama, die ihm zustimmend zunickte und dabei lächelte.

Der Professor sagte zu Carsten, der am gleichen Tisch saß: »Unglaublich. Der Kleine ist ein Genie. Er spielt nicht nur Mozart, er *ist* Mozart. Woher hat der Junge das? Woher weiß er das alles? Das ist eine Gabe, wie in die Wiege gelegt?«

»Ja, das habe ich mich auch gefragt, warum er das alles weiß. Der Junge selbst sagt, er erhielte alles Wissenswerte im Zwiegespräch mit ›Gottlieb‹, den niemand wirklich kennt.«

»Gottlieb?«, überlegte der Professor. »Hat Gottlieb auch einen Nachnamen?«

»Ich weiß es nicht.«

»Weiß man, wo dieser Gottlieb wohnt? In der Regel kenne ich doch gute Musiker in der Region, aber der Name sagt mir gar nichts.«

»Dieser Gottlieb scheint nicht real zu sein. Er spricht zu Alexander wie eine Intuition.«

»Ach herrje. Sie machen Scherze!«, sagte der Professor, den Kopf hin- und herwiegend. Er schwieg erst einmal.

Nach einer Weile fragte er nach Alexanders Herkunft. Als er erfuhr, dass die Kellnerin die Mutter war, stutzte er wieder. »Und der Vater?«, fragte er neugierig geworden.

»Alexanders Vater starb durch einen Unfall einen Tag vor seiner Geburt. Der Restaurantbesitzer Joey und sein Freund Thomy, der Koch, haben sich Alexander an

Vaters Statt angenommen. Das war Alexanders großes Glück, denn den beiden ist sehr viel an dem Jungen gelegen. Sie fördern und unterstützen ihn auch entsprechend.«

»Das hört sich ja alles sehr tragisch an«, bemerkte der Professor sehr bewegt und schloss im gleichen Atemzug an, »ich möchte den Jungen kennenlernen. Können Sie, Carsten, seine Mutter bitte fragen, ob sie ihn nächste Woche, sagen wir Mittwochnachmittag, zu mir bringen dürfen? Ich möchte den Jungen gerne testen. Der muss weiter gefördert werden.«

Carsten nickte eifrig. Genau das wollte er, dass sich der Professor für den Jungen interessierte und sich dessen annahm.

Auch der zweite Teil der Vorstellung war ein Genuss höchster Klasse. Die Gäste waren außer sich vor Begeisterung. Hannah stand bei Nathan. Er lächelte: »Dein Sohn ist ein Genie. Das Wunderbare an der ganzen Sache ist, dass er so natürlich ist. Er gibt sich als ganz normales Kind, als wäre sein Talent eine ganz alltägliche Sache. Pass gut auf ihn auf, Hannah!«

»Gibt es wieder einmal etwas, das ich wissen müsste?«, fragte Hannah schelmisch, dennoch mit einer Spur von Misstrauen, denn jetzt war die Aussage ganz klar: ›pass gut auf ihn auf!‹ Er lächelte: »Nein, keine Hiobsbotschaft. Bitte, Hannah, sei nicht so misstrauisch bei jeder Äußerung von mir.«

»Na ja, Nathan, wundert's dich? Ich bin halt ein gebranntes Kind«, sagte sie mit einer Spur neckischen Humors.

Er streichelte nur ihre Hand und lächelte gütig.

Nachdem Alexander einige Zugaben spielte, trat Joey ans Mikrophon und verkündete:

»Sehr verehrte Gäste. Sie hatten heute Abend die Gelegenheit ein außergewöhnliches Talent live zu erleben. Alexander Villamonti, erst sechs Jahre alt, und ein vielversprechender Stern am hehren Musikfirmament, hat für sie heute erstmals Mozart interpretiert, wie es einfühlsamer wohl kaum geht. Leider muss sich der kleine Mann jetzt von Ihnen verabschieden, denn es ist spät geworden und unter normalen Umständen wäre er um diese Zeit schon längst im Land der Träume.« Nochmals erhob sich ein tosender Applaus und dann verließ Alexander klein und unscheinbar an der Hand seiner Mutter das Restaurant.

*

Nachdem sie Alexander in sein Bett gebracht hatte, setzte sich Hannah noch ein bisschen bei leiser Musik ins Wohnzimmer und ließ den Abend aber auch die vergangene Woche Revue passieren. Es geschah so viel und alles war für Alexander so einschneidend gewaltig. Er wurde eingeschult, hatte die erste Schulwoche hinter sich gebracht … und er war ein Genie, das war offenkundig. Was musste in diesem Kind vorgehen. Alexander war noch so klein. Er war still, schüchtern und noch so unverdorben.

*

Tatjana, seine Banknachbarin erzählte ihm, dass ihr Papa ein Tierarzt sei und als sie ihn fragte, was denn sein Vater mache, antwortete Alexander in seiner kindlichen Unschuld, dass der eine Papa ein Restaurant führe und der andere in diesem Restaurant Koch sei. Tatjana lächelte und sagte: »Das geht doch gar nicht. Jeder Mensch hat nur einen Papa.«

»Nun, ich habe zwei. Du siehst also, es geht«, gab er zurück, um seine Verlegenheit zu überspielen.

Als er dann nach Hause kam und seiner Mutter von diesem Gespräch berichtete, erzählte Hannah Alexander erstmals von seinem Vater, der wie sie ihm erklärte, jetzt oben im Himmel wohne und liebevoll auf ihn hinabschaue.

Dass diese Nachricht an diesem sensiblen Kind, das Alexander nun mal war, nicht spurlos vorübergehen würde, war abzusehen. Sein Gesicht verdüsterte sich und er schien sehr bedrückt. Hannah machte sich selbst Vorwürfe, nicht schon früher mit ihrem Sohn über seinen Vater gesprochen zu haben.

Dann wollte Alexander eine Fotografie sehen. Als Hannah ihm ein Bild gab, schaute er es lange an, als wolle er sich das Gesicht für immer in seinem Gehirn eingemeißelt wissen. Dann blickte er zu Hannah und sagte: »Er sieht lieb aus.«

»Ja, mein Liebling«, sagte sie und legte den Arm um ihn, »das war er, sehr lieb.«

Alexander wollte das Bild natürlich behalten.

»Aber Mama, warum habe ich jetzt zwei Väter?«, interessierte es ihn nun doch noch.

Hannah lächelte. Diese Frage zeigte ihr, dass ihr Sohn ebenso wie alle anderen Jungen und Mädchen, ein ganz normales Kind war. Ein Genie vielleicht, aber ein Genie, das dachte wie ein Kind.

»Weißt du Schatz«, begann sie, »Joey und Thomy sind ganz liebe Freunde, die mir sehr geholfen haben, als es mir ziemlich schlecht ging. Sie waren für uns beide da, wie in einer Familie, wo eben jeder für den anderen da ist. Anstelle deines Papas haben sie die Patenschaft für dich übernommen. Sie haben dich sehr lieb und würden für dich, wie es dein Papa auch getan hätte, alles tun.«

Alexander kuschelte sich näher an seine Mama und beteuerte in seiner kindlichen Art, dass er die beiden auch ganz fest lieb habe und natürlich ganz besonders seine Mama.

Ansonsten erzählte Alexander von der Schule nichts. Sie schien ihm nicht so wichtig zu sein, wie für die anderen Kinder. Es interessierte ihn nur eines: sobald er von der Schule nach Hause kam, wollte er Klavier spielen. Und so fieberte er dem Konzert entgegen.

*

Jetzt nach dem Konzert war er über den frenetischen Applaus beeindruckt. Die Leute standen sogar auf und alle Blicke waren auf ihn gerichtet. Das war sehr ungewohnt und überwältigend für ihn. Hannah hatte das Gefühl, dass er am Ende dann doch froh war, das Restaurant verlassen zu können.

Bevor sich Hannah zum Schlafen legte, ging sie nochmals zum Kinderbett, das sich jetzt an der Stelle Platz befand, wo früher die Wickelkommode stand, und betrachtete das tief schlafende entspannte Kind.

Der nächste Tag verlief im Restaurant relativ ruhig, so dass die Arbeit gemütlich vonstatten gehen konnte. Das war ganz gut so, denn für den Sonntag war eine geschlossene Gesellschaft, eine Familienfeier angesagt, die mit den 120 gemeldeten Gästen recht beachtlich war. Joey hat mittlerweile drei zusätzliche Damen eingestellt, denn die Arbeit war längst nicht mehr von einer Person zu bewältigen. Eine vierte Dame stellte sich auf Abruf zur Verfügung.

Alexander war gewohnt, dass sich die Wochenenden bei ihm nicht so abspielten, wie bei seinen Klassenkameraden, deren Familie am Wochenende vollzählig war und meist zusammen etwas unternahm. Doch ihn störte es nicht. Er saß, wenn seine Mutter arbeitete, dann meist oben im Wohnzimmer und spielte auf seinem Keyboard, das die beiden Paten ihm zu seinem sechsten Geburtstag schenkten. Manchmal las er einfach oder malte Bilder. Er konnte sich sehr gut selbst beschäftigen und er klagte nie über Langeweile. Doch an diesem Sonntag hatte er zu nichts Lust. Er klagte schon am Morgen über Unwohlsein und es war ihm gar nicht danach aufzustehen.

»Was ist denn Alexander? Tut dir etwas weh?«

»Ja Mama, hier tut es mir weh«, jammerte er und zeigte auf seinen Hals. Tatsächlich, die Lymphknoten schienen leicht geschwollen. Sie fasste ihm an die Stirn. Er schien Fieber zu haben.

»Ich würde sagten, du bleibst heute im Bett. Ich bringe dir dein Frühstück, ja«

»Ich mag nichts essen.«

»Ein Kakao vielleicht?« Zuerst zuckte er mit den Schultern, dann nickte er zustimmend.

Bis Hannah jedoch mit dem heißen Kakao an sein Bett kam, schlief er schon wieder. ›Er wird sich jetzt gesund schlafen‹, dachte Hannah und erledigte ein paar Dinge.

Nach einer Stunde, als Alexander immer noch schlief, war Hannah beunruhigt und sah erneut nach ihm. Das Fieber schien angestiegen zu sein, sein Haar klebte nass an seinem fiebergeröteten Gesicht. Er schlief sehr unruhig. Sie maß seine Temperatur und erschrak, als sie sah, dass das Quecksilber knapp die 40°-Marke erreichte. Er öffnete matt die Augen und sah sie fiebrig an. Um das Fieber zu senken legte sie ihm Wadenwickel an. Sie musste unbedingt Joey Bescheid sagen, damit er Andrea, die Kellnerin auf Abruf, anrufen konnte, weil sie heute bei Alexander bleiben wollte.

»Tut mir leid Joey«, bedauerte sie ehrlich, dass sie ausgerechnet an diesem Sonntag, als die geschlossene Gesellschaft erwartet wurde, ausfiel.

»Mach dir keine Sorgen, Hannah, das kriegen wir hin«, beruhigte er sie, »aber sag, was fehlt unserem Publikumsliebling?«

»Ich weiß es nicht. Er hat sehr hohes Fieber und geschwollene Drüsen am Hals. Vielleicht ist es Mumps.«

»Ich würde sagen, gib ihm viel zu trinken und versuche sein Fieber mit Wadenwickel zu senken.«

»Ja, bin gerade dabei, doch bis jetzt ist das Fieber nur gestiegen. Wenn es bis heute Mittag nicht besser wird, rufe ich den Notarzt.«

»Ich komme nachher kurz zu euch hoch. Bis gleich«, verabschiedete sich Joey.

Als Hannah den kleinen sich in Fieberphantasien unruhig hin und her wälzenden Körper ihres Sohnes sah, überfiel sie plötzlich ein komisches Gefühl.

Wie hatte Nathan gesagt? ›*Pass gut auf ihn auf, Hannah*‹. Als sich ihr dieser Satz aufdrängte durchfuhr sie panische Angst. War vielleicht doch etwas an dieser Aussage und Nathan wollte sie nur nicht beunruhigen? ›*Nein, nein, es ist nichts, das dich ängstigen muss*‹, mahnte sie sich zur Ruhe.

Unaufhörlich flößte sie Alexander ungesüßten Tee ein und wechselte die Wadenwickel.

An der nur angelehnten Tür klopfte es. »Komm rein, Joey, ich bin hier im Schlafzimmer«, antwortete sie auf das Klopfen. Besorgt kam Joey ins Zimmer und blickte auf seinen Liebling. »Wie geht es ihm?«, wollte er wissen, ohne seinen Blick von ihm zu wenden.

»Das Fieber ist jetzt auf knapp unter 40°C gesunken. Er fantasiert immer wieder vor sich hin. Er sagt unverständliche Dinge.«

»Lass uns den Arzt rufen, damit wir wissen, was er hat«, schlug er vor und blickte erstmals in Hannahs besorgtes von Angst gezeichnetes Gesicht. Er nahm sie in die Arme, um sie zu beruhigen: »Hannah, du wirst sehen, es ist nichts Schlimmes. Er wird sich bald wieder erholt haben. Vielleicht hüpft er morgen schon wieder munter herum.«

Der herbeigerufene Notarzt, Dr. Kuhn, kam innerhalb der nächsten fünfzehn Minuten. Er stellte zuerst Fragen wie, »seit wann geht es ihm schlecht? Hat er

Fieber? Wie hoch? Ist er extrem müde?« Dann untersuchte Alexander.

»Geschwollene Lymphknoten, gelber Belag auf den Mandeln, vergrößerte Milz«, murmelte er seine Untersuchungsergebnisse vor sich hin.

Er schaute zu Hannah und Joey und unterrichtete sie über seinen Verdacht: »Es deutet alles auf das Pfeiffersche Drüsenfieber hin. Ich nehme ihm eine Blutprobe, denn erst eine Blutuntersuchung erlaubt eine hundertprozentige Diagnose, wobei ich mir jetzt schon ziemlich sicher bin.«

Dann erklärte er die weitere Vorgehensweise: »Sie haben bis jetzt richtig reagiert. Viel trinken und Wadenwickel zur Fiebersenkung. Ich lasse Ihnen fiebersenkende Zäpfchen da. Diese lindern auch ein bisschen die Schmerzen. Legen sie ihm einen Schal um den Hals, damit er warm gehalten wird. Die belegten Mandeln deuten auf eine begleitende bakterielle Infektion hin. Da empfehle ich die Einnahme eines Antibiotikums. Ich stelle Ihnen ein Rezept dafür aus. Sie haben Glück, denn dieses Wochenende hat die Stadtapotheke in Garching Wochenend-Notdienst. So müssen sie nicht zu weit fahren. Geben sie ihm eine Tablette am Morgen und eine am Abend, bis die Schachtel leer ist. Ich sehe Morgen nochmals nach Alexander, dann habe ich auch die Ergebnisse der Blutuntersuchung.«

Dann reichte er zuerst Hannah, dann Joey die Hand, verabschiedete sich und wünschte dem kleinen Patienten alles Gute. Er beruhigte Hannah noch, weil er ihren angstvollen Blick sah: »Machen Sie sich keine Sorgen, der Kleine macht sich wieder.«

Joey besorgte aus der Apotheke das Antibiotikum und stürzte sich anschließend in die Vorbereitungen für die Veranstaltung, die auf zwölf Uhr angesagt war. Andrea hatte trotz der überraschenden kurzfristigen Anfrage zugesagt: »Ich habe heute nichts Besonderes vor. Dirk geht mit den Kindern zu seiner Mutter nach München und ich muss ja nicht unbedingt dabei sein. Dirks Mutter hat für Notsituationen viel Verständnis.«

»Danke Andrea, du bist ein Schatz. Komm bitte gegen halb zwölf!«. Als Joey das Telefon auf die Basis zurückstellte, tat er einen tiefen Seufzer. Gerettet. Das Fest kann starten.

Alles lief wie geschmiert. Die Gäste waren zufrieden und die gesellige Party dauerte bis in die Morgenstunden. Doch ließ Joey es sich nicht nehmen, immer wieder mal nach dem kleinen Patienten zu sehen und sich nach dessen Befinden zu erkundigen.

»Das Fieber ist ziemlich gesunken. Er hat nur noch erhöhte Temperatur. Er trinkt auch brav und schläft immer wieder«, berichtete Hannah kurz über Alexanders Befinden.

Joey seinerseits beruhigte auch Hannah, da sie sich immer noch darüber Gedanken machte, dass im Restaurant, nach ihrer kurzfristigen Absage, auch hoffentlich alles klappt.

Die Nacht verlief ruhig. Alexander schlief relativ ruhig, nur hin und wieder stöhnte er kurz auf, ohne aufzuwachen.

»Mama?«, hörte Hannah, die gerade ein Frühstück für Alexander vorbereitete, ihn rufen.

»Oh, du bist wach? Wie geht es dir mein Schatz?«

»Besser, aber ich habe immer noch Schmerzen«, sagte er, ohne laut zu klagen. »Mama, sie waren beide da«, verkündete er lächelnd.

»Wer, war da?«, wunderte sich Hannah.

»Nathan und Gottlieb. Sie waren beide da.«

»Wirklich?«, fragte sie und war sich sicher, dass Alexander nur geträumt hatte. Der kleine Kerl schien zu erraten, was seine Mutter dachte und insistierte:

»Ich habe nicht geträumt, Mama. Sie waren da und sie haben mit mir gesprochen. Zuerst natürlich Gottlieb und dann Nathan.« Alexander überraschte Hannah immer von Neuem.

»Ich glaube dir mein Schatz«, bestätigte sie ihm sanft und überganslos fragte sie ihn: »Hast Du Hunger? Ich habe dir ein Frühstück zubereitet.«

»Nein, Mama, ich habe keinen Hunger«, entgegnete er, aß aber dennoch schön brav, die zubereitete leichte leckere Mahlzeit.

Dr. Kuhn kam um zehn Uhr vorbei. »Na, wie geht's denn unserem Virtuosen? Wie es scheint, geht es dir ja schon wieder besser.«

Er tätschelte Alexanders Wange und zu Hannah gewandt sagte er: »Meine Diagnose hat sich bei der Blutuntersuchung bestätigt«, und nach kurzem Auflegen seiner Hand auf Alexanders Stirn stellte er fest, »das Fieber ist recht gesunken. Prima. Hat er heute etwas gegessen?«

»Ja, etwas ganz Leichtes«, berichtete Hannah.

»Gut so. Er soll weiterhin viel trinken und leichte

Nahrung zu sich nehmen. Mit der Medikation fahren wir so weiter, wie gestern begonnen. Bettruhe ist natürlich weiterhin dringend erforderlich.«

»Gibt es denn kein spezielles Medikament gegen das Drüsenfieber?«, wollte Hannah wissen.

»Nein. Weitere Medikamente, als die, die sie haben, sind nicht angesagt. Es handelt sich bei dieser Krankheit um eine Virusinfektion, gegen die man aber nicht, wie bei anderen Virusinfektionen, mit einem Virostatikum angehen kann. Beim Pfeifferschen Drüsenfieber ist ein solches Medikament, wie zum Beispiel das Ampicillin nicht wirksam, im Gegenteil, es kann sogar zu großflächigen Hautexanthemen führen. Nein, nein, er braucht einfach nur Ruhe, Ruhe und nochmals Ruhe. Gegen die belegten Mandeln hat er ja das Antibiotikum erhalten. Ach ja, und rechnen sie damit, dass er mindestens die nächsten zwei Wochen, je nachdem vielleicht auch länger, denn nicht selten dauert diese Krankheit mehrere Wochen, nicht zur Schule kann. Ich hoffe er versäumt nicht allzu viel.«

»Da seien Sie unbesorgt, Alexander versäumt nichts«, erklärte sie nicht ohne Stolz.

»Also, du kleiner Star, weiterhin gute Besserung. Ich komme Freitag nochmals vorbei. Apropos Star«, er schien sich plötzlich zu erinnern und sagte zu Hannah gewandt: »Haben Sie die heutige Zeitung gelesen? Ach, was frage ich, wahrscheinlich nicht. Mit einem kranken Kind hatten Sie gewiss etwas anderes zu tun, als Zeitung zu lesen«, beantwortete er selbst seine eben gestellte Frage und fasste in seine Tasche, um die Tageszeitung herauszuholen.

Die Zeitung war so gefaltet, dass der Artikel, auf den es ihm ankam, oben auf zu sehen war. Hannah nahm die Zeitung und las die Headline:

»Ein neuer Stern erstrahlt am Musikhimmel«

»Oh, ich sollte schon längst beim nächsten Patienten sein«, sagte Dr. Kuhn nach einem Blick auf seine Armbanduhr, »auf Wiedersehen Frau Villamonti. Und du kleiner Mann, mach's weiterhin gut. Bis Freitag. Ich finde hinaus«, und schon war er weg.

Hannah rief noch Carsten an, um den Termin am Mittwoch mit Prof. Haas abzusagen, das heißt, bis auf weiteres zu verschieben. Und dann setzte sie sich ins Wohnzimmer um endlich den Artikel zu lesen.

»Musikalische Anlässe in Joeys Treff in Garching sind längst schon Tradition und äußerst beliebt. Doch letzten Freitag gab es für die Gäste einen ganz besonderen musikalischen Leckerbissen. Der erst sechsjährige, schüchtern wirkende Alexander Villamonti verzauberte die gespannte Zuhörerschaft mit einem Streifzug durch Mozarts Klavierkonzerte. Was die Leute zu hören bekamen, übertraf alle Erwartungen. Musikkenner und -experten, wie zum Beispiel Professor Dr. Ralph Haas, der sich an diesem Abend ebenfalls unter den Gästen befand, sprechen gar von einem außergewöhnlichen Talent. Wörtlich meinte der Professor des Richard-Strauss-Konservatoriums: ›Dieser Junge <u>spielt</u> nicht Mozart, er <u>ist</u> Mozart‹. Ein Name den man sich also merken sollte, denn das, was der junge Pianist am Freitag bot, ist wohl erst der Anfang einer großartigen Karriere.«

Neben dem Artikel zeigte ein Foto den in seine Musik vertieften Alexander.

Hannah war überwältigt und dann ging sie ins Schlafzimmer, um ihrem Sohn den Artikel zu zeigen. Ganz gebannt las er, schaute schließlich auf zu seiner Mutter und lächelte. Da lag ihr kleiner Alexander krank und blass in seinen Kissen und lächelte. ›Was für ein Kind‹, dachte sie liebevoll und nicht ohne Stolz.

Alexander erholte sich zusehends, doch durfte er sein Bett noch immer nicht verlassen. Dr. Kuhn hatte anlässlich seines Besuchs am Freitag weiterhin strengste Bettruhe verordnet. In der vierten Woche seiner Krankheit verlangte Alexander nach Notenpapier. Er wolle Noten aufschreiben, hatte er erklärt.

Hannah ging seit einer Woche wieder zeitweise arbeiten und schaute in regelmäßigen Abständen nach dem Patienten, vor allen Dingen auch, um sicher zu gehen, dass er die bereitgestellten Getränke auch zu sich nahm.

Wenn sie ins Zimmer kam, war er ganz vertieft über seine Notenblätter gebeugt und schrieb. Er war so konzentriert, dass er seine Mutter oft gar nicht bemerkte. Erst wenn sie ihm wieder eine neue Thermoskanne zu trinken brachte, schaute er auf, wirkte dabei irgendwie abwesend, nickte, trank und schrieb weiter.

Er war so eifrig. Es war Hannah, als würde er von einer höheren Macht getrieben. Sie hatte das Gefühl, dass seine Hände seinen Gedanken oft nicht folgen konnten. Er komponierte. Aber, woher hatte er diese Fähigkeit? Komponieren musste doch gelernt sein, bevor man selbst etwas erschaffen konnte. Ihr kleiner Liebling wurde ihr immer mehr zu einem Rätsel.

12

Nach sechs Wochen Krankheit durfte Alexander wieder zur Schule, wobei es für Alexander eher ein ungeliebtes Muss war. Es war Ende Oktober und schon ziemlich kalt, als Hannah ihn hinbrachte. Sie hatte nicht bemerkt, dass er heimlich seine Notenblätter in die Schultasche steckte.

In der Klasse wurde er persönlich begrüßt. »Kinder, heute ist euer Klassenkamerad Alexander nach langer Krankheit wieder bei uns. Wollen wir ihn in unserer Mitte besonders willkommen heißen«, verkündete Frau Bucher, die Klassenlehrerin der Klasse 1a. Im Chor plärrten die Kinder: »Willkommen Alexander.«

»Danke«, quittierte Alexander den Willkommens- gruß. Somit konnte der Unterricht beginnen. Während Frau Bucher, vorne an der Tafel schrieb und Erklärun- gen dazu abgab, holte Alexander die Notenblätter her- vor und schrieb. Zuerst merkte sie nicht, dass Alexand- er ganz etwas anderes tat, als von ihm erwartet. Erst als er weiter schrieb, während alle anderen Kinder fertig waren, stutzte sie.

»Alexander«, rief sie in strengem Ton. Er hörte sie nicht. Erst als Tatjana, seine Banknachbarin, ihn mit ihrem Ellbogen anstieß, schaute er auf und fragte ganz abwesend: »Was ist?«

»Alexander, du hast sechs Wochen gefehlt und hast eine Menge aufzuholen. Also Grund genug, aufmerksam zu sein, statt herumzukritzeln.«

»Ja«, sagte er und faltete seine Hände über seinen Notenblättern.

»Lies mir bitte vor, was ich an der Tafel geschrieben habe und wiederhole, was ich dazu erklärt habe.«

Alexander begann zu lesen: »*Lisa und Tim freuen sich. Morgen dürfen sie Papas Schwester Anna besuchen. Tante Anna wohnt auf dem Lande …*« Er stoppte.

»Na, komm lies weiter!«, forderte Frau Bucher ihn auf, während sie sich dennoch wunderte, dass der Junge nach so langem Ausfall, und das auch noch in der ersten Klasse, so flüssig las.

»Ich finde den Text nicht besonders«, begründete er stoisch seinen Abbruch. Die Kinder kicherten.

»Aha, du findest den Text also ›*nicht besonders*‹«, wiederholte sie empört Alexanders Äußerung in strengem Ton. »Hör mal, du magst vielleicht ein Musiktalent sein, ja sogar ein Wunderknabe, aber das entbindet dich noch lange nicht davon, deine Schulpflicht zu erfüllen und gemäß Lehrplan lesen, rechnen und alles andere, das zum Schulwissen gehört, zu lernen.« Als es raus war, ärgerte sie sich selbst über ihren hysterischen aber auch abwertenden Ton, den sie anschlug. Sie war eine Erwachsene und er ein Kind. Sie durfte sich von einem Kind nicht so aus der Fassung bringen lassen. In ruhigerem Ton fügte sie schließlich fragend hinzu: »Warum findest du den Text nicht besonders? Könntest du mir das ›*nicht besonders*‹ bitte näher definieren«, und sie stellte erstaunt fest, dass sie mit diesem Jungen in ihrer Wortwahl wie mit einem Erwachsenen sprach.

»Er … er …«, begann er stockend.

»Er … ?«, hakte Frau Bucher nach.

»Er ist primitiv«, erklärte er kleinlaut, »so spricht kein Mensch. Und er ist unlogisch.«

»Primitiv also? Nicht logisch? Was ist deiner Meinung nach an dieser Geschichte ›unlogisch‹?«

»Nun, ich frage mich, warum am Ende des Textes eine Erklärung stehen muss, dass Lisa und Tom Geschwister sind? Wir wissen doch, dass es sich um die Schwester ihres Papas handelt, die sie besuchen dürfen.«

»Und?«, wollte Frau Bucher ungeduldig wissen, »was ist deine Logik?« Eigentlich hatte sie längst verstanden, was der Junge meinte, aber sie wollte ihn herausfordern, vielleicht deswegen, weil ihr diese sachliche Feststellung von einem Kind imponierte und sie jetzt natürlich ziemlich neugierig darauf war, ob dieses Kind überhaupt wusste, wovon es sprach. Sie war gespannt auf Alexanders Erklärung.

»Na ja, diese Erklärung braucht es nicht, genauso wenig, wie man erklären muss, dass der Kreis rund ist.«

Frau Bucher war überwältigt. Der Junge hatte mit seinen eigenen Worten, weil sein Wortschatz diese Bezeichnung noch nicht kannte, von Pleonasmus gesprochen.

»Dann komm doch bitte vor an die Tafel und schreibe den Satz so hin, wie er dir als *logisch* und *nicht primitiv* gefallen würde«, forderte sie ihn auf.

Alexander ging an die Tafel. Unter dem vorgegebenen Text:

»*Lisa und Tim freuen sich. Morgen dürfen sie Papas Schwester Anna besuchen. Tante Anna wohnt auf dem Lande. Lisa und Tim sind Geschwister und wohnen in der Stadt. Ein Besuch auf dem Lande ist für Lisa und Tim immer aufregend*«

schrieb er seine Version:

»*Lisa und Tim freuen sich sehr, denn morgen dürfen sie Tante Anna, Papas Schwester, auf dem Lande besuchen. Für die beiden Geschwister, die nur das Stadtleben kennen, ist der Besuch auf dem Lande immer aufregend.*«

Frau Bucher schluckte. Das, was Alexander aus dem vorgegebenen Text so eben mal aus dem Stegreif herausarbeitete, mutete an wie der Beginn eines Aufsatzes, aber nicht dem eines Erstklässlers, sondern mindestens eines Kindes der dritten Klasse, wenn nicht noch weiter oben.

»Du kannst dich wieder setzen, Alexander«, sagte sie, unter dem Eindruck ihrer Verblüffung, mit gedämpfter Stimme. Mit der Bewertung »ein guter Vorschlag, danke«, wollte sie ihren Ausraster von vorhin wieder wettmachen und gleichzeitig auch demonstrieren, dass sie über solchen Zwischenfällen stand.

*

Im Kollegium regte sie an, dass man den Jungen aus ihrer Klasse herausnehme und in der zweiten Klasse platziere, nachdem sie den Zwischenfall vom Vormittag im Detail erzählte.

»Der Junge muss gefordert werden«, meinte sie, »ich gehe sogar davon aus, dass er wahrscheinlich nicht lange in der zweiten Klasse verbleiben würde, um schließlich bald einmal in die dritte zu wechseln.

Am nächsten Tag wurde Alexanders Mutter in die Schule gebeten und darüber unterrichtet, dass Alexander in der ersten Klasse total unterfordert sei und man eine Versetzung in die nächste Klasse anvisiere. Ja, das hatte sie schon erwartet. Im Prinzip war Alexander erst eine Woche in der Schule, bevor er krank wurde und sie war damals schon gespannt, wann es wohl zum ersten Zwischenfall kommen würde.

»Tja, dann werden wir Alexander wohl auf diese neue Situation vorbereiten müssen«, sagte sie und gemeinsam gingen sie vor die Tür wo Alexander auf der Bank wartete.

Dieser nahm die Nachricht ziemlich gelassen auf, doch wollte er wissen, ob seine Freundin Tatjana mit ihm zusammen die Klasse wechseln dürfe. Er war enttäuscht, als er erfuhr, dass das nicht möglich war. Er betrat mit dem Schulrektor die Klasse 2a und wurde als neuer Mitschüler vorgestellt. Er wurde neben Christoph, den Klassenbesten, gesetzt.

Als Hannah mit dem Rektor den langen Flur zurücklief, schmunzelte er und meinte ironisch: »So, nun bin ich gespannt, wie lange der Junge es hier aushält. Wahrscheinlich überfliegt er alle vier Klassen in einem Jahr und tummelt sich nächstes Jahr schon als Sextaner auf dem Gymnasium.«

Hannah lächelte und pflichtete ihm bei: »Ja, wer weiß? Bei Alexander überrascht mich nichts mehr.«

»Nun, er wird seinen Weg finden«, beendete der Rektor das Thema, reichte Hannah die Hand und verabschiedete sich.

Am Mittag holte Hannah Alexander ab. »Na, wie war es heute in der Schule?«

»Ja gut«, lautete seine knappe Antwort. Alexander war kein Kind vieler Worte, es sei denn er konnte mit Carsten fachsimpeln oder mit Joey, Thomas oder seiner Mama ernsthafte, spannende Themen diskutieren. Mittlerweile war er ja sowohl bei Hannah als auch bei seinen Paten zu Hause. Doch was sollte er auch antworten, wenn ihn jemand nach der Schule fragte. Dazu gab es einfach nicht viel zu erklären. Eines stand zumindest fest: er fand den Tag nicht berauschend. Was in der Klasse durchgenommen wurde, kannte er schon und viele Fächer haben Zweitklässler ja noch nicht. Es fiel ihm schwer, sich auf die Ausführungen der neuen Lehrerin, Frau Hermann, zu konzentrieren. Aber das war immer so, wenn ihn etwas langweilte.

»Ich habe eine Überraschung für dich«. Alexander ist bei diesem Satz richtig aufgewacht und schaute ungeduldig neugierig zu seiner Mama hoch.

»Du hast Freitagnachmittag einen Termin.« Sie ließ, um die Spannung zu steigern den Satz erst mal so stehen.

»Mama, sag schon bei wem?«, hakte er ungeduldig nach, obwohl er eigentlich eine Vermutung hatte.

»Bei Professor Dr. Haas im Richard-Strauss-Konservatorium.«

Alexanders Augen leuchteten. Es ist ja nun schon sechs Wochen her, dass er eine Einladung zum Professor hatte und dieser leider nicht folgen konnte. Er hatte in der Zwischenzeit nicht viel Klavier gespielt, doch dafür hatte er eine Partitur geschrieben, die bis Feitag sicher fertig gestellt sein würde.

Er brauchte seiner Mutter auf diese Ankündigung gar nicht viel zu antworten, denn die leuchtenden Augen waren Antwort genug. Dennoch fragte Hannah: »Na ist das eine gute Überraschung?«

»Da fragst du?«, gab er als Gegenfrage zurück.

Carsten holte Alexander am Freitag ab. Mit umgehängter Tasche, in der sich seine Partitur befand, verließ Alexander fröhlich plaudernd das Restaurant.

Der Professor war ein großer stattlicher Mann, der sein nicht allzu kurz geschnittenes graues Haar nach hinten gekämmt trug, während sich aber meist eine widerspenstige Strähne aus dieser aufgezwungenen Dressur herauslöste und frech in seine Stirn hing. Er hatte hellbraune Augen, die, wenn er aufschaute über einen silbernen Brillenrand hervorlugten. Der oberste Knopf seines weiß-blau gestreiften Hemds war geöffnet, die Ärmel lässig bis zum Ellbogen hochgekrempelt. Seine dunkelgraue Hose war zerknittert.

»Hallo Alexander«, begrüßte der Professor ihn mit seiner sehr ruhigen tiefen Stimme. »Ich hörte, du warst sehr krank. Aber nun bist du ja wieder gesund. Das ist wunderbar.«

Alexander nickte nur und setzte erklärend hinzu, dass er in dieser Zeit leider nicht Klavier spielen konnte. Dann leuchteten seine Augen und er griff in die Tasche, holte seine Partitur heraus und reichte sie dem Professor:

»Dafür habe ich … wir … das geschrieben.«

Dieser nahm das Bündel entgegen, blätterte es interessiert durch und staunte nur noch. Eigentlich sollte das Treffen ganz anders verlaufen. Er wollte Alexander einer Prüfung unterziehen, um herauszufinden, wo bei ihm für ein Studium angesetzt werden sollte. Aber was er hier in Händen hielt sprengte seine Erwartung an diesen jungen Künstler.

»Das ist ja … das ist unglaublich … überwältigend«, brachte er nur stockend hervor. »Das hast du geschrieben?«, wandte er sich fragend an Alexander, während er die Augen nicht von der Partitur lassen konnte.

Alexander nickte und brachte ein kleinlautes »ja« hervor, das er aber gleich anschießend korrigierte: »wir.«

Der Professor war zu überwältigt, als dass er das ›wir‹ wahrgenommen hätte. Beide Male überhörte er es und es war kein Wunder: Denn das, was er hier vor sich liegen hatte, beanspruchte seine uneingeschränkte Aufmerksamkeit. Es war nämlich die zu Ende gebrachte Komposition von Mozarts unvollendetem Requiem und zwar mit der Perfektion eines Meisters, wie sie nur Mozart zuzuschreiben war. So wie er es auf den ersten Blick beurteilen konnte, fehlten alle von Franz Xaver Süßmayr, einem Schüler Mozarts, angebrachten Ergänzungen. Stattdessen sah er hier eine Version, wie sie unverkennbar nur aus der Feder des ursprünglichen Meisters entsprungen sein konnte.

»Alexander, das ist ein Meisterwerk«, kommentierte er die vorliegende Arbeit während er ihn über seinen Brillenrand fast ungläubig anschaute. Den Rest des Satzes dachte er nur noch: ›Es ist fast nicht zu glauben, *nein unmöglich, dass du Mozarts Requiem vollendet haben sollst. Du bist einfach noch zu jung, zu unerfahren für ein solches Werk. Es ist eigenwillig, so wie es nur von Mozart geschrieben worden sein konnte.‹*

»Lässt du mir die Partitur hier, damit ich sie mit meinen Kollegen diskutieren kann?«, fragte er stattdessen. Alexander nickte nur und schaute den Professor mit seinen großen dunklen Augen erwartungsvoll an.

»Gut, danke. Dann also, setz dich bitte ans Klavier und spiele mal …«, er blätterte in einem Notenstapel, legte ihm eine Auswahl von Klavierstücken hin, nicht nur von Mozart, sondern auch von anderen Komponisten, »… und spiele mal dies hier in dieser Reihenfolge und zwar immer nur so lange, bis ich stopp sage.«

Alexander spielte und spielte und ging förmlich auf in seiner musikalischen Welt. Die Stopps störten ihn zwar gewaltig, doch beschwerte er sich nicht. Er wusste ja, dass er einem Test unterzogen wurde.

Immer wieder stellte der Professor Fragen, hieß ihn kurze Passagen oder ganze Absätze zu wiederholen und dabei seine Erklärungen zu berücksichtigen.

Schon diese Tatsache, dass Alexander bei jeder Aufgabenstellung überhaupt verstand, was der Professor genau von ihm wollte, versetzte Haas in höchstes Erstaunen. Denn er verwendete mitnichten Kindersprache, sondern bediente sich der Fachterminologie.

Nach einer Stunde des Spielens fragte er Alexander, ob er eine Pause einlegen möchte. Doch Alexander, für den Musik Entspannung genug war, schüttelte energisch den Kopf und so machten sie weiter. Drei Stunden vergingen wie im Fluge. Das war Alexanders Welt.

Da fühlte er sich wohl. Eigentlich wollte er nicht mehr zur Schule gehen. Er wollte alles über Musik und ihre Meister wissen, das hieß, dass er studieren wollte und zwar hier am Richard-Strauss-Konservatorium.

»So, mein Junge, ich meine, wir sollten jetzt aufhören. Du hast drei Stunden hochkonzentriert gearbeitet. Du hast deine Sache sehr gut gemacht, was ja nicht anders zu erwarten war, nach der Vorstellung, die du vor sechs Wochen gegeben hast. Ich bringe dich jetzt wieder zu Carsten. Der wartet sicher schon ungeduldig«, beendete der Professor die heutige Sitzung.

Carsten saß vertieft in seine Arbeit, und als er die beiden kommen hörte, schaute er erwartungsvoll auf und versuchte aus den Gesichtern zu lesen.

»So Carsten, hier bringe ich Ihnen Ihren Schützling wieder zurück. Er hat seine Sache gut gemacht. Wir werden die weitere Vorgehensweise diskutieren. Es geht auch darum eine staatliche Förderung in Form eines Stipendiums zu erhalten. Das dürfte bei ihm im Zuge der Begabtenförderung jedoch kein Problem sein. Ich werde mich so bald wie möglich wieder bei Ihnen melden.«

Auf dem Heimweg war Alexander in Gedanken versunken. Irgendetwas beschäftigte ihn.

»Woran denkst du?«, fragte Carsten.

»Weißt du Carsten, ich möchte gerne etwas für meine Mama kaufen. Sie hat doch übermorgen Geburtstag.«

Alexander hatte Taschengeld, das er sich mit seinem Konzert selbst verdiente, mitgenommen und wollte etwas besorgen.

»Hm«, überlegte Carsten laut, der von Joey über eine geplante Geburtstagsparty schon eingeweiht war. Über eine Geschenkidee hatte sich Alexander längst schon Gedanken gemacht, nur fand er bis zu diesem Tage keine Gelegenheit für die Besorgung.

»Mama hört so gerne klassische Musik und besonders gerne sitzt sie abends, wenn ich schon lange im Bett liege auf dem Sofa und genießt ihre Musik. Da sie aber niemanden stören will, weder mich noch Joey und Thomy, stellt sie die Lautstärke immer auf ganz leise. Aber Klassik, die so leise gestellt werden muss, dass sie niemanden stört, kann man doch nicht richtig genießen. Es muss einen doch richtig frieren können, wenn man das An- und Abschwellen der Musik mitbekommt. Und das geht bei so leise gestellter Klassik nicht. Deshalb, dachte ich, ein paar gute Kopfhörer zu kaufen.«

»Eine großartige Idee, Alexander. Komm, wenn wir schon in München sind, lass uns einen Kopfhörer besorgen«, schlug er vor, und es war genau das, was Alexander eigentlich wollte. Carsten hatte aber noch einen zusätzlichen Vorschlag.

»Ich habe noch eine Idee, was wir dem Geschenk beifügen könnten. Wir sind zwar knapp dran, aber wenn wir uns gleich morgen ins Vorhaben stürzen, könnten wir es verwirklichen. Und zwar würde ich dich, wenn es dir recht ist, in der Uni beim Klavierspiel aufnehmen und davon eine CD brennen. Auf meinem Computer stelle ich ein Cover her, so dass es richtig professionell aussieht. Dann hat deine Mama von dir eine erste CD. Wie findest du das?«

»Klasse«, schwärmte Alexander.

Nachdem Carsten bei Hannah kurz anrief, um Bescheid zu geben, dass es später würde, machten sich die beiden Verschworenen an die Verwirklichung des Planes.

Zuerst kauften sie einen guten Kopfhörer, ließen ihn schön einpacken, fuhren dann nach Unterschleißheim in Carstens kleines Apartment, um seine Digitalkamera zu holen und schließlich zum Bürgerhaus am Rathausplatz. Carsten besaß einen Schlüssel, da er dort des Öfteren zu Spielabenden engagiert wurde und dafür auch hier üben durfte. Der Festsaal des Bürgerhauses war für eine Fotografie natürlich die ideale Kulisse. Alexander saß am Flügel und Carsten schoss eine ganze Reihe von Fotos, woraus er die beste Aufnahme für das Cover verwenden wollte. »Es wäre natürlich nicht schlecht gewesen, wenn du ein weißes Hemd mit Fliege, statt dem karierten Hemd, angehabt hättest«, überlegte Carsten laut, »es würde halt stilechter wirken. Aber, egal, deiner Mama wird es recht sein, sie wird sich auf jeden Fall freuen, egal was du anhast.«

Als sie zurück ins Restaurant kamen, war es schon halb neun. Hannah kam gerade von einem Gast zurück und meinte: »Na ja, ein bisschen später, ist aber schon leicht untertrieben.«

»Sorry Hannah«, beschwichtigte Carsten, »ich weiß es ist spät, aber der Test bei Professor Haas dauerte ja schon bis nach sechs, dann wollte Alexander gerne mal mit zu mir in meine Wohnung kommen. Ich zeigte ihm alles und anschließend waren wir noch im Bürgerhaus in Unterschleißheim. Dort steht ein Steinway/Bechstein,

ein hochwertiger Flügel, den Alexander gerne sehen und selbst einmal darauf spielen wollte.«

So im Großen und Ganzen war die Story, die Carsten als Entschuldigung hervorbrachte, nicht einmal gelogen.

Während Carsten mit Hannah sprach, ging Alexander zu Joey hinter die Theke und holte aus seiner Tasche das Geschenk heraus, damit Joey es dort gut versteckt deponiere. Joey vertraute Alexander an, dass sie eine Geburtstagsfeier im Restaurant planten und dazu Überraschungsgäste geladen haben.

Das war gar nicht so einfach, weil sie bei einem Gast erst die Adresse ausfindig machen mussten. »Da deine Mama wegen deiner Krankheit viel mit dir beschäftigt war, konnten wir natürlich frühzeitig ungestört planen, ohne dass sie etwas mitbekommen hat. Das wird eine große Überraschung geben«, erklärte Joey mit fast kindlicher Vorfreude.

»Give me five«, sagte er und hob seine Hand hoch, damit Alexander mit seiner flachen Hand dagegen klatschen konnte und so besiegelten die beiden ihren Pakt als Geheimnisträger, denn schließlich durfte Alexander sich auf gar keinen Fall verquatschen.

»Ach ja«, fiel Carsten noch ein, bevor er sich von Hannah verabschiedete, »ich müsste deinen Sohn morgen erneut entführen. Wir würden gerne nochmals ins Konservatorium. Wäre das für dich in Ordnung?«

Als Hannah ihre Zustimmung durch ein leichtes Kopfnicken ausdrückte, umarmte er sie zum Abschied und meinte, »ich hole ihn Morgen gegen halb zehn ab.«

Hannah blickte Carsten etwas wehmütig nach, als er das Restaurant verließ, denn ihr wurde in diesem Moment schmerzhaft bewusst, dass ihr kleiner Liebling schon jetzt begann sich langsam abzunabeln: Konservatorium, Bürgerhaus … später würden es Konzerte sein.

Sie fürchtete sich ein bisschen vor dieser rasanten Entwicklung. Nein, Alexander war kein Baby mehr … Alexander war ein Musikgenie.

13

*H*annah hatte an diesem Sonntag aus gegebenem Anlass keinen Dienst und es wurde ihr verboten, das Restaurant zu betreten, das hieß, dass sie erst kommen dürfe, wenn sie gerufen würde. Sie mutmaßte schon, dass das Dreierkomplott ›Joey, Thomy und Alexander‹ wahrscheinlich eine Überraschung plante und schmunzelte ob dieser wichtigen Geheimnistuerei, wie Alexander sie mit Begeisterung praktizierte.

Nachdem die letzten Gäste das Restaurant wegen der nachfolgenden geschlossenen Gesellschaft verließen, begann eine rege Betriebsamkeit. Alles wurde schön dekoriert, ein großes Glückwunschplakat aufgehängt und die Tische festlich gedeckt. Auf einem separaten Tisch lagen die Geschenke.

Die CD, die Carsten zusammen mit Alexander fertig stellte, ist sehr gut gelungen, ein wahrer Ohrenschmaus, wenn auch das ganze Unternehmen in äußerst knapper Zeit zu realisieren war. Carsten musste sich recht sputen, um alles fertig zu bekommen. Das gelungene Cover gab dem Geschenk einen professionellen äußeren Anstrich.

Die Tür zum Restaurant öffnete sich und herein trat Antonia. Ihr schwarzes Haar hatte sie elegant hochgesteckt. An ihrer Seite war Thorsten ihr neuer Freund. Sie kamen von Hamburg angereist, wo Antonia seit Abschluss ihres Studiums lebte. Joey nahm ihnen ihre

Mäntel ab und war beeindruckt über Antonias grazile Erscheinung. Sie trug ein schlichtes den Körper fließend umschmeichelndes Kleid in angenehmer sattroter Farbe. So hatte er sie gar nicht mehr in Erinnerung. »Du siehst gut aus«, schmeichelte er ihr.

»Danke«, nahm sie das Kompliment keck lächelnd entgegen, »Joey, darf ich dir meinen Freund Thorsten vorstellen? Wir sind seit zwei Jahren zusammen.«

»Sehr erfreut«, begrüßte Joey ihn und dachte bei sich, dass es bezeichnend sei, wie die Leute, die einen Partner verloren hatten, sei es durch Tod wie bei Antonia oder durch Trennung, immer wieder an den gleichen Typen Mensch geraten. Er hatte wirklich das Gefühl, vor ihm stünde der leptosome Claus mit etwas helleren Haaren.

»Mein Gott, ist das Alexander Junior«, rief Antonia entzückt, als sie den Sechsjährigen vorüberhuschen sah. Bevor Joey antworten konnte, blieb der Kleine, durch den lauten Ausruf aufmerksam geworden, abrupt stehen, drehte sich zu Antonia um und fragte: »Bist du Mamas Freundin Antonia?«

»Ja, die bin ich. Ich habe dich nur einmal vor sechs Jahren gesehen, gerade als du geboren wurdest«, antwortete Antonia und stellte im Stillen fest, wie sehr er doch seinem Vater ähnlich sah.

»Schön, dass du kommen konntest. Eine wunderschöne Überraschung, die sich Joey ausdachte. Meine Mama wird sich riesig freuen«, war Alexanders charmante Art, Antonia willkommen zu heißen. Antonia, die sich über die Ausdrucksweise des Jungen wunderte, weil sie irgendwie so reif klang, lächelte und bestätigte, dass sie sich nach so langer Zeit ebenso auf ihre Freundin freue.

Während sie sprachen, ging erneut die Türe auf und Nathan trat ein.

»Oh, bitte entschuldige mich, Antonia, ich muss Nathan begrüßen«, sagte er höflich mit dem Kopf zur Tür weisend und rannte zu Nathan direkt in seine Arme.

Der drehte sich durch Alexanders Schwung einmal um die eigene Achse und drückte ihn ganz herzlich. Man sah, dass der Kleine diesen schlichten alten Mann mit dem schneeweißen Haar liebte und dass diesem das Kind genauso ans Herz gewachsen zu sein schien.

Jetzt waren alle da. Fast alle, denn die größte Überraschung sollte erst noch folgen. Die Anwesenden wurden in Position gebracht, das heißt, dass Alexander sich ans Klavier setzte und die kleine Gesellschaft – Joey, Thomas, Antonia, Thorsten, Nathan, Susi und Carola, zwei Kellnerkolleginnen – sich daneben als Chor formierte.

»Probe«, verkündete Carsten laut und Alexander spielte einen Takt vor und dann sang man das alt bekannte ›Happy Birthday‹ mit Klavierbegleitung. Es klang wunderschön, denn es hatte recht gute Stimmen dabei und Carsten sang eine zweite Stimme, die in der Tonlage über den anderen lag.

»Wir sind ja fast perfekt«, meinte Carsten anerkennend. Joey hing schon am Telefon, um das Geburtstagskind endlich herunter zu bitten. Gleich anschließend folgte noch ein kurzes, Telefonat, als wolle er nur jemandem ein Zeichen geben.

Es ging nicht lange, da kam Hannah durch die Tür. In ihrem schlicht-eleganten schwarzen Kleid und mit ihrem blonden streng nach hinten zu einem Knoten im Nacken zusammen genommenen Haar wirkte sie so richtig edel, fast aristokratisch. Sie war geradezu eine Erscheinung, die so manchen hier in bewunderndes Erstaunen versetzte. Bevor Hannah richtig erfassen konnte, wer denn nun alles hier neben dem Klavier formiert stand, gab Carsten schon das Zeichen und das ›*Happy Birthday*‹ erklang, wie eben in der Probe.

Hannah hatte Tränen der Rührung in den Augen. Plötzlich erkannte sie Antonia. Mit tränenverschleiertem Blick lächelte sie ihr entgegen. »Danke euch allen«, konnte sie nach Abklingen des Liedes, immer noch unter dem Eindruck ihrer Überraschung, nur hervorbringen. Als erstes rutschte Alexander vom Klavierstuhl, rannte zu ihr und sie umarmten sich. »Alles Gute, Mama, zu deinem Geburtstag.«

»Danke mein Schatz. Was für eine Überraschung. Danke« und wieder aufgerichtet zu den Gästen schauend »Euch allen vielen Dank.« Dann hielt es sie nicht mehr länger und im nächsten Moment lagen sie und Antonia sich in den Armen.

Gratulationen, Umarmungen, Small Talks folgten als plötzlich die Türe zum Restaurant erneut aufging. Alles schaute plötzlich zur Tür.

Hannah hob beide Hände vor den Mund, als könne sie nicht glauben, was sie eben sah. »Tante Sophia, Onkel Robert, Geraldine«, brachte sie vor Überraschung nur hervor. Nachdem sich die erste Spannung gelegt hatte, lagen sie sich vor Freude weinend in den Armen.

Geraldine ist eine junge Frau von zwanzig Jahren geworden und als Hannah sie begrüßte, musste sie der damaligen Äußerung von Tante Sophia, dass sie sich sehr ähnlich seien, Recht geben. Sie hätten in der Tat Schwestern sein können. Sogar die Körpergröße war identisch ... außer den Augen, die waren extrem hell. So schöne blaue Augen hatte Hannah nie zuvor gesehen.

»Schön, Geraldine, dass ich dich endlich persönlich kennenlernen darf«, sagte Hannah und umarmte sie.

Joey schaute zufrieden. Die Überraschung war gelungen, das Fest ein Erfolg.

»Joey. Ich danke euch für diese gelungene Geburtstagsfeier, die eigentlich eines runden Geburtstags würdig wäre. Ich habe meinen Runden doch erst in zwei Jahren.«

Von Tante Sophia erfuhr Hannah, dass ihr Hiersein einem Klassentreffen der Fünfzigjährigen in Florenz zu verdanken war. Tante Sophia feierte nämlich im April dieses Jahres ihren fünfzigsten Geburtstag. Sie hatten ja anlässlich dieses Jubiläums miteinander telefoniert. Von ihrem Klassentreffen erzählte Tante Sophia natürlich nichts. Doch dafür erfuhr Joey im September davon. Tante Sophia rief nämlich Joey an und schlug diesen Überraschungscoup zu Hannahs Geburtstag vor. Ob runder Geburtstag oder nicht, dachte Joey, das würde dennoch eine runde Sache geben und äußerst spannend. Außerdem, einen Runden gab's dieses Jahr ja allemal und dieser war schließlich Anlass genug für eine weite Reise von Neuseeland nach Italien und anschließend nach Deutschland.

Als erstes gab es Kaffee und Kuchen. Susi und Carola, die beiden Kolleginnen, schenkten ein, brachten Nachschub und sorgten dafür, dass es den Gästen an nichts fehlte. Hannah saß neben Antonia und sie hatten sich seit dem letzten Mal so viel zu erzählen. Antonia und Thorsten hatten eine gut gehende Kanzlei in Hamburg und demnächst wollten sie auch heiraten, wozu sie Hannah soeben recht herzlich einluden.

»Na, ob ich das so einfach hinkriegen würde, mal eben nach Hamburg zu reisen?«, zweifelte Hannah.

»Meine liebe Hannah, wir heiraten selbstverständlich nicht in Hamburg, sondern in meiner Heimatstadt und das ist und bleibt München«, nahm Antonia ihr jede Begründung für eine Ausrede.

»Na, das ist natürlich etwas anderes. In diesem Fall würde ich sogar sagen, dass ich darauf bestehe, bei eurer Hochzeit dabei zu sein«, gab sie lächelnd zurück.

»Nun, aber zu dir Hannah. Sag' mal, wie sieht es eigentlich mit deinem Studium aus? Wolltest du nicht an damals anschließen?«, fragte Antonia.

»Ach meine Liebe, das ist einfacher gesagt, als getan. Ich muss unseren Lebensunterhalt verdienen. Sicher Joey und Thomy unterstützen mich, sogar mehr, als ich je erwarten durfte. Wir sind so quasi eine Familie, in der keiner hängen gelassen wird. Doch will ich ihre Hilfsbereitschaft nicht überstrapazieren. Ich will schon auch einiges beisteuern.«

Mit einem liebevollen Blick zu Alexander, fügte sie hinzu: »Und dieser süße, liebenswerte Bengel da, der braucht mich. Er hat ein ungewöhnliches Talent, das gefördert werden muss. Und ER ist die Zukunft, nicht ich.«

»Ja, ein liebenswerter Junge, dein Sohn. Das habe ich gleich zu Beginn feststellen dürfen, als er mich höflich begrüßte. Ja, und dass er Talent hat, habe ich ja eben gehört, als er am Klavier saß. Wie lange spielt er denn schon?«

Hannah schmunzelte und sagte: »Lass mich nachdenken«. Sie schaute dabei in die Luft, als würde sie ernsthaft nachrechnen müssen und zählte auf: »Erste musikalische Gehversuche mit einem Jahr auf einem Kinderpiano; mit drei Jahren Entwicklung des Gefühls für Harmonien und Beginn mit intensivem Klavierunterricht … tja und mittlerweile hat er seine erste Komposition fertiggestellt und scheint nun reif für ein Studium am Richard-Strauss-Konservatorium. Zumindest wird diese Option im Moment geprüft.«

»Du alberst rum«, meinte Antonia ungläubig, »lass ihn erst mal die erste Schulklasse überstehen, dann …«

Weiter kam sie nicht, denn Hannah unterbrach sie: »Die hat er schon überstanden, und so wie es aussieht, wird er es in der zweiten Klasse nicht sehr lange aushalten.«

»Ähm, du willst damit sagen, dein Sohn ist ein äußerst intelligentes und zudem begabtes Kind?«

»Jepp. Um es kurz zu sagen, er wird als Wunderkind gehandelt. Das, was du eben am Klavier von ihm hörtest ist nur ein ganz winziger Vorgeschmack.«

»Oh«, antwortete Antonia höchst beeindruckt.

»Spaß beiseite, es ist nicht einfach, ein solch begabtes Kind zu haben. Du weißt nie, wie du es richtig machst bei der Erziehung. Er ist so überlegen, für sein Alter viel zu vernünftig. Auf der anderen Seite, war er noch naiv genug, zu glauben, er habe in Joey und Thomy zwei Väter. Hätte ich seiner rasanten Entwicklung entsprechend gleich Rechnung getragen, hätte ich viel früher mit ihm über seinen Vater gesprochen. Dann hätte ich ihn vor einer Peinlichkeit bewahren können. Es war dumm von mir, das weiß ich jetzt, aber die beiden hatten die Vaterrollen so selbstverständlich und überzeugend übernommen, dass ich diesen Glauben nicht zerstören wollte. Eines habe ich daraus gelernt. Ich nahm mir danach vor, mit Alexander nur noch wie mit einem Erwachsenen zu sprechen. Wenn er etwas nicht verstehen würde, würde er es mir sagen. Und du wirst es nicht glauben, bis jetzt hat er immer alles verstanden.«

»Aber das mit dem Konservatorium, das war doch ein Scherz, oder?«, fragte Antonia etwas ungläubig.

»Nein, Antonia, kein Scherz, pure Realität.«

»Unglaublich«, kommentierte Antonia mit echter Bewunderung, »dann gehe ich mal stark davon aus, dass wir heute noch etwas zu hören bekommen. Wahrscheinlich kriegen wir auch sehr bald in den Medien von einem außergewöhnlichen Wunderkind zu lesen und zu sehen.«

»Na, hörte ich eben Wunderkind?«, kam Tante Sophia hinzu, »dann kann nur die Rede von unserem

Enkel sein.« In ihrer Stimme schwang Stolz und Freude mit.

Hannah ließ sich von ihrer Tante sehr ausführlich über ihre neue Heimat und ihre Arbeit informieren. Sie schienen wirklich sehr glücklich dort zu sein und verschwendeten keinen Gedanken darauf, jemals wieder nach Deutschland zurückzukehren.

»Weißt du Hannah, wir haben uns so gut eingelebt. Wir haben viele gute Freunde und dann haben wir das Geschäft, das sehr gut läuft und mit Geraldine macht das Arbeiten richtig Spaß. Auch sie ist für uns wie eine Tochter. Nein, es zieht uns nicht mehr hierher zurück.«

»Ich freue mich so für euch, dass alles so gut gelaufen ist. Weißt du, auch ich bin zufrieden. Ich habe einen wunderbaren Sohn und natürlich eine wunderbare Familie und nicht zuletzt meine Arbeit. Wenn ich damals dachte, dass es ohne Alexander dem Großen nicht mehr weitergehen könne, und dass man mich besser hätte sterben lassen sollen, so hat sich das zurück- und vorwärtsblickend als ungeheuerlichen Irrtum erwiesen. Es gibt in der Tat immer einen Weg. Und ich bin so dankbar, dass ich bei jedem Schicksalsschlag, und davon hatte ich wahrhaftig genug in meinem Leben, immer liebevoll aufgefangen wurde.«

»Weißt du Hannah, damals, als du mir, wenn auch ziemlich zögerlich, von Alexanders Tod berichtet hattest, hatte ich mir wirklich sehr große Sorgen gemacht. Wenn du gesagt hättest, ›bitte Tante Sophia komm, ich brauche dich‹, ich hätte mich nicht zweimal bitten lassen und hätte alles stehen und liegen gelassen.«

»Ja«, warf Geraldine ein, die eben dazugekommen war, »und ich hatte Angst, dass Tante Sophia mich verlassen würde, kaum dass sie zu uns nach Neuseeland gekommen war.«

Tante Sophia lächelte. »Ja, ich wäre tatsächlich gekommen, doch du, Hannah, hattest darauf bestanden, dass ich blieb. Du gingst sogar so weit, dass du mir nicht einmal von dem schrecklichen Unglück erzählen wolltest, hätte ich nicht so hartnäckig gebohrt, weil ich einfach spürte, dass etwas nicht stimmte. Du wusstest, dass Geraldine mich brauchte und du wolltest, dass sie die gleiche Geborgenheit erfährt, wie du sie erlebtest. Da wusste ich, dass es ein Fehler gewesen wäre, hätte ich das Kind verlassen. Da habe ich ein weiteres Mal erfahren, was für ein wunderbarer Mensch du bist.«

»So ernst, an einem so freudigen Tag?«, wurden die drei durch Nathans angenehme Stimme unterbrochen. Beide fuhren erschrocken herum.

»Tante Sophia, darf ich dir Nathan vorstellen. Er ist ein guter Freund, oder besser gesagt, auch ein Teil meiner Patchwork-Familie, will heißen ebenso ein würdiger Ersatz für meine nach Neuseeland ausgewanderte Familie, wenngleich er sehr selten zu Hause anzutreffen ist«, lachte Hannah.

»Jetzt, da du lachst, gefällst du mir besser«, sagte er, und zu Tante Sophia gewandt, »freut mich sehr, dich kennenzulernen, Tante Sophia. Hannah hat mir viel von dir erzählt und sie hat nicht übertrieben, als sie dich als Engel in der Not beschrieb.«

»Och«, lachte Tante Sophia verlegen, »das ist jetzt aber wirklich übertrieben.«

Doch, in der Tat, man sah Tante Sophia die Güte und Liebe an. Sie strahlte ihre Großherzigkeit mit ihren braunen Augen förmlich aus. Sie war eine zierliche, kleine Frau mit kurzgeschnittenem grau-meliertem Haar, das ihr sehr gut stand. Ihre italienische Abstammung war unverkennbar.

Hannah, nahm Geraldine am Arm und zog sie weg. Sie flüsterte ihr zu: »Lass uns diskret verschwinden. Ich möchte die beiden jetzt gerne alleine lassen. Ich will, dass Tante Sophia die gleiche Erfahrung macht, wie ich sie machte, als ich Nathan kennenlernte. Er ist einzigartig. Soll sie dieses einmalige Erlebnis mit diesem phantastischen Menschen genießen. Du wirst sehen, wie unser Tantchen danach selig schwebt.« Hannah lachte verschmitzt und füge hinzu: »Natürlich sollst du auch noch in diesen Genuss kommen. Aber jetzt ist erst mal unsere Tante dran.«

Auch Geraldine musste lachen und sagte erwartungsvoll: »Na da bin ich ja mal gespannt, wenn ich dann an der Reihe bin. Ich stelle mich auf jeden Fall mal an. Eine angenehme Stimme hat er, das konnte ich ja schon mal feststellen.«

Tante Sophia indessen war schon ganz angeregt mit Nathan ins Gespräch vertieft und man konnte richtig erkennen, dass Nathans sonore, warme Stimme es auch ihr angetan hatte.

Welch wunderbarer Tag. Hannah genoss es mit der Familie und der besten Freundin wieder von Aug zu Aug zu unterhalten. Onkel Robert schäkerte schon die längste Zeit mit Alexander und es schien, dass die beiden sich sehr mochten. Alexander bemerkte, dass seine Mama sie beide beobachtete und lief zu ihr: »Mama, du hast die Geschenke noch gar nicht ausgepackt«, sagte er ganz aufgeregt, nahm sie bei der Hand und zog sie zum Gabentisch. Er fischte ein Geschenk heraus, hielt es ihr hin und sagte: »Das ist von mir.«

Hannah lächelte. Oh wie konnte sie so lange warten mit dem Geschenkeöffnen und ihn damit so auf die Folter spannen. Wusste sie doch, dass Kinder in dieser Beziehung sehr ungeduldig sind, und das nicht nur, wenn sie beschenkt werden, sondern wenn sie selbst etwas schenken. Sie öffnete zuerst das große Päckchen.

»Wow, das ist ja super«, sagte sie begeistert, als sie den Kopfhörer sah und las die Karte mit der Handschrift ihres Sohnes:

Für die beste Mama der Welt.

Alles Liebe zum Geburtstag, Dein Alexander, der möchte, dass Du Deine geliebte Musik am Abend besser genießen kannst. Bussi und ganz feste Umarmung.

Ach wie rührend, ach wie süß. Das trieb Hannah, die ihr Haus nun mal äußerst nahe am Wasser gebaut hatte, natürlich gleich wieder die Tränen in die Augen.

»Danke mein Schatz. Genau so etwas brauche ich für meinen Musikgenuss, du aufmerksamer kleiner großer Alexander.«

Ja Alexander war gern ihr Großer und fühlte sich geschmeichelt von Mamas Betitelung, wenn auch durch das zweite Adjektiv die Aussage etwas eingeschränkt wurde. Dennoch empfand er sie wie eine Auszeichnung.

Hanna öffnete das kleine Päckchen. Eine CD mit dem Konterfei ihres Sohnes am Flügel sitzend.

»Ist das eine Aufnahme von dir?«, stellte sie ihre rein rhetorische Frage, um daraus anschließend die

Antwort selbst zu formulieren: »die erste CD eines Künstlers mit Zukunft«.

Sie lächelte und blickte zu Carsten, »jetzt weiß ich auch, warum du am Freitag mit Alexander so lange weg warst und ihn am Samstag nochmals dringend entführen musstest.«

Carsten lachte schelmisch.

Hannah umarmte Alexander und flüsterte ihm ins Ohr: »Dem besten Sohn der Welt sei gedankt.« Alexander strahlte über das ganze Gesicht.

»Jetzt bestehen wir aber auf eine kleine musikalische Kostprobe«, rief Antonia, »denn das könnt ihr uns nun wirklich nicht mehr vorenthalten, nachdem wir erfahren durften, dass vor sechs Jahren ein Star das Licht der Welt erblickte.«

Dass das, was sie anschließend zu hören bekam, ihre Vorstellung bei weitem übertreffen würde, hätte sie sich im Traum nicht gedacht. Hingerissen lauschten alle dem gefühlvollen Spiel des kleinen Virtuosen.

»So liebe Gäste«, meldete sich Joey nach der musikalischen Einlage zu Wort, »jetzt kommt unser Geschenk für Hannah. Dazu dürfen wir euch zu Tisch bitten, denn jetzt wird das Abendessen, ein Viergangmenu, serviert.«

Großer Applaus folgte und bald danach hörte man nur noch das Klappern der Bestecke in den Tellern, und gelegentlich begleitet von Gemurmel über die Tische hinweg.

Als Hannah nach dem Fest erst gegen Morgen im Bett lag, konnte sie lange nicht einschlafen, so aufgekratzt war sie. Sie nahm sich vor, am Montagmorgen auszuschlafen, denn sie erlaubte Alexander, die Schule zu schwänzen. Er hielt es diesen Abend nämlich auch ziemlich lange aus, und sie fand, dass der Schlaf für ihn wichtiger sei, als die Schule, die ihn bloß langweilte, weil er meist nur ihm bekannte Dinge zu hören bekam.

14

Professor Haas und zwei weitere Professoren, Steinmeier und Herzog, saßen über Alexanders Partitur und diskutierten. »Unmöglich, dass das von einem kleinen Jungen kommen soll«, bezweifelte Steinmeier.

»Es scheint mir schon auch, dass hier ein Erwachsener dahinterstecken muss, der dem zugegebenermaßen äußerst begabten Knaben zu Ruhm verhelfen will, den er auch ohne Vorgabe falscher Tatsachen erhalten würde«, bekundete auch Herzog seine Zweifel, »daher verstehe ich das ganze Theater nicht. Wozu das alles?«

»Okay, gehen wir davon aus, ein Erwachsener habe das Werk vollendet«, versuchte Haas durchzuspielen, »dann sagt mir doch bitte, welcher hier in unserer Region lebende Erwachsene, von dem wir bis heute noch nie etwas gehört haben, wäre in der Lage, Mozarts Handschrift so eindeutig zu Papier zu bringen? Und warum erst jetzt?«

»Sag du mir bitte, welches Kind, wenn nicht mal ein Erwachsener dazu in der Lage wäre, ein solches Wunder zu vollbringen, könnte Mozarts Werk so hervorragend vollenden?«, stellte Herzog die Gegenfrage.

»Ein Wunderkind, ganz einfach«, sagte Haas lapidar, als wäre es das Natürlichste der Welt, »und Fakt ist, dass ich die Partitur aus der Hand eines Kindes erhielt.«

»Ich bitte dich, Ralph, bleib mal realistisch!«, meldete sich Steinmeier fordernd zu Wort.

»Was ist realistisch?«, fragte Haas, »oder sollte ich die Frage besser so formulieren: was ist realistischer? Ein plötzlich aus dem nichts heraus gestampfter hoch begabter Erwachsener oder ein Knabe, der seit frühester Kindheit von sich reden macht?«

»Der Sohn einer Kellnerin«, kommentierte Steinmeier den Vorredner mit hochgezogenen Brauen abschätzig.

»Jetzt mach' einen Punkt Gregor«, wies diesmal Herzog Steinmeier zurecht, »Was hat seine Herkunft mit seinem Talent zu tun?«

»Zu deiner Beruhigung, Gregor, die Mutter hat für ihren Sohn, weil sie für ihn da sein wollte, ihr Jurastudium mittendrin an den Nagel gehängt«, erklärte Haas mit etwas schärferem Ton. »Also keine dumme, unerfahrene Göre, die es gerade mal zur Kellnerin gebracht hatte.«

»Wäre sie keine dumme, unerfahrene Göre, hätte sie zuerst ihre Ausbildung zu Ende gebracht, bevor sie sich schwängern ließ. Ist doch wieder einmal ganz typisch«, gab Steinmeier mit genauso scharfem Ton zurück. »Hat der Vater des Kindes wohl nicht das Interesse gehabt, genauso Verantwortung zu übernehmen und ist durchgebrannt, ja?«

»Jetzt entgleist deine Rede ins Unsachliche, Gregor. Ich würde vorschlagen, wir kehren zu einem niveauvollen Stil zurück und behandeln das Thema Lehrstuhlinhabern angemessen«, wies Haas Steinmeier ärgerlich in seine Schranken. »Aber um deine abwertende Vorverurteilung zu kommentieren: der Vater des

Kindes ist einen Tag vor dessen Geburt tödlich verunglückt. Ich denke, das sollte dir als Erklärung genügen, um zu erkennen, dass die junge Frau es schwer genug hatte.«

Steinermeier war die Angelegenheit jetzt sichtlich peinlich. Er entschuldigte sich.

Plötzlich schoss Haas etwas durch den Kopf. Er erinnerte sich an Carsten Wulffs Worte vor sieben Wochen, als Alexander sein erstes Konzert gab: ›*Der Junge sagte, er erhalte alles Wissenswerte im Zwiegespräch mit Gottlieb*.‹

»Gottlieb«, murmelte er nachdenklich vor sich hin und strich sich durch seine Haare.

»Wie bitte«, fragten Steinmeier und Herzog im Chor, während Haas immer noch wie abwesend vor sich hinstarrte, als suche er nach einer Erklärung.

Plötzlich schlug er sich mit der flachen Hand gegen die Stirn: »Warum bin ich da nicht gleich drauf gekommen. Ja, natürlich, das ist es … Gottlieb.«

Die beiden anderen schauten sich gegenseitig an und zuckten nur mit den Schultern, denn sie verstanden im Moment gar nichts.

»Meine Herren, Carsten Wulff, übrigens auch ein hochbegabtes Talent, doch bei Weitem nicht so begabt, wie unser kleiner Freund, erzählte mir, dass Alexander, der ja sein Schüler ist, seinen Angaben gemäß Informationen erhält. Also es soll jemanden geben, den wir weder sehen noch hören können, doch der mit dem Jungen spricht und …«, doch weiter kam Haas nicht, denn wieder einmal wurde er von seinem skeptischen

Kollegen Steinmeier unterbrochen. Der rollte genervt mit seinen Augen und kommentierte das eben Gesagte: »Hör doch auf Ralph! Das ist doch alles esoterischer Dünnpfiff, nichts weiter! Hokuspokus!«

»Lieber Gregor, es ist mir bis jetzt verborgen geblieben, dass du ein Meister des Vorurteils bist. Kritisch ja, aber vorverurteilend, das ist eine ganz neue unbekannte Seite. Du bist also der Meinung, dass alles, was deine Ratio nicht logisch erfassen kann, einfach nur Humbug ist?«

»Genau«, bestätigte Steinmeier, »ich glaube nur, was ich sehen, hören, vielleicht auch anfassen und wissenschaftlich fundiert erklären kann, und ich bitte dich nochmals, auf dem Boden der Realität zu bleiben!«

»Gut, gut, bewegen wir uns auf dem Boden der Realität. Ich spreche jetzt also nur von Fakten, okay?:

a) Der Junge ergänzt in vollendeter Form Mozarts Requiem.

b) Der Junge erklärt, er erhalte seine Informationen aus Gesprächen mit einer Person, also kurz, er hört eine Stimme.

c) Diese Stimme, so scheint es, hat einen Namen, nämlich Gottlieb. Und als letztes

d) Wir alle haben keine Ahnung wer Gottlieb ist, haben ihn noch nie gesehen und wir wissen auch nicht, wo er wohnt. Also wir können uns absolut nichts darunter vorstellen und schon gar nicht, wie so etwas funktionieren soll … zumindest noch nicht, aber wir werden sehen.«

Haas legte eine Pause ein, schaute von einem zum anderen und fragte: »Könnt ihr euch bis dahin … also mit diesen faktischen Angaben, einverstanden erklären?«

»Ja«, bestätigte Herzog kurz und bat seinen Kollegen, sie nicht weiter auf die Folter zu spannen und fortzufahren.

»Nun. Ein sechsjähriges Kind gibt uns einen Namen, ein Name der nicht selbstverständlich zum üblichen Namenswortschatz eines Kindes der heutigen Zeit gehört.«

»Er hat diesen Namen vielleicht gelesen«, wandte Herzog ein.

»Wo könnte er den Namen wohl gelesen haben? In seinen Kinderbüchern?«, hielt Haas dagegen.

»Nein, das nicht«, stimmte Herzog zu, »aber wie ich hörte, soll der Junge sehr belesen sein, und zwar nicht nur in Kinderbüchern«

»Gut, das ist er, ließ ich mir sagen, da hast du recht. Aber nun zur Rätsels Lösung. Leider bin ich erst in dieser Minute darauf gekommen, weil es einfach ungewöhnlich war, diesen Namen von einem Sechsjährigen zu erhalten. Ich konnte nicht damit rechnen, dass da mehr dahinter steckte, als nur ein simpler alter Name ... deswegen erst jetzt die Erleuchtung.«

Jetzt waren Herzog und Steinmeier, die das bis jetzt Gesagte gut als Fakten akzeptieren konnten, aufs höchste gespannt. Die Pause, die Haas einlegte, steigerte ihre Neugierde ins fast Unerträgliche und das schien Haas sichtlich zu genießen.

»Jetzt komm schon, Ralph, rücke raus mit der Sprache, und rette uns aus den dunklen Abgründen der

Unwissenheit!«

»Nun, nachdem wir die Fakten zusammengetragen haben und ihr, so wie ihr mir bestätigt habt, mit diesen Fakten leben könnt, müssen wir uns nur noch mit dem ominösen Namen beschäftigen. Und dazu bitte ich euch, den Namen Gottlieb im Imperativ, also in umgekehrter Silbenfolge ›Liebe Gott‹, ins Lateinische zu übersetzen«, lüftete er das Geheimnis, »und ich bin überzeugt, ihr erinnert euch dabei gleich auch an eure Ausbildungszeit.«

»Ama Deus«, übersetzte Herzog. Das hatten sie doch alle irgendwann einmal gelernt. Jeder wurde einstmals mit Mozarts Namen, wie er in der Taufurkunde steht, konfrontiert: Johann Chrysostom Wolfgang Theophilus (Gottlieb) Mozart. Doch wie hätte man diese Kenntnis auch in Zusammenhang mit diesem Kind bringen können? Er verfügte doch nicht über dieses Wissen, so dass man hätte annehmen dürfen, dass er sich das Puzzlespiel selbst hätte ausdenken können. Alle Fakten führten eigentlich in die richtige Richtung: die Vorliebe zu Mozart-Kompositionen und die Vollendung eines fragmentarischen Werkes. Warum hatten sie das nicht erkannt? Herzog war beeindruckt über das eben gelüftete Rätsel.

»Und ich sagte noch beim Zeitungsinterview nach dem Konzert: ›*Dieser Junge spielt nicht Mozart, er ist Mozart*‹. Zu diesem Zeitpunkt hätte ich eigentlich schon aufwachen müssen«, sagte Haas mehr zu sich selbst und es klang wie ein Vorwurf.

»Wir sollten uns nun überlegen, wie wir mit diesem Kind weiter verfahren. Die Kenntnis über Komposition fehlt ihm, das ist klar, denn was er hier zu Papier brachte ...«, Haas nahm die Partitur in die Hand und wedelte damit vor sich herum, »... das wurde ihm diktiert, höchstpersönlich von W.A.M. Ich würde vorschlagen, dass er hier am Konservatorium ein Studium beginnt, und zwar sollten wir gleich mit dem Fach Komposition beginnen.«

»Ich bezweifle, dass der Verstand eines Sechsjährigen mit dem Thema Komposition mithalten kann. Immerhin ist Komposition Teil des Aufbaustudiums und gehört nicht zum Studiumsbeginn. Indem ihm diktiert wurde, schrieb er quasi ab und zwar ohne jegliches Wissen über Komposition. Doch selbst zu komponieren setzt eine gewisse Reife voraus und darüber verfügt ein Sechsjähriger nicht. Er wird das komplexe Thema Komposition verstandesmäßig nicht erfassen können«, hielt Herzog dagegen.

»Mozart selbst hatte auch mit sechs Jahren komponiert. Dass unser Wunderkind überdurchschnittlich intelligent und gleichzeitig begabt ist, davon durfte ich mich selbst überzeugen, denn ich arbeitete letzten Freitag drei Stunden mit ihm. Er hatte meine Aufgabenstellungen – und ich sprach keine Kindersprache – verstanden und gleich korrekt umgesetzt. Außerdem, versucht doch einmal, irgendeinem Kind eine Komposition zu diktieren und schaut mal, was dabei herauskommt. Ich kann euch jetzt schon versichern: es würde nicht einmal zu einem Anfang führen«, entkräftete Haas die Argumente seines Vorredners. »Doch Alexander hatte alles korrekt aufs Papier gebracht.«

»Gut, wir können es versuchen. Die Gewährung einer Begabtenförderung dürfte kein Problem darstellen. Sie wird eh nur so lange nötig sein, bis die Medien

Wind von Alexanders Talent bekommen und er wird sich vor Auftritten nicht retten können. Flugs wird er in der Lage sein, seine Ausbildung und sein Leben selbst zu bestreiten«, spielte Herzog die Zukunft laut durch.

»Wir dürfen aber auf keinen Fall zulassen, dass der Junge vermarktet wird. Er hat ein Recht auf seine Kindheit«, mahnte Haas zur Vorsicht, obwohl er eigentlich ahnte – nein er wusste es – dass dieses Kind die Kindheit, die andere Kinder sich wünschten und auch genossen, nicht wirklich brauchte. Es war Alexander, der während des Tests nach einer Stunde des Spielens das Einlegen einer Pause verweigerte. Er signalisierte ihm, dass er alles auf einmal wissen wollte.

Steinmeier saß da und hörte nur zu. Er enthielt sich bei der ganzen restlichen Diskussion seiner Meinung, denn er wusste noch nicht so recht, was er davon halten sollte. Zugegeben, er war, was die Begabung des Jungen betraf, beeindruckt. Doch war er zu sehr Rationalist und für ihn schien alles etwas zu phantastisch, um nicht zu sagen, er hielt es für übersinnlichen Krimskrams.

»Gregor, kannst du dich uns anschließen?«, fragte Haas ihn.

»Ich werde mich nicht gegen den Mehrheitsentscheid stellen. Ihr kennt mich. Ich habe etwas Mühe damit. Doch vielleicht ändert sich das, wenn ich den Jungen einmal vor mir sehe und ich mich von dessen überdurchschnittlichen Talent, Intelligenz und auch von der ihn umgebenden Mystik überzeugen kann«, erklärte dieser.

*

*A*lexander war ziemlich ungeduldig. Täglich, wenn Hannah ihn von der Schule abholte, war das erste, was er wissen wollte: »Mama, hast du was von Professor Haas gehört?«

Seine Enttäuschung war ihm anzusehen, wenn Hannah seine Frage jedes Mal wieder verneinte. Es war nun schon eine Woche her, dass der Professor sich mit Alexander beschäftigte.

»Du musst ihnen Zeit lassen, mein Schatz. Sei nicht so ungeduldig. Sie werden sich melden, ganz bestimmt.«

»Ja, Mama«, antwortete er resigniert.

»Du, was hältst du davon? Joey möchte nochmals einen Klavierabend veranstalten«, versuchte Hannah ihn aufzumuntern.

»Wann«, fragte er nur.

»Nächste Woche am Freitag.«

»Ah«, war sein Kurzkommentar. Schließlich fragte er: »Mama, muss ich eigentlich wirklich zur Schule?«

»Ja natürlich. Jeder muss zur Schule.«

»Es ist so langweilig dort. Die erzählen so viel, das ich alles schon kenne und wenn ich einmal etwas nicht kenne und zuhören will, weil es mich interessiert, wird das Thema nur gestreift. Wenn ich eh alles zu Hause nachlesen muss, warum sitze ich eigentlich in der Schule. Außerdem geht alles so schrecklich langsam voran.«

Solche Äußerungen überraschten Hannah nicht. Sie hatte schon lange damit gerechnet. Alexander war so vielseitig interessiert. Er stellte so viele Fragen, wollte alles erklärt haben. Hannah besaß natürlich auch eine Menge Bücher, in denen er viel las. Natürlich blieb auch Carsten nicht davon verschont, denn nicht selten musste er, bevor er mit dem Klavierunterricht begann, erst einmal viele Fragen beantworten.

›Ja‹, dachte Hannah, ›ich werde wohl wieder einmal in der Schule antanzen müssen, um mit der Schulleitung und den Lehrern zu sprechen.‹

Hannah wollte ihre Einkäufe, die sie im Restaurant deponiert hatte, holen und kam, wie immer, durch die Hintertüre. Alexander wartete derweilen im Flur.

»Na, du bist schon da?«, begrüßte sie Carsten, über dessen frühe Anwesenheit sie überrascht war, »Alexander muss aber erst noch etwas essen.«

Bevor er antworten konnte fragte sie ihn, »hast du Hunger? Du hast doch bestimmt noch nichts gegessen. Komm mit zu uns hoch. Ich habe schon etwas vorbereitet.«

»Hannah, warum ich so früh da bin. Ich hatte es vor Ungeduld kaum ausgehalten. Alexander darf studieren. Bei den Diskussionen ist übrigens eine recht interessante Sache herausgekommen. Ich muss dir unbedingt darüber berichten. Na auf jeden Fall soll ich mit Alexander am Mittwoch ins Konservatorium kommen. Na, was sagst du«, verkündete Carsten und überschlug sich fast dabei.

»Oh, wunderbar. Alexander wird sich nicht einkriegen. Jeden Tag seit seinem Test fragt er mich, ob sich der Professor schon gemeldet habe«, freute sich Hannah.

»Wo ist Alexander?«

»Draußen«, antwortete sie, und mit dem Kopf zur Tür deutend sagte sie, »komm mit!«

Alexander schien schon nach oben gegangen zu sein, denn im Flur war er nicht mehr. Beide stiegen die Treppen zum zweiten Stock hoch und auf der obersten Stufe saß Alexander und wartete.

»Carsten?«, rief er fragend und gleichzeitig erfreut. Er sprang auf.

»Hallo Sportsfreund«, antwortete Carsten und die freudige Ungeduld stand ihm ins Gesicht geschrieben, »ich habe Neuigkeiten.«

Alexander riss die Augen auf und schaute Carsten in freudiger Erwartung an.

»Du bist angenommen. Am Mittwoch gehen wir hin. Es werden noch zwei weitere Professoren anwesend sein. Sie wollen den künftigen Studenten kennenlernen«, löste er endlich die über eine Woche aufgebaute Spannung bei Alexander.

Alexander stürzte Carsten in die Arme. Er hatte Tränen in den Augen. Welch sensibles Kind!

Am Mittwochmorgen gegen zehn Uhr holte Carsten Alexander ab. Hannah hatte einen Termin in der Schule vereinbart.

»Gut, Frau Villamonti, dass wir nochmals zusammensitzen können. Alexander ist wirklich zu einem Problem geworden«, sagte der Rektor im Beisein der Klassenlehrerin. Diese Formulierung, Alexander sei ein Problem geworden, gefiel Hannah gar nicht.

»Alexander ist ein äußerst begabtes Kind und kein Problem. Das Problem haben Sie und die Lehrerschaft, weil die Schule aufgrund ihrer bestehenden festen Strukturen damit nicht umgehen kann, weil sie solche

Fälle einfach nicht vorsieht.«

»Ja, natürlich. Entschuldigen Sie bitte meine Wort-wahl, Frau Villamonti. Sie haben Recht. Es ist so, dass *wir* ein Problem haben. Alexander stört nicht, er ist ein wohlerzogenes Kind, hat keine Verhaltensstörungen oder sonst irgendetwas, das man einem Problemkind zuschreiben könnte. Das einzige, er langweilt sich, weil er den anderen weit voraus ist«, korrigierte der Rektor seinen vorherigen Fauxpas.

»Ja, ich habe ihn beobachtet. Er sitzt da, schaut aus dem Fenster, als würde er träumen. Doch ich denke er träumt nicht. Er studiert an irgendetwas herum, denn oft macht er ganz plötzlich auf einem Blatt Papier ir-gendwelche Notizen. Der Junge würde unglücklich werden, wenn er die Klasse … sagen wir es mal so … ›aussitzen‹ müsste. Ich meine, er müsste eine Schule für Hochbegabte besuchen«, berichtete die Klassenlehrerin, Frau Hermann.

»Letzten Montag erhielten wir Bescheid vom Richard-Strauss-Konservatorium. Alexander ist zum Studium zugelassen«, reagierte Hannah auf Frau Her-manns Vorschlag.

»Wie? Konservatorium? Wie soll das denn gehen?«, fragte der Rektor etwas ungläubig, »ihm fehlt doch Abiturwissen. Ein Universitätsstudium setzt bekannt-lich Abitur voraus. Wenn das so einfach wäre, hätten wir nicht so lange die Schulbank zu drücken brauchen. Dann hätten wir viel Zeit gespart, denn wir wären gleich zur Universität und hätten studiert.«

»Die Ausnahme ist es wohl, die die Regel bestätigt. Alexanders musikalisches Wissen ist so hoch angesiedelt – er hatte ja Unterricht –, so dass er dem Studium wird folgen können«, erklärte sie nicht ohne Stolz, »denn wenn dem nicht so wäre, hätten die Profs einem Studium sicher nicht zugestimmt. Wenn ich richtig verstanden habe, soll er erst einmal in Musik-Theorie und Komposition unterrichtet werden. Aber fragen Sie mich nicht, wie sich das Studium insgesamt zusammensetzen wird.«

»Na, dann hat sich unser Problem ja gelöst. Ich würde sagen, dass Alexander, jetzt da er Student des Richard-Strauss-Konservatoriums ist, ab sofort von der Grundschulpflicht befreit ist«, sagte der Rektor erleichtert, »nur, Frau Villamonti, möchte ich Ihnen ans Herz legen: lassen sie ihrem Kind seine Kindheit!«

»Was wäre mir lieber als das? Doch ER ist es, der alles was mit Kindsein zusammenhängt bisher ablehnte. Ich nämlich wollte, dass er mit Kindern spielt, dass er einfach unbeschwert Kind ist. Ich bin froh, kommt hin und wieder eine Klassenkameradin aus der ersten Klasse. Tatjana heißt das Mädchen, das Alexander vom ersten Schultag an ins Herz geschlossen hatte. Wenn sie da ist, spielt er schon mal unbeschwert. Doch das ist die Ausnahme. Kaum ist er nämlich alleine, liest er, spielt Klavier oder sitzt wie abwesend da, als würde er träumen, wie Sie es, Frau Hermann, ja auch beobachtet haben. Wenn ich ihn anspreche, hört er mich nicht. Hinterher sagt er, er habe ein Gespräch gehabt, also eine Inspiration«, erklärte Hannah.

Von der neuen Erkenntnis über ›Ama Deus‹, von der Carsten ihr erzählte, wollte sie nichts sagen. Sie befürchtete, dass man sie für verrückt erklären würde.

146

*A*lexander saß den drei Professoren gegenüber und wurde befragt. Ganz besonders Steinmeier schien sehr interessiert zu sein. Vielleicht wollte er seine Zweifel, die er immer noch hegte, bestätigt sehen. Zugegeben, er war überrascht, als er den Jungen sah. Dessen Erscheinung und Ausstrahlung waren etwas ganz Besonderes. Er erkannte, dass es sich nicht um ein gewöhnliches Kind handelte. Die erste Kostprobe, die Alexander auf dem Klavier gab, verblüffte ihn. Doch das sogenannte Kreuzverhör, schien ihm, trotz des offensichtlichen Talents, noch wichtiger zu sein.

Alexander fürchtete sich vor Steinmeier. Er war nicht sehr groß, korpulent und hatte nur wenige Haare, die er sich quer über den Kopf kämmte, ein verzweifelter Versuch, die Glatze zu kaschieren. Er hatte einen sehr strengen, oder gar bösen Blick, wie Alexander es empfand. Die dickglasige Brille, die die Augen noch größer erscheinen ließen, verstärkte diesen Eindruck gewaltig. Anders die beiden anderen Herren. Sie waren freundlich, beide von ähnlicher Statur. Nur hatte Herzog kein graues sondern rotbraunes Haar.

»Also Alexander«, begann Haas freundlich die Befragung, »erzähle uns etwas darüber, wie du die Informationen erhältst. Du sprachst doch von einem ›*Gottlieb*‹?«

»Ja«, sagte Alexander etwas verunsichert, »er spricht zu mir. Ich soll alles aufschreiben sagte er. Er sagte, er wolle, dass ich sein Werk zu Ende bringe und er helfe mir dabei.«

»Kannst du uns erzählen, wie Gottlieb aussieht?«, hakte Haas nach.

»Er sieht eigentlich nicht aus. Ich höre ihn, ich spüre ihn … ich kann's nicht richtig erklären. Er ist da, aber ich kann ihn nicht wirklich sehen und erst recht nicht anfassen«, versuchte der Kleine die Existenz von Gottlieb zu erklären.

»Er hat also kein Gesicht?«, wollte Herzog wissen.

»Hm, das kann ich so aber auch nicht sagen. Manchmal hat er ein Gesicht, aber … na ja, es ist in meinem Kopf.«

»Und als Namen hat er dir nur Gottlieb angegeben? Sonst nichts?«, wollte Herzog wissen.

»Ja, er sagte, das müsse genügen.«

»Er sagte, das müsse genügen? Hast du ihn denn nach einem zweiten Namen gefragt? Vielleicht nach dem Nachnamen?«, hakte Steinmeier nach.

»Ja, weil Carsten danach fragte«, erklärte Alexander, »doch Gottlieb gab mir keinen Nachnamen, er sagte nochmal, Gottlieb müsse genügen. Er sagte auch, dass Gottlieb der Name sei, den er von seinen vielen Vornamen am meisten mochte. Sein Rufname, wurde immer verniedlicht und das mochte er gar nicht.«

»Hattest du denn nicht den Verdacht, dass Gottlieb vielleicht Mozart heißen könnte? Das ist doch kein Zufall, dass du ein Mozart-Spezialist bist. In Mozarts Musikwelt scheinst du dich hauptsächlich zu bewegen und dich darin auch auszukennen. Du spielst ihn bevorzugt und ebenso perfekt, und dann wollte Gottlieb auch noch sein Werk mit seiner Hilfe von dir vollendet haben. Hast du ihn denn nicht gefragt, ob sein Nachname Mozart ist?« bohrte Steinmeier weiter.

148

»Nein, gefragt habe ich ihn dann nicht mehr. Er hat ja zweimal gesagt, dass ›Gottlieb‹ genügen muss. Und ja, ich hatte schon daran gedacht, dass ER Mozart ist. Aber es war nicht wichtig, nicht für mich und auch nicht für ihn. Er hatte sich klar ausgedrückt und das war für mich okay. Mich interessierte nur die Musik.«, erklärte Alexander ganz nüchtern. Die Professoren staunten nur über die klare Aussage dieses Jungen. Er wirkte irgendwie selbstbewusst.

Indes Herzog bohrte dennoch weiter: »Und weiter hat er nichts von sich erzählt?«

»Doch. Er hat auch gesagt, dass er Franz gut fand und dass der gut gearbeitet hat. Doch hatte er für sein Werk etwas anderes gedacht und deshalb hatte er mir alles diktiert.«

Diese Erklärungen des Kleinen bestätigten die Annahme, die die drei Herren bei ihrer ersten Sitzung herausarbeiteten. Alles zielte auf Mozart hin. Zum Beispiel die Verniedlichung von Mozarts Namen Wolfgang war Wolferl. Eigentlich fast logisch, dass ein erwachsener Mann nicht Wolferl genannt werden wollte. Mit Franz meinte er wohl seinen Schüler Franz Xaver Süßmayr, der im Auftrag von Mozarts Witwe Konstanze das Requiem vollendete.

Doch all das reichte Steinmeier noch nicht, er wollte mehr wissen: »Dieser Franz spukt mir im Kopf herum. Hatte Gottlieb über ihn noch mehr erzählt? Ich meine, hat er vielleicht seinen Nachnamen genannt?«

»Warum wollen Sie denn immer Nachnamen haben?«, fragte Alexander ganz verständnislos. Er wunderte sich darüber, dass die Erwachsenen immer Daten,

Namen oder Jahreszahlen wollen … sie können sich nicht zufrieden geben mit Dingen, die so sind, wie sie eben sind.

Haas und Herzog lächelten beide, während Steinmeier nachhakte: »Na?«

»Nein«, sagte Alexander, »er gab nie Nachnamen, nur immer Vornamen.«

»Immer?«, stutzte Steinmeier, »heißt das, dass er noch mehrere Namen nannte?«

»Nur einen noch«, sagte Alexander, »Maria. Er liebte Maria. Doch auch ihr Name wurde verniedlicht, hat Gottlieb gesagt.«

Er sprach offensichtlich von Mozarts Schwester Maria Anna Walburga Ignatia, genannt Nannerl.

»Den Namen Konstanze erwähnte er nicht?«, fragte Haas nach.

»Nein, keine Konstanze. Das meiste, wovon er sprach war sowieso Musik. Es ist …«, Alexander stockte. Er suchte nach Worten. Er wollte wohl etwas erklären, das nicht einfach in Worte zu packen war.

»Es ist …?«, wiederholte Haas.

»Na ja, es ist … ich meine … ich habe manchmal das Gefühl, dass nicht ich am Klavier sitze, sondern jemand anderer … jemand … es kommt mir halt so vor, dass es Gottlieb ist. Es ist, als wäre er in mir drin«, versuchte Alexander krampfhaft das Unerklärliche in Worte zu fassen.

»Ich denke, wir sollten dich jetzt in Ruhe lassen. Das ist ja schon ganz schön viel, was du uns erzählt hast«, sagte Haas beruhigend, »du kommst am Montag auf neun Uhr hier her! Wir fangen mit deiner Ausbildung an. Ist das in Ordnung?«

Alexander strahlte übers ganze Gesicht, »ja, danke.«

›*Was für ein Kind*!‹, mussten die drei Herren wohl gedacht haben. Es strahlt, es freut sich, es bedankt sich, nur weil es studieren darf, während sich andere Kinder in seinem Alter über eine elektrische Eisenbahn freuen.

Carsten, der ganz hinten im Raum saß, und alles beobachtet hatte, war beeindruckt. So tief ist er selbst noch nie in den Jungen eingedrungen. Er wollte ihm Zeit lassen und warten, bis er von sich aus erzählte.

Die Herren verabschiedeten sich von Alexander, sprachen noch ein paar Takte mit Carsten und dann verließen die beiden gemeinsam das Auditorium.

*

*A*lexander war ganz aufgeregt. Er saß mit seiner Mama und Carsten im Zug nach Berlin, denn er war eingeladen zu einem von den Berliner Philharmonikern veranstalteten Weihnachtskonzert, das Live im Fernsehen übertragen werden sollte.

Mit Beginn seines Studiums und seit dem letzten Konzert in Joeys Treff hatte er Berühmtheit erlangt und erhielt von allen möglichen Konzertveranstaltern Einladungen. Die Schlagzeilen in den Medien lasen sich spektakulär:

Der kleine Amadeus!
Ist Mozart auferstanden?
Ist Alexander Mozarts Wiedergeburt?
Inspiration aus dem Jenseits: Mozart meldet sich zurück!
Ein musikalisches Talent mit großer Zukunft!
Der Sohn einer Kellnerin – ein Genie!

Professor Haas ärgerte sich darüber, denn es war genau das, was er vermeiden wollte. Die Vermarktung des Jungen. Doch die Lawine rollte und sie war nicht mehr aufzuhalten. Er konnte sich nicht erklären, wer den Medien die Sache mit Mozart gesteckt haben soll.

Carsten hegte einen Verdacht. Er hatte seiner Freundin Mirjam davon erzählt und die hat ihrerseits bei ihrer Freundin Sabrina von diesem unglaublichen Kind vorgeschwärmt. Dummerweise war Sabrina Reporterin beim Münchner Abendblatt und diese Story kam ihr wie gerufen. Carsten hätte sich am liebsten in den Hintern gebissen.

Warum hatte er nur Mirjam davon erzählt, ärgerte er sich. Auf der anderen Seite, so vermutete er, war es aber nicht allein seiner und Mirjams Schwatzhaftigkeit geschuldet, dass dieses Lauffeuer entfacht wurde. Da war natürlich noch das Konzert in Joeys Restaurant und zusammen mit den News über den ›kleinen Mozart‹ gab es genug Stoff aus dem die Medien schöpften.

*

Alexander war von der großen Stadt und den wunderbaren historischen Gebäuden begeistert. Er sah den Berliner Dom, die Deutsche Staatsoper, das Konzerthaus und die Philharmonie, wo das Weihnachtskonzert stattfinden sollte. Die Proben begannen am Montag und das Konzert fand am Samstag den 21. Dezember statt. Sie hatten ihm alles gezeigt und Alexander war beeindruckt von den vielen fahrbaren Kameras. Alles wirkte so strahlend, so großartig, so erhaben.

Doch das erhabenste Gefühl war, als er in dunkler Hose und weißem Hemd und umgebundener Fliege die Konzertbühne betrat und der frenetische Applaus, der ihn empfing. Er wusste, dass jetzt alle Welt ihn sah. Er wusste, dass Joey, Thomy, Nathan und alle anderen Gäste gebannt auf den seinetwegen im Restaurant installierten Fernseher schauten, um ihn zu sehen.

Dass er jetzt und in Zukunft eine Menge Geld mit seinem Talent verdiente, war ihm noch gar nicht bewusst und es schien ihn auch nicht zu interessieren, zumindest nicht so, wie seine Umwelt. Für ihn selbst existierte nur die Musik.

15

In den nächsten zwei Jahren kam Alexander viel herum. Studium und Reisen wechselten sich ab: Wien, Salzburg, Mailand, Paris, London. Und Gottlieb schien ihn überall hin zu begleiten. Alle Kompositionen trugen Mozarts Stempel. Gottlieb schien immer mehr von diesem Jungen Besitz zu ergreifen. Alexander tauchte vollends ein in Mozarts Welt. Er schwebte in Regionen, zu denen andere längst keinen Zutritt mehr hatten. Manchmal war er ein ganz normaler Junge, der lachte und plauderte und im nächsten Moment schien es, als würde er geistig weggetreten sein. Keiner konnte ihn dann erreichen. Er war ein stiller, bescheidener aber berühmter Junge, der von einer Seele aus der geistigen Welt voll in Besitz genommen wurde. Durch Alexanders Erfolg kam Mozart zu verspätetem Reichtum, der ihm zu Lebzeiten nie zuteil wurde.

»Er ist mir so fremd geworden«, erklärte Hannah, als sie mit Joey und Thomy zusammensaß.

»Ja«, meinte Joey, »er scheint wirklich nur noch für die Musik zu leben.«

»Manchmal ist es mir fast unheimlich. Er ist mit seinen acht Jahren kein Kind mehr«, seufzte Hannah, »und trotz seines Ruhmes ist er ein stiller, in sich versunkener Junge. Den Ruhm scheint er nur am Rande wahrzunehmen«.

Sie und Alexander wohnten zwar immer noch in

154

Garching, aber mittlerweile nicht mehr im obersten Stockwerk von Joeys Treff, sondern in einem Haus – Alexanders Haus – wo es genug Platz für einen Flügel gab. Alexander spielte indessen auch Violine und Querflöte. Garching schätzte sich natürlich als stolze Gemeinde, ein Genie zu seinen Bürgern zählen zu dürfen.

Hannah, die ihren Freunden gegenüber so dankbar war, arbeitete immer noch als Kellnerin bei ihnen, so gut es die Zeit erlaubte, das heißt, wenn sie nicht gerade mit Alexander unterwegs war. Joey und Thomy waren ihr sehr ans Herz gewachsen. Sie blieben, auch wenn sie nicht mehr dort wohnte, immer noch ihre Familie.

Sie war inzwischen dreißig Jahre alt und dachte längst nicht mehr daran, ihr Studium fortzusetzen. Mittlerweile spielte ein junger Pianist namens Andy an bestimmten Tagen im Restaurant, um sich sein Studium zu finanzieren. Musik war einfach Bestandteil des Restaurants und die Gäste waren es gewohnt und wollten die Veranstaltungen nicht mehr missen. Carsten der sein Studium abgeschlossen hatte, zog es nach Berlin.

Hannah schaute auf die Uhr. »Oh, ich muss gehen. Ich habe Alexander versprochen, ihn bei der Uni abzuholen. Er braucht wieder neue Konzertkleidung. Der Kerl wächst aus seinen Sachen heraus. So schnell kann ich gar nicht schauen«, sagte sie, schaute Joey Zustimmung heischend an und verließ eilig das Restaurant, nachdem dieser lächelnd genickt hatte.

»Weißt du Mama, am liebsten wäre mir manchmal, wenn wir unser Haus in München gesucht hätten. Dann wären die Wege für uns beide viel kürzer«, sagte

Alexander zum Empfang seiner Mutter. Sie küsste ihn auf die Wange und sagte: »Ich hänge halt schon sehr an Garching, wo ich meine besten Freunde habe. Es würde mir schwer fallen, von dort wegzugehen. Na ja, wer weiß, vielleicht ist das nicht unser letztes Haus?«

Alexanders Outfit war schnell gekauft und schon saßen sie wieder in der U-Bahn zurück Richtung Garching.

»Lass uns noch mal zu Joey und Thomy gehen. Sie haben nach dir gefragt und würden dich gerne wieder mal sehen. Du warst schon zwei Wochen nicht mehr dort«, schlug Hannah vor.

»Wir könnten doch dort auch gleich etwas essen. Ich habe nämlich ziemlich Hunger«, verkündete Alexander, nachdem sich sein Magen sehr lautstark bemerkbar machte.

»Hey Alexander«, hörten sie eine kindliche Stimme hinter sich, als sie von der Busstation kommend zum Restaurant liefen. Sie drehten sich beide um und sahen Tatjana, die ihr strahlendstes Lächeln aufgesetzt hatte.

»Oh Tatjana«, sagte Alexander erfreut, »wie geht es dir?«

»Ganz gut. Ich komme jetzt in die dritte Klasse. Ich wollte, ich wäre schon so weit wie du und müsste nicht mehr zu Schule. Dann könnte ich dich auf deinen Konzertreisen begleiten«, antwortete sie, als wäre es das Selbstverständlichste der Welt, dass sie ihren Freund begleitete. Ja, sie bewunderte ihn. Leider war Alexander in den letzten zwei Jahren sehr beschäftigt, so dass sie sich kaum noch sahen.

Alexander lächelte. Er mochte Tatjana wegen ihrer natürlichen Art.

»Das wär' noch was, wenn du mich begleiten würdest. Dann könnten wir zusammen die Städte anschauen und …«, weiter kam er nicht, denn Tatjana meinte, »… und ich könnte bei deinen Konzerten dabei sein und ganz von der Nähe erleben.«

Sie liefen noch ein Stück zusammen bevor sich Tatjana von ihnen verabschiedete und in eine andere Straße bog.

Alexander freute sich, seine beiden Väter wieder zu sehen. Sie umarmten und herzten sich.

»Hallo Alexander. Schön, dass du uns besuchst«, begrüßte ihn Thomy. »Wir können uns ja richtig ›von‹ schreiben, dass wir dich hier in unseren bescheidenen Hallen empfangen dürfen«, fügte er ironisch hinzu.

Alexander puffte ihn mit der Faust freundschaftlich in die Seite, als wollte er ihn zurechtweisen und meinte: »Nun mach mal nen Punkt, ja! Ich treffe hier den besten Koch der Welt und der tut so, als müsse er sich klein machen. Überhaupt, Koch oder nicht Koch, von meinen ›Vätern‹ höre ich so etwas nicht gerne. Sie machen mir damit ein schlechtes Gewissen.«

»Wieso ein schlechtes Gewissen?«, fragte Joey nach.

»Na ja, es könnte ja wie ein Vorwurf klingen, dass ich euch so wenig besuchen komme«, kombinierte er logisch.

»Unser Filius«, sagte Joey stolz und staunte wieder einmal über Alexanders Art zu sprechen, seine Logik und seine Reife. Er klingt so erwachsen.

»Hast du Hunger?«, fragte er dann unvermittelt.

»Einen Bärenhunger«, antwortete Alexander. »Am liebsten hätte ich Seezunge gefüllt mit Lachs und Blattspinat an Sahnesoße.«

»Unser Feinschmeckersohn. Ja, Geschmack hat er, das muss man ihm lassen. Man merkt, dass er aus gutem Hause kommt.«, sagte Thomy lächelnd, doch nicht ohne Stolz.

»Ich nehme das auch«, pflichtete Hannah dem Menüvorschlag ihres Sohnes bei. Fisch in jeder Art schien in der ganzen Familie ein bevorzugtes Essen zu sein.

Während des Essens war Alexander plötzlich wieder in Gedanken versunken. Hannah schaute ihn nur an und dachte bei sich, dass er wahrscheinlich wieder mit Gottlieb kommunizierte. Das war immer so, wenn er so still wurde und vor sich hinstarrte, als würde er durch alles hindurchsehen. Diese Phasen kamen immer öfter vor, und sie wusste, dass er jetzt eigentlich lieber über einem Notenblatt gesessen hätte, um zu komponieren. Sie ließ ihn in Ruhe und so saßen sie schweigsam und aßen.

Joey kam zu ihnen an den Tisch und wollte gerade fragen, wie das Essen schmeckte, doch hielt er inne. Alexander schien abwesend, war im Moment nicht mehr der kleine Junge, der vor einer halben Stunde ins Restaurant kam und unbeschwert plauderte.

»Was hast du gesagt?«, fragte Alexander geistesabwesend, als hätte er dessen Gedanken gehört.

»Ich sagte nichts«, gab Joey zur Antwort.

»Ach so! Sag Thomy bitte, das Essen war herrlich, wie immer!«

Joey wunderte sich nicht mehr über solche Dinge. Wie oft kam es vor, dass Alexander eine Frage beantwortete, bevor sie gestellt wurde, sondern erst mal als Vorhaben im Kopf des Gegenübers existierte.

»Das sage ich ihm gerne«, antwortete Joey nur.

Hannah wollte mit Joey noch kurz ihren Dienstplan besprechen und bat Alexander, so lange zu warten.

»Ich gehe noch auf die Toilette und warte dann draußen im Flur auf dich. Es wird ja nicht so lange dauern, denke ich.«

Es war die Macht der Gewohnheit, aus der Zeit, als sie noch hier wohnten, dass sie immer noch durch die Hintertüre ins Restaurant kamen und wieder gingen.

Alexander umarmte Joey noch zum Abschied und verschwand in den Flur. Es ging keine zehn Minuten, da kam Hannah ihm nach. Doch Alexander war nicht da.

»Alexander?«, rief sie. Keine Antwort. Sie rief noch in die Toiletten hinein, doch keine Antwort. ›Er wird wohl schon vorgegangen sein‹, dachte sie bei sich, obwohl das für ihn nicht üblich war. Doch bei diesem Jungen wusste man ja nie. Sie lief schnell, weil sie dachte, ihn unterwegs noch einzuholen. Doch Alexander war nirgends. Er war nicht zu Hause, er war auch nicht mehr bei Joey, wie er ihr sagte, als sie ihn anrief und nach Alexander fragte. Wo könnte er nur sein? Vielleicht war er gedanklich so abwesend, dass er wie automatisch zur Bushaltestelle lief, um zur Uni zu fahren. Sie suchte, sie rief an, keine Spur von Alexander. Sie bekam es mit der Angst zu tun. Um acht rief sie bei der Polizei an.

»Wie lange ist ihr Sohn schon verschwunden?«, hatte man sie gefragt.

»Etwa seit sechs Uhr.«

»Das ist noch nicht sehr lange. Hat er Freunde, wo er hingegangen sein könnte?«, fragte die Polizei weiter.

»Nein. Er ist noch nie weggelaufen. Das passt nicht zu ihm.« Sie erzählte ihm auch, dass er nur etwa zehn Minuten alleine im Flur des Restaurants war, wo er auf sie warten wollte.

»Wir werden eine groß angelegte Suche starten«, versuchte der Polizist Hannah zu beruhigen. Ihm war klar, dass es sich bei diesem Jungen nicht um ein normales Kind handelte, ein Kind, das einfach weglief. Nein, das passte nun wirklich nicht zu ihm. Aufgrund seiner Berühmtheit, das war dem Beamten sehr wohl bewusst, konnte man möglicherweise von einem Verbrechen ausgehen. Aber so weit wollte er noch nicht denken und schon gar nicht wollte er eine solche Vermutung vor der Mutter des Kindes laut aussprechen. Sie war besorgt genug.

Spät in der Nacht kamen Joey und Thomy. »Nichts?«, fragten sie.

Hannah schüttelte verzweifelt den Kopf. Sie weinte und Joey nahm sie in die Arme.

»Hannah, meine Liebe«, versuchte er sie zu trösten, »alles wird sich aufklären. Denke nicht gleich an das Schlimmste.«

»Und wenn ihm etwas zugestoßen ist?«, fragte sie verzweifelt. Sie weinte.

Diese Nacht tat Hannah kein Auge zu.

16

»Hock dich jetzt auf deinen Arsch, Timo, du machst mich mit deinem Hin-und Her-Gerenne ganz nervös«, schnauzte Micky seinen jüngeren Bruder an. »Oder besser, bring dem Jungen etwas zu essen, dann hast du was zu tun!«

Timo war kein Verbrecher. Er war viel zu weich. Er hatte ein ungutes Gefühl bei der ganzen Sache. Wie ihm geheißen, bereitete er ein kleines Frühstück vor, bestehend aus Kakao und zwei kleinen Scheiben Brot mit Marmelade. Er packte alles auf ein Tablett und stieg die Treppe hinunter, die zum Keller führte. Damit man sein Gesicht nicht erkennen konnte, trug er eine Sturmhaube. Er lief den langen Flur entlang, der zu einem etwa sechs Quadratmeter großen Kellerraum führte. Die schwere Türe öffnete sich krächzend. Es war total dunkel, denn der Raum verfügte über kein Fenster. Timo betätigte den Lichtschalter und der Raum erhellte sich nur schummrig, denn die Glühbirne, die von der Decke herunterhing, erzeugte nur schwaches Licht. An der hinteren Wand stand eine Art Feldbett, auf dem Alexander lag. Er blinzelte, da ihn nach der Schwärze sogar dieses mickrige Licht blendete. Er war noch immer leicht benommen vom Chloroform, das seine Entführer benutzten und mehrmals anwandten, sobald es schien, dass Alexander zu sich kam. Der süßliche Geruch hing noch immer im Raum. Alexander versuchte sich zu erinnern.

Es ging alles sehr schnell. Er kam von der Toilette zurück und wollte sich auf die unterste Stufe der Treppe setzen. Plötzlich wurde ihm von hinten ein Lappen aufs Gesicht gedrückt und dann wurde er ohnmächtig.

»Was willst du von mir?«, fragte er den Vermummten ängstlich.

»Von dir nichts. Und dir passiert auch nichts, wenn deine Mutter das tut, was wir von ihr verlangen.« Er wollte den harten Mann markieren, indem er versuchte, einen strengen Ton anzuschlagen. Es wollte ihm aber nicht so richtig gelingen, weil ihm die Dreistigkeit eines wirklich brutalen Verbrechers fehlte. Schon in der Planungsphase, als Micky sagte, dass er den Jungen betäuben wolle, hinterließ bei Timo ein ungutes Gefühl, weil er Angst hatte, dass es dem Jungen schaden könnte. Doch sein Bruder fuhr ihm nur über den Mund: »Sag mal, du Oberschlauchen, wie willst du denn den Jungen sonst von dort wegbekommen? Das gäbe doch Zeter und Mordio, denn der Junge würde schreien, dass die ganze Welt zusammenläuft.«

Alexander spürte sofort, dass dieser Vermummte nicht zu den ganz Abgebrühten zählte.

»Eine Erpressung?«, fragte er deshalb jetzt nicht mehr ganz so ängstlich.

»Du hast es erraten Kleiner. Nennen wir es lieber ›Eigentumsverschiebung‹, ›gerechte Vermögensverteilung‹ oder so ähnlich.« So hatte es sein Bruder ihm verklickert, und Timo hatte es sich genau gemerkt. Er fand, dass das so richtig cool klang.

Timo stellte Alexander das Tablett auf das kleine Tischchen vor der Liege und sagte, »iss was, damit du uns nicht von den Knochen fällst. Wir brauchen dich noch. Dort in der Ecke steht ein Eimer, wenn du mal musst. Vergiss nicht, den Deckel immer draufzulegen, sonst erstickst du noch in deinem eigenen Mief.«

Er wandte sich zum Gehen. An der Tür drehte er sich zu ihm und sagte, »ich lasse dir das Licht brennen, damit du nicht im Dunkeln hocken musst«, dann verschwand er.

›Wir brauchen dich noch‹, hatte er gesagt. ›Das bedeutete doch, dass er nicht alleine war, dass also mindestens noch einer an diesem Unternehmen beteiligt ist‹, dachte Alexander logisch.

*

Hannah war blass und sah übernächtigt aus. Ihr Gesicht war vom Weinen aufgeschwollen, unter ihren Augen zeichneten sich dunkle Ringe ab. Sie ging zum Briefkasten, um die Post zu holen. Zwei Briefe sind gekommen, wovon ihr einer spanisch vorkam. Sie ging zurück ins Haus. Drinnen saßen zwei Polizisten, die zur Identifizierung eingehender Telefone eine Fangschaltung, eine sogenannte Malicious Call Identification, anbrachten. Sie rechneten damit, dass der oder die Entführer sich irgendwann meldeten.

Hannah öffnete den Brief. Es steckte ein kariertes A5-Blatt drin, auf dem Buchstaben aufgeklebt waren:

›Ihrem Sohn geht es gut. Es wird ihm nichts passieren. Tun Sie, was ich Ihnen sage. Keine Polizei. Anweisung folgt.‹

Hannah war aufgewühlt. Ihr Herz schmerzte. Dieses Warten war unerträglich. Wie ging es ihrem Jungen? Sind sie gut zu ihm? Geben sie ihm etwas zu essen? Trägt er Fesseln, die seine Hände abschnüren? Muss er Schmerzen aushalten?

Alle diese Fragen schwirrten in ihrem Kopf herum und erschütterten ihr Innerstes. Das Klingeln des Telefons zeriss die Stille. Hannah zuckte erschrocken zusammen.

Der Polizist gab ihr Zeichen, noch zu warten und sagte: »Versuchen Sie den Anrufer möglichst lange in ein Gespräch zu verwickeln. Wir haben es nicht immer mit Vollprofis zu tun. Vielleicht lässt er sich hinhalten.« Als er bereit war, nickte er, damit sie den Hörer abnahm. »Hallo«, meldete sie sich.

»Hannah, weiß man schon etwas Neues?«, fragte Joey am anderen Ende der Leitung.

»Alexander wurde entführt. Ich habe einen Erpresserbrief erhalten. Darin kündete der Entführer nur an, dass er Alexander in seiner Gewalt hat, mehr nicht. Er will sich melden.«

»Ach du meine Güte. Also doch Kidnapping. Wenn die unserem Jungen etwas antun, ich schwöre dir, dann Gnade ihnen Gott«, sagte er wütend, mit aufgebrachter Stimme.

»Die Befragungen in der Nachbarschaft des Restaurants und bei euch haben wohl nichts ergeben?«, fragte er schließlich, die Stimme wieder gesenkt.

»Nein Joey. Hör Joey, wir dürfen das Telefon nicht blockieren. Es könnte sein, dass der Entführer sich meldet. Ich gebe dir Bescheid, sobald ich mehr weiß«, versprach sie.

»Ist gut, Hannah. Heute Nachmittag, wenn das Restaurant geschlossen hat, komme ich auf jeden Fall vorbei«, versprach er, und mit einem »Hannah, mach dir keine Sorgen. Die Polizei tut alles. Sie werden ihn finden«, versuchte er sie zu trösten, obwohl er sich selbst größte Sorgen machte. Er beendete das Gespräch.

Weitere unerträgliche dreißig Minuten vergingen, bis das Telefon erneut klingelte. Gleiches Prozedere: warten, bis vom Beamten das Zeichen kam und schließlich: »Hallo?« Zuerst war nur Stille.

»Hallo«, rief sie erneut in den Hörer, »wie geht es meinem Jungen. Bitte tun Sie ihm nichts!«

Dann meldete sich eine verstellte Stimme: »Eine Million und ihrem Jungen wird nichts passieren.«

»Wo soll ich denn auf die Schnelle eine Million herkriegen?«, fragte sie, um den Anrufer in der Leitung zu halten.

»Der Junge hat doch wohl schon genug verdient, oder? Der hat diesen Betrag auch schnell wieder einmusiziert. Also, eine Million D-Mark in Tausend 500er, Tausend 200er und Dreitausend 100er nicht registrierten Scheinen. Sie sollen in einen Rucksack passen … oder Sporttasche. Das sind gute fünf Kilo, das müssten Sie problemlos tragen können. Haben Sie alles verstanden?«

»Ja ich habe verstanden. Doch, wo soll ich das Geld hinbringen?«

»Nur nicht so eilig gute Frau. Sie kriegen Ihr Geld schon noch los. Zuerst besorgen sie alles und morgen gebe ich Ihnen Anweisung, wohin das Geld gebracht werden soll. Ach ja, und keine Polizei, keine Mätzchen, wenn sie Ihren Jungen lebend wiedersehen möchten«, erklärte die verzerrte Stimme. »Ich kenne da nichts. Ich mache ernst.«

»Ohne Polizei? Wie stellen Sie sich das denn vor? Das ist doch gar nicht möglich«, versuchte Hannah ihn noch weiter hinzuhalten. »Gestern verschwand mein Sohn und ist bis heute nicht aufgetaucht. Erst heute, haben Sie sich bei mir gemeldet. Sie können doch nicht erwartet haben, dass ich dann nicht gleich gestern, nachdem Alexander verschwunden war, zur Polizei ging. Man hatte die ganze Nacht nach ihm gesucht«.

Der eine Polizist hob zustimmend den Daumen hoch, nach dem Motto ›gut gemacht‹.

Dem Anrufer schien das Gesagte einzuleuchten, denn er sagte: »Okay, ja klar. Aber keine Polizei dann bei der Geldübergabe. Ich rufe Morgen an.« Er hängte auf.

»Wir haben es hier nicht mit einem Profi zu tun. Ein Gelegenheitsbandit«, stellte der Polizist sachlich fest, »das macht die Sache einfacher. Dennoch müssen wir vorsichtig vorgehen, denn solche Leute sind unbe-rechenbar, wenn sie sich in die Enge getrieben fühlen. Denn ihnen fehlt die stoische Gelassenheit des Routi-niers und sie verlieren dabei schnell mal die Nerven. Das macht sie wiederum gefährlich.«

Der andere Beamte sagte Hannah, dass sie ihre Sa-che gut gemacht habe. Gut argumentiert, so dass der Entführer keinen Verdacht schöpfen konnte, sie würde das Gespräch nur unnötig hinausschieben wollen. Das Telefon klingelte, jedoch diesmal das Handy des Beam-ten. Dieser führte ein kurzes Gespräch. Als er es aufge-legt hatte, informierte er: »Das war die Kriminaltech-nik. Sie konnten das Handy des Anrufers orten. Der

Anruf kam …«, er schaute in den Laptop, wo er eine Karte von München und Umgebung geöffnet hatte und zeichnete mit dem Finger einen Kreis um Hackermoos, »… von hier, in diesem Umkreis«.

*

Es ertönten wieder die Ratschgeräusche, als die schwere Kellertür aufgeschlossen wurde. Der Vermummte kam wieder, um Alexander ein Sandwich zu bringen. Die Türe ließ er offen stehen, damit Luft hereinkomme, erklärte er Alexander. Er setzte sich auf den einzigen Stuhl im Raum und schaute Alexander an. Das verunsicherte den Jungen. »Hast du Angst?«, fragte der Typ.

Alexander nickte.

»Sag mal Junge, stimmt es wirklich, was man in der Zeitung so liest, dass du Stimmen hörst?«

»Ich höre keine Stimmen«, sagte Alexander.

»Ah, dann bist du die Wiedergeburt von Mozart, oder was?«

»Nein, ich bin auch keine Wiedergeburt.«

»Aber was bist du denn dann? Irgendwas muss doch an dir dran sein, sonst würden die doch nicht so'n Geschiss um dich machen und dich mit Geld vollstopfen?«, bohrte der Typ.

»Ich bin Musiker. Das ist alles.«

Diese Erklärung genügte ihm nicht. »Musiker gibt's doch viele, wie Sand am Meer. Ist denn an dem ganzen Gedöns mit Mozart und Stimmen hören und so nichts dran?«, hakte er nach.

»Ich habe einen Freund. Er heißt Gottlieb«,

»Und, was ist das Besondere an deinem Gottlieb?«

»Das Besondere an ihm ist, dass du ihn nicht hören kannst … «, erklärte Alexander und fügte gleich hinzu, »… weder sehen noch hören«

»Also doch Stimmen! Ist das ein Hirngespinst«, kicherte der Typ.

»Wahrscheinlich so etwas ähnliches«, versuchte Alexander, ihm Recht zu geben. Er hatte vor dem Vermummten keine Angst. Er sah es in den Augen, die aus den Schlitzen der Sturmhaube blickten, dass dieser nicht von der brutalen Sorte war.

»Lasst ihr mich wieder frei?«, fragte Alexander.

»Ich hab' dir doch gesagt, dass dir nichts passiert, wenn deine Mama tut, was wir von ihr verlangen. So einfach ist das.«

»Wo bin ich. Sind wir hier in Garching?«

»Sag mal, hältst du mich eigentlich für blöd? Ich erzähl dir doch nicht, wo wir sind?«, protestierte er fast ein wenig eingeschnappt über die Vorstellung, der Kleine könnte sich ihm gegenüber überlegen fühlen.

»Kann ich nicht mal raus ans Tageslicht? Hier ist es so dunkel. Ich brauche mal Licht und frische Luft«, ließ Alexander nicht nach.

»Kleiner, ich kann es nicht leiden, wenn du meinst, mich verarschen zu müssen. Außerdem kommt hier genug Luft herein. Was meinst du, warum ich hier bei dir hocke und rumquatsche?«

»Ich verarsche dich doch nicht. Ich will einfach nur ans Licht, vielleicht bloß mal in einen anderen helleren Raum. Wenn wir nicht in Garching sind oder in einem Haus, das ich kenne, brauchst du doch nicht zu befürchten, dass ich herausfinden könnte, wo wir sind.«

»Hm«, sagte der Typ, der fand, dass das eigentlich nicht gefährlich sei, »du hast recht. Du bist ziemlich klug was?« Doch im nächsten Moment besann er sich eines Besseren: »Nein, das geht nicht, nicht bevor ich mit dem Boss gesprochen habe.«

»Musst du bei allem, was du tust den Boss fragen?«, hakte Alexander nach, »ist der denn älter und gescheiter als du?«

»Er ist mein älterer Bruder«, sagte der Typ und ärgerte sich im nächsten Moment darüber, dass er ihm zu viel erzählte. Der Junge sollte möglichst wenig von ihnen wissen.

»Ich hätte auch gerne einen großen Bruder. Muss schön sein, einen Bruder zu haben«, lenkte Alexander mit einem Seufzer ab. Er wollte den Gesprächspartner mit kleinen Plaudereien bei Laune halten. Er wollte auch, dass der bei ihm blieb, weil er in dem Kellerloch nicht alleine sein wollte.

»Das ist nicht immer so toll, wie Einzelkinder sich das vorstellen. Man muss sich oft zur Wehr setzen, besonders, wenn der ältere Bruder so brutal stark ist, wie meiner.«

Plötzlich stand der andere in der Tür. Er trug wie der erste eine Sturmhaube. Er war um einiges größer und breiter. Ein richtiger Koloss im Vergleich zu seinem jüngeren Bruder.

»Sag mal, wo bleibst du denn so lange? Wills du vielleicht Wurzeln schlagen, oder macht ihr da unten ne Party?«, donnerte er böse los.

Timo zuckte erschrocken zusammen. Man merkte, dass er Angst hatte.

»Nein Mic… ähm …«, er stotterte, beinahe hätte er den Namen verraten, »aber ich muss doch Luft in das Kellerloch reinlassen. Sonst erstickt der uns doch.«

»Und dafür hockst du eine Ewigkeit da unten. Der hat genug Luft.«

Alexander traute sich nicht, etwas zu sagen. Mit dem Bruder war nicht gut Kirschen essen, das hatte er gleich nach den ersten paar Sekunden gewusst. Er kauerte sich zusammen, als wolle er sich möglichst klein machen.

»Komm hoch, wir müssen unseren Plan nochmals durchgehen. Alles muss sitzen. Es darf kein Fehler passieren!«, sagte der Große zu seinem Bruder und ging schon voraus.

»Also Tschüss Kleiner. Bist eigentlich ziemlich in Ordnung«, sagte der Jüngere freundschaftlich, als der große Bruder außer Hörweite war und wandte sich zum Gehen. Es ratschte, als die Kellertür wieder verschlossen wurde, und dann war es wieder still.

Alexander kauerte auf seinem Bett und stierte vor sich auf den Boden. Er hatte Angst, nicht wegen des jüngeren Entführers, denn der war nett. Doch der große, der war böse und unbeherrscht, und dem, so schien es, war alles zuzutrauen.

*

*H*annah war nervös. Es war schon Nachmittag kurz vor vier. Das Geld stand in einem großen Rucksack bereit und sie warteten ungeduldig auf den Anruf mit den nächsten Anweisungen. Ein Streifenwagen fuhr einstweilen die Gegend um Hackermoos ab, ob sich irgendetwas Verdächtiges zeigte. Eben erhielt der Beamte in Hannahs Haus Mitteilung, dass nichts Auffälliges zu entdecken war.

»Bleibt trotzdem vor Ort«, erhielten sie die Anweisung.

Endlich um halb sieben meldete sich der Entführer. Mit der bekannten verzerrten Stimme gab er seine Anweisungen: »Haben Sie das Geld … so wie ich angeordnet habe?«

»Ja, habe ich.«

»Für die Übergabe brauchen Sie ein Handy, eine Taschenlampe und Geld, mindestens so viel, als würden Sie einkaufen gehen. Fahren Sie bis zur U-Bahnstation Dietlindenstraße, Ankunft 21.30 Uhr, auf keinen Fall früher oder später. Halten Sie sich genau an den Zeitplan. Wenn Sie was vergeigen, kann ich Ihnen keine Garantie mehr geben.«, und nach einer Sekunde der Überlegung, »und Sie wissen: keine Polizei, wenn Sie Ihren Sohn wiederhaben wollen. Und jetzt geben Sie mir Ihre Handy-Nummer!«

Hannah gab sie ihm, wie verlangt.

»Haben Sie alles verstanden?«, fragte er zur Sicherheit nochmals nach.

»Ja, ich habe verstanden.«

»Gut. Sie hören von mir«, beendete er das Gespräch.

»Aha, sie wollen sich im Schutz der Dunkelheit bewegen«, stellte der Beamte sachlich fest und nahm sein Handy ab, das kurz später klingelte. »Das Handy des Anrufers wurde in der Umgebung München Ludwigsfeld geortet. Sie scheinen sich nicht an einem festen Ort aufzuhalten.«

Hannah, die einen kleinen Sender an der Innenseite ihres Pulloverausschnitts trug, saß in der U-Bahn in Richtung Station Dietlindenstraße. Sie war ziemlich nervös. Eine zivile Streife wartete verdeckt, unweit der

Station. Es war ziemlich dunkel, denn es war ja schon Ende Oktober. Kurz bevor Hannah die vorgeschriebene Station erreichte, meldete sich der Erpresser. Diesmal schien es ihr, dass es eine andere Stimme war. Sie klang zwar immer noch verzerrt, aber irgendwie anders, weicher, zittriger. Doch ganz sicher war sie sich nicht.

»An der Station steht ein Taxi für Sie bereit. Steigen Sie ein und fahren Sie bis Mittlerer Ring. Lassen Sie sich Mittlerer Ring/Isarring bei der John-F.-Kennedy-Brücke absetzen.« Hannah wiederholte laut, was der Gangster ihr auftrug, damit die Beamten hören konnten wie es weiterging.

Timo, der auch ziemlich nervös war, versuchte streng zu wirken, dennoch konnte er ein Zittern in der Stimme nicht ganz verbergen »An der Brücke schalten Sie Ihre Taschenlampe ein und halten Sie sie hoch! Beeilen Sie sich! Ich rufe sie wieder an.« Wieder wiederholte Hannah diese Aufforderung laut und erklärte, dass die letzten beiden Instruktionen von einer anderen Stimme kamen.

Timo hielt sich genau an die Anweisung seines Bruders. ›*Wenn es doch nur schon vorbei wär*‹, dachte er. Er wollte nichts falsch machen. Sein Bruder konnte nämlich ziemlich wütend und unbeherrscht werden, wenn er, der kleine Bruder, ihm seine Tour vermasselte.

»Stümper«, sagte der Beamte in der zivilen Streife, »Anfänger. Den schnappen wir uns.«

Eine weitere Streife fuhr in die Nähe des Brückenkopfes, wo Hannah hinbeordert wurde und eine dritte wurde auf die gegenüberliegende Seite der Brücke hin beordert.

Hannahs Handy klingelte erneut: »Laufen Sie auf der rechten Seite über die Brücke. Halten Sie die Taschenlampe hoch. Laufen Sie schnell!« Aber schon nach kurzer Zeit, ließ er sie abrupt anhalten. »Halt, stehen bleiben!«, befahl er.

Hannah schaute um sich, ob sie jemanden Verdächtigen sehen konnte. Nichts. Auch die Streife konnte niemanden entdecken.

»Verdammt noch mal, wo hockt der Scheißkerl? Der muss doch irgendwo hier sein. Wozu sonst musste sie eine Taschenlampe mitnehmen? Der hat doch bestimmt Sichtkontakt.«

Doch plötzlich fiel es ihm siedend heiß ein, »Scheiße, da muss noch einer unter der Brücke sein. Mensch, der lässt die Frau ja gar nicht über die Brücke laufen.« Es wurde ihm bewusst, dass sie, im Glauben es handle sich um stümperhafte Anfänger, die Sache doch zu leicht genommen hatten.

»Achtung … Jetzt machen sie das Licht aus und werfen den Rucksack über den Brückenrand! Los machen Sie schon! Werfen Sie! Und gehen Sie schnell zurück!«

Es ging alles ziemlich schnell. Man konnte nichts sehen. Hannah traute sich nicht, stehen zu bleiben und verließ die Brücke, wie befohlen. Die Streife stand oben vor der Brücke und das Geld lag unter der Brücke.

»Ja, wunderbar, das hat ja super hingehauen. Hier oben nutzen wir gar nichts«, sagte der Beamte am Steuer enttäuscht.

»Verdammt«, brachte der andere als Kommentar nur hervor. Sie waren zu weit weg, als dass sie in der

Dunkelheit die Verfolgung hätten aufnehmen können. Außerdem wussten sie nicht in welche Richtung der Erpresser lief.

*

*A*uf der Straße unter der Brücke kam Timo aus dem Dunkeln mit unbeleuchtetem Fahrrad, packte den Rucksack und fuhr Richtung Norden links am Eisbach vorbei. Dann bog er in die Geißlingstraße. Dort wartete Micky in der Dunkelheit mit dem Motorroller. Im Schutz der Bäume räumten sie das Geld innerhalb von Sekunden in den Koffer- und Sitzstauraum des 600-Kubik-Fahrzeugs und warfen den Rucksack weg. Es hätte ja sein können, dass im Rucksack ein Sender versteckt wurde. Es war mittlerweile fast 22.00 Uhr und es hatte keine Leute, zumal es leicht nieselte und ziemlich kalt war. Mit rasanter Geschwindigkeit fuhren sie mit ihrem unbeleuchteten Motorrad durch den Englischen Garten und fuhren über die Sondermeierstraße. Auf dem Emmerigweg schaltete Micky seinen Scheinwerfer ein und verlangsamte die Fahrt, um nicht aufzufallen. Sie fuhren in die Freisinger Landstraße. Sie lachten laut. »Na Alter, war doch ein Kinderspiel, oder?«, sagte Micky zu seinem Bruder, »weit und breit keine Verfolger zu sehen.« Ihr Handy behielten sie ausgeschaltet.

»Und, was machen wir mit dem Jungen?«, fragte Timo, der auf dem Rücksitz saß.

»Das hat Morgen noch Zeit.«

»Wir lassen ihn aber frei, ja?«, wollte er sicher gehen.

»Ich hab gesagt Morgen. Hörst du nicht?«, rief Micky ziemlich sauer nach hinten. Timo wusste, dass er seinen Bruder nicht weiter reizen durfte und schwieg.

Die Beamten bei der Brücke nahmen Kontakt zu Hannah auf. »Kommen Sie zur Keferstraße, wir warten dort auf Sie!«.

*

*D*iese Entführungssache war aber nicht die einzige Straftat in dieser Nacht. Nach einem Überfall auf eine Tankstelle mit einem angeschossenen Tankwart wimmelte es von Streifenwagen im Dreieck Riedmoss, Hackermoos und Badersfeld. Auf den Straßen war es um diese späte Stunde ziemlich ruhig. Bei diesem ungemütlichen Wetter schienen die Leute es sich lieber zu Hause bequem zu machen. Die meisten schliefen wahrscheinlich schon.

»Soeben ist ein Motorroller in Hackermoos eingefahren«, erging ein Funkspruch an die anderen Streifenwagen. »Sie fahren auf der Badersfelderstraße Richtung Norden. Sie haben es nicht sonderlich eilig. Wirken eher unauffällig. Sollen wir trotzdem dran bleiben?«

»Ja bleibt dran.«

Hackermoos ist kein großer aber ziemlich langgezogener Ort. Die beiden Brüder durchfuhren die ganze Badersfelderdstraße. Die Streife folgte ihnen in großem Abstand, unauffällig ohne Scheinwerfer. Plötzlich bog der Motorroller rechts in eine kleine Straße ab und fuhr diese bis zum letzten Haus. Hier stellten sie ihr Gefährt im Schutz eines Busches neben dem Hauseingang ab. Die Beamten folgten den beiden zu Fuß und entdeckten schemenhaft, wie sie aus dem Sitzstauraum des Motorrollers etwas in einen Plastikbeutel packten.

»Ich habe das gute Gefühl, dass wir die Richtigen verfolgt haben«, flüsterte der eine Beamte und beide zogen ihre Waffen. Gerade als die beiden Brüder ins Haus wollten, schrie der größere der Beamten: »Halt, stehenbleiben! Polizei. Halten sie Ihre Hände über den Kopf!«

Der andere, körperlich etwas kleinere Beamte informierte die anderen per Funk, dass sie zwei Männer gestellt hätten und gab schon mal ihre Adresse durch, während sich der erste Beamte dem Duo näherte.

»Was ist los«, fragte Micky scheinheilig, denn seiner Meinung nach konnte es nicht sein, dass man sie verfolgt hatte. Er hatte nie ein Fahrzeug längere Zeit hinter sich gesehen. Meist waren sie alleine.
Timo wurde leichenblass.

»Es gab einen Überfall auf die Tankstelle hier in der Nähe und wir überprüfen alle Leute, die sich um diese Zeit noch auf der Straße befinden«, erklärte der Beamte. Jetzt war er schon ziemlich nah bei ihnen.

»Damit haben wir aber nichts zu tun. Wir waren den ganzen Abend nicht hier im Ort«, erklärte Micky. Das Bewusstsein, nicht gelogen zu haben, wiegte ihn in Sicherheit. Mit der Tankstelle hatten sie nichts zu tun. Er gab sich lieber mit größeren Fischen ab.

»Wo waren Sie heute Abend?«

»Erst in München einkaufen«, log er und deutete mit dem Fuß auf die Plastiktüte, die am Boden stand, »und danach waren wir mit Freunden essen.«

Der Beamte war nun bei ihm und wollte nach der Tüte am Boden greifen. Micky, der im Kampfsport ausgebildet war, machte eine blitzschnelle Bewegung, schlug dem Beamten die Waffe aus der Hand und im nächsten Moment hatte er ein Messer, das er ihm an den Hals hielt. Das war ein blitzschneller Überraschungscoup, so flink, dass der Beamte darauf gar nicht reagieren konnte. Dem anderen Beamten befahl Micky, seine Waffe auf den Boden zu legen, mit dem Fuß in seine Richtung zu schieben und zurückzugehen:

»Ich habe nichts zu verlieren«, sagte er, »aber Ihr Kollege hier.« Der Beamte blutete am Hals.

Timo, der nicht so abgebrüht war wie sein Bruder, zitterte am ganzen Körper.

»Micky hör auf! Es hat doch keinen Zweck. Hier kommen wir nicht mehr heil raus.«

»Halt die Schnauze. Nimm die Pistolen. So einfach geben wir nicht auf!«

Timo bückte sich nach den Pistolen und reichte eine seinem Bruder, der sie dem Beamten in den Rücken drückte. Zu dritt gingen sie ins Haus. Der zweite Streifenwagen kam mittlerweile an.

Drinnen im Haus befahl Micky: »Jetzt geben Sie mir eine Nummer, damit ich mit Ihrem Kollegen draußen sprechen kann.«

»Geben sie auf«, versuchte der Beamte Micky zu überreden, »das bringt doch nichts. Machen Sie es doch nicht schlimmer, als es ist. Bis jetzt ist ja noch nicht viel passiert. Der Tankwart lebt. Er hatte nur einen Steckschuss in der Schulter.«

»Schnauze halten«, brüllte Micky. Erst im Nachhinein hatte er begriffen, was der Beamte da eben sagte.

›Tankwart, Steckschuss? … Scheiße nochmal. Er hatte ja noch nicht mal eine Waffe. Ein Messer ja, das war alles! Jetzt soll alles platzen, nur weil sie ihn für den Tankstellen-Ganoven hielten? Dabei hatte doch bis anhin alles so wunderbar geklappt.‹

Offensichtlich war hier Kommissar Zufall am Werk und ausgerechnet sie fielen ihm zum Opfer. Nein, wegen dieser anderen Sache wollte er nicht auffliegen, auf gar keinen Fall geht er in dem Knast.

Er drückte seinen Gefangenen auf einen Stuhl und Timo musste ihn festbinden. Timo wagte es nicht, dem Beamten in die Augen zu sehen. Er war mit seinen zwanzig Jahren viel zu jung und der ganzen Sache nicht gewachsen. Eigentlich wollte er auch diese Entführung nicht mitmachen. Doch sein Bruder ließ ihm keine andere Wahl. Außerdem schilderte der ihm ihrer beider Leben in den schillerndsten Farben, wenn sie erst einmal reich sein würden.

»Eine Million Mark, das verdienen wir zusammen das ganze Leben nicht. Den Reichen tut so ein Betrag doch überhaupt nicht weh, und für uns bedeutet er ein neues Leben. Wir werden irgendwohin verschwinden, wo es schön ist und wo wir unser neues Leben genießen können.«,

Es würde auch kein Blutvergießen geben, das hatte Micky ihm hoch und heilig versprochen. Und nun das.

»Hören Sie gut zu«, hörte er Micky am Telefon mit dem Beamten draußen sprechen, »ich sagte Ihnen schon einmal. Wir haben nichts zu verlieren. Doch der Bulle in meiner Gewalt könnte sein Leben und die Kellnerin ihren Wunderknaben verlieren. Ich kenne kein Pardon, kein Mitleid. Merken Sie sich das!»

Timo stockte das Blut in den Adern. Er sah den Jungen in Gefahr. Das wollte er auf keinen Fall.

Alle anderen wurden in sprachloses Staunen versetzt. Der Gefesselte zog überrascht die Augenbrauen hoch.

Die Beamten draußen schauten sich fragend an. Einer wiederholte nochmals ziemlich verdutzt, was der Kidnapper eben sagte: »Was hatte der eben gesagt? Die Kellnerin würde ihren Wunderknaben verlieren? Mensch, uns ging hier ein ganz anderer Fisch ins Netz. Ein ganz großes Kaliber.«

»Was fordern Sie?«, fragte der Beamte mit dem Telefon, während ein anderer einen Funkrundspruch durchgab.

»Sie ziehen ab, und wir verschwinden. Den Jungen nehmen wir als Geisel mit«, antwortete Micky und versuchte cool zu bleiben, schon seines Bruders wegen. Er legte seine Pistole auf den Esstisch. Timo wusste, dass die ganze Sache für sie beide verloren war. Er wollte nicht, dass jemand sein Leben lassen musste. Wenn sie aufgeben mussten, würde sein jähzorniger Bruder aus Wut seine Geisel erschießen, denn er war zu allem fähig. Den Polizisten würde er vermutlich schon zuvor kalt machen. Timo hatte Angst. Er wollte nicht, dass jemand stirbt, nicht für eine Million, und so fällte er eine schwerwiegende Entscheidung. Er zitterte, als er die Pistole mit beiden Händen festhielt und auf seinen Bruder zielte. Der riss erschrocken die Augen auf und trennte die Telefonverbindung:

»Was tust du da? Hei, Timo, du wirst doch deinen Bruder nicht erschießen. Komm gib mir die Waffe, ich verspreche dir, wir kommen heil da raus.«

Im nächsten Moment fiel ein Schuss. Timo hatte seinem Bruder in den rechten Oberschenkel getroffen. Dieser schrie laut auf, schaute seinem Bruder mit weit aufgerissenen Augen verzweifelt an. Er sackte zusammen. Blutend und vor Schmerz stöhnend lag Micky am Boden. Timo weinte und stotterte nur: »Tut mir leid Micky. Tut mir leid. Ich musste es tun. Es ist vorbei. Ich will das nicht. Ich will nicht, dass jemand getötet wird.«

Dann löste er dem Beamten die Fesseln.

Draußen ging man in Alarmstellung. Ein Schuss, der die Stille der Nacht drohend durchschnitt. Irgendjemand wurde erschossen. Der Beamte, der eben noch mit Micky am Telefon sprach, sagte bedrückt: »Der Kerl scheint ernst zu machen. Aber warum hat er geschossen? Es gab doch gar keinen Grund. Er hatte ja aufgelegt, bevor wir in die Verhandlung eingestiegen sind.«

Der Beamte im Haus hielt sich ein Taschentuch auf die Schnittwunde am Hals und rief zuerst einen Krankenwagen an und dann den Kollegen: »Alles in Ordnung hier drin. Der Kidnapper liegt verletzt am Boden. Der Krankenwagen ist alarmiert. Ihr könnt reinkommen.«

Erleichtertes Aufatmen bei den Polizisten. Inzwischen kam auch der Streifenwagen, in dem Hannah saß, am Ort des Geschehens an.

Timo übergab beide Waffen dem Beamten und fragte: »Kann ich den Jungen holen? Er braucht dringend Luft. Da unten gibt es kein Fenster.«

»Warte«, sagte der Beamte, »ich komme mit, sobald

die Kollegen da sind.« Er öffnete den Polizisten die Tür.

Die eingetretenen Beamten kümmerten sich um den Verletzten am Boden und der andere, zuvor gefesselte, ging zusammen mit Timo in den Keller, um Alexander zu befreien. Das Licht brannte und Alexander schlief. Als sich die Türe geräuschvoll öffnete, blinzelte er und schaute erstaunt zu den beiden, die soeben den Kellerraum betraten. Sie trugen diesmal keine Vermummung.

»Alexander, es ist vorbei«, sagte Timo und der Junge erkannte die Stimme. Er hatte dessen Gesicht nie gesehen, doch wusste er, dass sie dem netteren der beiden Brüder gehörte. Er sah noch so jung aus und eigentlich auch sympathisch, alles andere als ein kaltblütiger Verbrecher.

»Ich kann zu meiner Mama?«, fragte Alexander mit verschlafener Stimme.

»Deine Mutter ist bestimmt schon da, oben in der Wohnung«, freute sich der Beamte und Timo schaute ihn fragend an.

»Sie ist hier?«, wiederholte Timo.

»Ich vermute es. Heute hieltet ihr ja mit eurem Erpressungsversuch die halbe Polizei in Atem. Und ich denke, dass seine Mutter in einem Streifenwagen hierher gefahren wurde.«

Dann lächelte er ungläubig und schüttelte den Kopf. »Dass ihr ausgerechnet wegen eines anderen Verbrechens, das ihr gar nicht begangen habt ins Netz gingt … tja, das ist reiner Zufall … euer Pech.«

»Ich weiß nicht, ob ich es als Pech sehe. Ich glaube … nein, ich glaube nicht. Ich bin froh, dass es vorbei ist.«

»Ich habe schon gesehen, dass du aus einem anderen Holz als dein Bruder geschnitzt bist. Das wird sicher eine Auswirkung aufs Strafmaß haben.«

Zu dritt gingen sie hoch in die Wohnung und im nächsten Moment lagen sich Hannah und ihr Sohn in den Armen. Hannah weinte Tränen der Freude.

*

Am 2. November feierte Hannah einen Tag früher ihren dreißigsten Geburtstag. Sie wollte ihren Geburtstag an einem Montag feiern, damit Joey und Thomas teilnehmen konnten. Diesmal war die Gästerunde klein. Außer Joey und Thomy waren noch Nathan und ihre drei Kolleginnen, Susi, Carola und Andrea da. Dann war da noch Armin, ein netter Nachbar, der etwas später dazu stieß.

Doch dieses Mal feierte sie nicht nur ihren Geburtstag, sondern auch den guten Ausgang der Entführung ihres Sohnes vor ein paar Tagen. Es war für sie, als wäre der Junge ihr nochmals neu geschenkt worden. Dennoch hatte sie sich vom Schock noch nicht ganz erholt. Sie träumte nachts immer noch schlecht und wachte dann schweißgebadet auf. Aber sie war glücklich, dass die ganze Geschichte wirklich glimpflich ausging und vor allen Dingen unblutig. Oder korrekt gesagt, ohne menschliche Verluste.

»Schon ein glücklicher Zufall, dass an dem Tag die Tankstelle überfallen wurde«, stellte Joey nüchtern fest.

»Na ja, für den Tankwart war der Zufall nicht ganz so glücklich«, konterte Thomy, »immerhin wurde ihm in die Schulter geschossen. Aber zumindest, hat er keine bleibenden Schäden.«

»Die Täter haben sie leider immer noch nicht gefasst«, erklärte Joey.

Carola wollte von Alexander wissen, wie er denn die Geschichte verkraftet hatte. »Du musstest doch schreckliche Angst gehabt haben?«

»Ich hatte Angst, aber nicht so schlimm. Auf jeden Fall wollte ich meine Angst nicht so sehr zeigen.«

»Er hatte die Geschichte erstaunlich gut verkraftet«, warf Hannah ein und strich mit einer Hand liebevoll durch Alexanders Haar. »Er brauchte nicht einmal psychologische Betreuung. Im Gegenteil. Er lehnte eine solche strikte ab.«

»Es hatte doch nur knapp drei Nächte gedauert«, verharmloste Alexander die Sache. »Außerdem bin ich gut behandelt worden. Ich hoffe nur, dass Timo nicht so streng bestraft wird.« Timo hatte längst Einzug in sein Herz gehalten und Alexander fühlte eine starke Bindung zu diesem jungen Mann, der ihm irgendwie auch leid tat.

»Ja, die Chancen stehen gut. Er hatte erstens mit der Polizei kooperiert und zweitens ist er in diese Sache eher hineingeschlittert, als dass es sein Wille gewesen wäre. Sein Bruder war wohl immer schon dominant und hatte ihn recht unter der Knute. Wie ich hörte, hatte der viel ältere Micky die Aufsicht über Timo, nachdem der Vater der beiden früh verstarb und die

Mutter arbeiten musste und deshalb kaum zu Hause war. Und so wie Timo sagte, sei der Bruder nicht zimperlich mit ihm umgegangen«, erzählte Joey.

Hannah versank in Gedanken. Wie hatte sie doch, trotz ihrer Schicksalsschläge Glück gehabt. Sie hatte ihre Tante und ihren Onkel, bei denen sie eine liebevolle Jugend verbringen durfte. Ebenso war sie so froh, dass sie, dank der Unterstützung von Joey und Thomy, Alexander viel Aufmerksamkeit schenken konnte. Sie hatte das Gefühl, dass sie beide einen lieben Schutzengel auf ihrer Seite hatten. Sie wurden immer wieder aufgefangen und dafür war sie sehr dankbar. Und jetzt, als sie ihren Sohn reden hörte, hatte sie sogar ein bisschen Bedauern, besonders mit dem jungen Timo, der vom Schicksal nicht so gut behandelt wurde.

»Was ich aber dennoch seltsam finde ist, dass die Entführer just zu dem Zeitpunkt in Joeys Treff waren, als Alexander dort und zufällig alleine im Flur war«, rätselte Susi.

»Ja das war wirklich Fügung des Schicksals. Die Polizei hatte sich das auch gefragt. Doch Timo erklärte, dass sein Bruder Alexander beobachtete. Er wollte erfahren, wann und wo es Momente gab, in denen Alexander alleine war. Sehr bald hatte er mitbekommen, dass es diese Momente hier im Restaurant am ehesten gab. Hannah und Alexander kamen immer durch die Hintertüre rein, schon aus Gewohnheit, da sie hier ja mal gewohnt hatten. Tja und in der Tat war es eben keine Seltenheit, dass Alexander im Flur wartete, bis Hannah kam. Oft holte sie nur kurz etwas ab, um gleich wiederzukommen. Und da, wo jemand zu Hause ist, erwartet man am wenigsten, dass etwas passieren könnte. Deshalb verschwinden so viele Kinder unweit ihres Elternhauses«, erklärte Joey.

»Es bleibt aber immer noch ein Haken an der Sache. Das Gesagte leuchtet zwar ein, wenn es um tägliche Gewohnheiten geht. Aber, soviel ich weiß, ist Alexander mindestens zwei Wochen nicht mehr da gewesen«, wunderte sich Andrea dennoch.

»Du hast Recht Andrea. Doch Entführer planen nicht heute und schlagen morgen zu. Zuerst beobachten sie die Gewohnheiten ihrer Opfer, treffen sämtliche Vorbereitungen und dann warten sie. Sie haben dabei viel Zeit und viel Geduld. Sie warten … sie warten … so lange, bis sie endlich zuschlagen können.«

»So Leute, lasst uns von etwas anderem reden. Die Sache wird nicht besser oder schlechter, wenn wir sie tausend Mal durchkauen«, sagte Hannah und prompt änderte sich die Stimmung in eine gesellige unbeschwerte Richtung.

Es war eine schöne gemütliche Feier, nicht pompös, aber eines runden Geburtstags durchaus würdig, fand Hannah. Natürlich ging keine Feier ab, ohne dass Alexander ein kleines Konzert gab. Diesmal dachte er sich etwas Besonderes aus. Er wollte nicht einfach ans Klavier sitzen und spielen, sondern er legte die selbst produzierte CD ein, die er seiner Mutter zu ihrem 28sten Geburtstag schenkte. Mit seiner Querflöte begleitete er sich dann selbst. Es war ein Traum. Für Hannah war es immer ein besonderer Genuss, wenn ihr Sohn musizierte. Ach, wie liebte sie dieses Kind. Und einen Moment dachte sie an Alexander den Großen. Alexander war seinem Vater wie aus dem Gesicht geschnitten. Er hatte die gleichen dunklen Haare und Augen. Wie bei seinem Vater, zierten zwei Grübchen seine Wangen, wenn er lachte.

Leider sah sie ihren Sohn nicht sehr oft lachen. Wie gerne hätte sie für ihn eine unbeschwerte Kindheit gehabt, die er ja auch hätte haben können. Doch je älter er wurde, desto mehr war er von der Musik absorbiert. Sie hatte manchmal das Gefühl, dass er entrückte – er entrückte von dieser Welt.

Als Hannah am Morgen erwachte, war sie ziemlich erschlagen, denn die Feier dauerte bis in die Morgenstunden. Sie blieb noch ein bisschen liegen und ließ den Vortag und die Feier Revue passieren. Es war eine sehr nette Gesellschaft fand sie, ja und ganz besonders angetan hatte es ihr Armin. Sie sind sich des Öfteren über den Weg gelaufen und haben immer wieder ein paar Takte miteinander gesprochen. Auch er hatte, wie Alexander der Große dunkles, kurz geschnittenes Haar und dunkelbraune Augen. Es schien wirklich typisch zu sein, dass man sich immer wieder vom gleichen Typ angezogen fühlt.

Da Armin in München arbeitete, bot er ihr an, dass er Alexander gerne mit nach München nehme, wenn er zur Uni ging. Armin war Apotheker und hatte in München nicht weit vom Konservatorium eine Apotheke. Wenn Alexander nicht in die Apotheke kam, weil er länger arbeitete, holte Armin ihn bei der Uni wieder ab. Meistens aber musste er ihn abholen, denn Alexander kannte, wenn er beschäftigt war, keine Uhrzeit. Unglaublich, fand Armin, wie ein achtjähriger Junge so sehr von der Musik besessen sein konnte.

Hannah fand diesen Armin sehr sympathisch. Wenn er sie mit seinen dunklen, warmen Augen ansah, schmolz sie förmlich dahin. Sie hatte ihn auch schon zum Essen eingeladen. Sie genoss es, sich mit diesem ruhigen sympathischen Mann zu unterhalten und beim jüngsten Treffen kamen sie sich auch näher. Nun es blieb bei einem leidenschaftlichen Kuss. Doch ihr Inneres flatterte, wie bei einem Teenager, wenn er sich verliebte. Sie schalt sich selbst, dass sie in dieser Beziehung immer noch wie ein Teenager reagierte. Auf der anderen Seite war es schon so lange her, dass sie und Alexander der Große ein Paar waren und schließlich war es normal, dass sie zu solchen wunderbaren, erhebenden und aufregenden Gefühlen zu einem anderen Menschen, der nicht ihr Sohn war, in der Lage war. Ob sie jedoch eine Beziehung mit Armin anfangen sollte, darüber wollte sie sich keine Gedanken machen, zumindest im Moment noch nicht. Sie war sich einfach noch nicht sicher.

Die Weihnachtszeit rückte näher und dies war wieder die Zeit, in der Alexander alle möglichen Einladungen zu Auftritten bei Konzerten und im Fernsehen erhielt. Hannah begleitete ihren Sohn auf all seinen Reisen. Eigentlich hätte Hannah gerne zu Hause im privaten Kreis Weihnachten gefeiert, aber mit ihrem Sohn war das nicht mehr möglich. Sie dachte an die wenigen Weihnachten, die sie mit Alexander dem Großen feiern konnte. Eigentlich nur zweimal. Beim zweiten Mal war sie mit ihrem Sohn schwanger und Alexander wusste davon noch nichts.

Teil 3

2005

Alexander
(Teenager- und Erwachsenenzeit)

17

Alexander war ein gefragter Star. Er war Gast bei allen möglichen Fernsehsendungen und Konzerten auf der ganzen Welt. Alle wollten Alexander live erleben. Sogar bei den Teenagern kam ein richtiger Klassikboom auf. Sie schrien bei seinen öffentlichen Auftritten, wie die Jugend einst schrie, wenn die Beatles auftraten. Alle liebten diesen jungen Künstler, der so still, manchmal abwesend wirkte. Er lächelte, weil es erwartet wurde, dass er lächelte, aber in Gedanken war er weit weg.

Der knapp 15jährige Alexander schien den Rummel der Shows aller Schattierungen bei den Fernsehauftritten nicht mehr zu mögen. Er wollte seine Ruhe. Er wollte komponieren. Er wollte in Konzerten mitwirken, vor allen Dingen, wenn seine Kompositionen gespielt wurden und die er selbst dirigierte. Mittlerweile hatte er eigene Kompositionen, auch wenn sie nach wie vor Mozarts Stempel trugen, denn alle seine Werke gaben immer wieder Einblick in Mozarts Kompositionswelt. Mozart schien sich mit Alexander verbunden zu haben um nicht zu sagen Besitz von ihm ergriffen zu haben. Sie schienen zusammen zu experimentieren, sich weiterzuentwickeln und sich gegenseitig zu ergänzen. Sie waren wie ein eingespieltes Team in einer Person. Alexander versuchte mit eigenen kompositorischen Mitteln Zusammenhänge zu mozart-typischen Kompositionen herzustellen. Seine Musiksprache war voll Phantasie, Poesie und Sinnlichkeit. Die klanglichen Experimente entführten den Zuhörer in eine Traumwelt zwischen greif- und ungreifbar. Man konnte keine Linie ziehen zwischen Mozarts Eingaben und dem, was Alexander selbst schrieb. Es konnte innerhalb eines Satzes wechseln.

Oft lag Alexander mit geschlossenen Augen rücklings auf seinem Bett. Er lag da, als würde er träumen. Doch in seinem Kopf waren ein überirdisches Brausen von Musik und ein Gewirr von Bildern.

Hannah machte sich Gedanken, denn ihr schien immer mehr, dass ihr Sohn besessen war. Mit Armin, der seit dem Millennium-Spektakel bei ihnen in ihrem Haus lebte, sprach sie über ihre Sorgen: »Alexander ist so still und in sich gekehrt. Er arbeitet wie besessen. Er nimmt um sich herum nichts mehr wahr. In seinem Kopf scheint es immer zu arbeiten, wenn er isst, wenn er einfach nur dasitzt und oft kommt es vor, dass ich, wenn ich nachts auf die Toilette gehe, Licht unten bei seiner Türe durchscheinen sehe. Ich traue mich gar nicht hineinzugehen.«

»Ich verstehe deine Sorgen, Hannah, dennoch führen deine Gedanken dich nicht weiter. Du wirst nichts ändern können. Es ist Alexanders Welt, die er braucht und die er zu lieben scheint. Wohl ist es seine Bestimmung. Und warum solltest du auch daran etwas ändern wollen, wenn er darin seine Erfüllung, seine Zufriedenheit findet«, versuchte Armin sie zu beruhigen, obwohl er bei letzterem selbst in Zweifel geriet. Denn war Alexander wirklich glücklich und zufrieden? Wer wollte das als Außenstehender beurteilen? Trotzdem,

Armin ertrug es nicht, wenn Hannah sich vor lauter Sorgen selbst zerfraß.

»Vielleicht hast du recht, aber ich frage mich, wo hört die normale Welt auf und wo fängt Irrsein an?«, fragte Hannah schonungslos und irgendwie selbstzermarternd.

»Hannah, du willst doch nicht andeuten, dass dein Sohn irrsinnig ist«, fragte Armin erschrocken.

»Nein, Armin … besessen«, versuchte sie zu erklären, »… nur für mich stellt sich die Frage, wo ist die Grenze zwischen Genialität und Irrsein.«

»Ich bin besessen«, sagte Armin unvermittelt mit einer Spur von Humor, um gleichzeitig auch etwas vom Thema abzulenken. Immerhin geisterte das, was er eben eröffnen wollte, ebenso schon lange in seinem Gehirn herum: »Ich bin besessen und zwar von dir. Ist das jetzt Irrsein?«, alberte er, um aber gleich wieder ernst zu werden, indem er endlich die ihn bewegende Frage stellte: »Hannah, willst du mich heiraten?«

Hannah schaute Armin ob dieses übergangslosen Themenwechsels überrascht an. Zuerst schluckte sie, und dann fragte sie lächelnd: »War das jetzt ein romantischer Heiratsantrag?«
»Hm, romantisch vielleicht nicht gerade, aber dafür ein sehr ernst gemeinter Heiratsantrag«, gab er keck zurück, »weißt du, es kam soeben über mich … denn dieser Gedanke treibt mich schon seit langem um, tja und jetzt wollte er raus … außerdem dachte ich, sollte man die Feste feiern, wie sie gerade fallen. Und eben kündigte es sich an.«

Hannah lächelte. »Und du hast es dir genau überlegt, dass du das willst?«, fragte nun sie amüsiert, als wollte sie ihm raten, sich diesen Schritt wirklich genau zu überlegen. »Immerhin angelst du dir eine 37jährige Frau mit einem fast erwachsenen Sohn«, erklärte sie, ohne wirklich zu wollen, dass er sich diesen Schritt nochmals überlegte. Denn sie war sich längst sicher, dass sie mit diesem Mann an ihrer Seite leben wollte. Hätte sie sonst vorgeschlagen, dass er in ihrem Haus lebte?

»Du bist die schönste, attraktivste, wundervollste, zuverlässigste, leidenschaftlichste, liebevollste, begehrenswerteste 37Jährige, der ich je begegnete«, brachte der um drei Jahre jüngere Armin mit liebevollem Blick alle Superlative, die ihm einfielen, hervor. »Du bist die Frau, die ich mir in meinen kühnsten Träumen immer vorstellte«, sagte er romantisch. Er umarmte Hannah und küsste sie leidenschaftlich.

Hannah war glücklich. Sie hätte ebenso viele Superlative, die auf Armin zutrafen, aufzählen können. Sie liebte diesen Mann und wusste längst, dass sie mit ihm alt werden wollte. Als Armin nach diesem liebestrunkenen Kuss Hannah wieder die Möglichkeit einräumte, zu sprechen, sagte sie nur ganz kurz, doch mit liebevollem Blick: »Ja, Armin, ich will.«

Armin war überglücklich, dass sie seinen Heiratsantrag nicht ausschlug. Sie lebten zwar schon lange als wundervolles Team zusammen, unternahmen viel, diskutierten, lachten, hatten auch romantische Momente und sie schliefen miteinander. Doch diese eine Frage blieb immer offen, wurde nie angesprochen. Armin hatte immer das Gefühl, dass Hannah vor dieser letzten Konsequenz, die ihr Zusammensein besiegelt hätte, zurückschreckte. Doch für ihn wäre es einfach die Krönung ihrer bisher tieffreundschaftlichen Verbindung gewesen.

*

*H*annah erzählte Alexander von ihren Heiratsplänen. Der wirkte über diese Nachricht jedoch nicht sehr überrascht.

»Endlich Mama«, meinte er, »ich habe mich gewundert, dass ihr damit so lange gewartet habt. Ihr seid das Gespann, wie man es sich besser nicht vorstellen kann … tja und ich, ich bekomme meinen vierten Vater«, schmunzelte er und küsste seine Mutter sanft auf die Wange.

»Oh, und ich dachte, du könntest enttäuscht sein, wenn ich dir schon wieder einen Vater präsentiere«, antwortete Hannah lachend.

»Ach Mamili, wie könnte ich enttäuscht sein. Ich will doch, dass du glücklich bist. Ich mag Armin und längst habe ich ihn als Freund und Vater akzeptiert. Außerdem, die Hochzeit ist doch längst schon überfällig … warst nicht du diejenige, die an Antonias Hochzeit den Brautstrauß auffing?«

Hannah wuschelte Alexander die Haare und lachte: »Das weißt du noch? Du warst doch noch so klein, als Antonia heiratete«.

»Ja, ich war klein … und ein Universitätsaspirant«, lächelte er.

Hannah liebte die Momente, in denen Alexander ganz bei ihr war. Ja, und er hatte natürlich recht mit seiner nüchtern daher gebrachten Aussage.

Er war einfach ein wunderbarer Mensch und in solchen Momenten bedauerte sie auch schon, dass sie mal von Irrsein gesprochen hatte. Nein, Alexander war nicht irr. Er war begabt, reif für sein Alter, hatte einfach nur Gottlieb, der ihn beflügelte, war etwas still und ernster als seine Altersgenossen. Doch er war das Liebste auf der Welt; er war alles, was sie hatte und was sie in ihrem Leben niemals missen wollte.

Die nächsten Wochen galten den Hochzeitsvorbereitungen. Es würde eine große Hochzeit werden, denn Armin hatte eine große Verwandtschaft und viele Freunde. Von ihrer Seite her war die Anzahl der Teilnehmer wie immer überschaubar. Selbstverständlich waren Alexanders Paten Joey und Thomy, Nathan, Antonia mit Mann und der kleinen Tochter Svenja, ihre Kolleginnen und Carsten mit Freundin eingeladen. Alle hatten zugesagt. Leider konnten Tante Sophia und Onkel Robert nicht nach Deutschland reisen. Die mittlerweile 29jährige verheiratete Geraldine erwartete in den nächsten Tagen ihr erstes Baby und da war an eine Reise nach Deutschland nicht zu denken. Erstens Mal wollte Tante Sophia nicht nochmal ein ihr anvertrautes Töchterlein alleine lassen, wenn eine Geburt bevorstand und zweitens mussten Onkel und Tante für das Geschäft da sein.

*

Am Samstag des 10. September 2005, läuteten die Hochzeitsglocken und gaben Kunde von der bevorstehenden Eheschließung. Dann verstummten die Glocken.

Während Armin im eleganten dunkelgrauen Frack vor dem Altar wartete, führte Nathan, begleitet von formvollendeten, eigens für dieses besondere Ereignis komponierten Orgelklängen, Hannah zum Traualtar. Natürlich saß, was zu erwarten war, Alexander an der Orgel.

Dass Nathan an die Stelle ihres Vaters trat, war für Hannah von Anfang an eine feststehende Sache und Nathan fühlte sich ob dieser wundervollen Aufgabe geehrt. Es war ein feierlicher Moment, als er Hannahs Hand in die des Bräutigams legte. Armin schaute sie mit bewundernden und liebenden Augen an. Wie anmutig und schön sie doch war. Sie trug ein Körper umschmeichelndes langes cremefarbenes, rückenfreies Kleid. Ihre hochgesteckten Haare waren mit ebenso cremefarbenen Bändern und Blüten geschmückt. Armin strahlte vor Glück.

Ihr Eheversprechen hatten sie sich nach eigenen Worten selbst zusammengestellt.

»*Wie habe ich mich nach diesem Augenblick gesehnt, meine liebste Hannah, dass du und ich unser Zusammenleben durch den Bund der Ehe besiegeln können, uns zu beteuern immer füreinander da zu sein, in guten und in schlechten Tagen. Vom ersten Tag an habe ich mir nichts sehnlicher gewünscht, als dir nahe zu sein: nicht für eine Stunde, nicht für einen Tag, nicht für einen Monat oder Jahr; nein für ein Leben. Der Bund, den ich mit dir schließe, die Achtung die ich dir schenke und die Treue, die ich dir schwöre, sollen dauern bis zu meinem letzten Atemzug. Darum sage ich JA.*«

»Ich fühle mich zu dir, mein liebster Armin, hingezogen und mein größter Wunsch ist es, dir nahe zu sein: nicht für eine Stunde, nicht für einen Tag, nicht für einen Monat oder Jahr; nein fürs ganze Leben. Ich will dich lieben und achten, dir treu sein und für dich da sein in guten und in schlechten Tagen. Du bist Teil von mir und ich bin ein Teil von dir. Der Bund, den ich mit dir schließe, die Treue, die ich dir schwöre, sollen dauern bis zu meinem letzten Atemzug. Darum sage ich JA.«

Bei diesen Worten blieb kein Auge trocken. Für Nathan war es einer der rührendsten Momente in seinem Leben. Er liebte Hannah auf väterliche Weise, so wie auch Joey und Thomy Hannah liebten.

Als Hannah und Armin aus der Kirche traten, sahen sie sich einem Blitzlichtgewitter gegenüber. Natürlich war es für die Medien ein wichtiges Ereignis, als die Mutter eines so großen Stars heiratete. Die Klatschspalten der Boulevardpresse, die immer Stoff gebrauchen konnten, ließen sich dieses Spektakel natürlich nicht gerne entgehen.

Hannah und Armin Sommer – sie waren das Traumpaar, wie man es sich ausnahmslos vorstellte – strahlten vor Glück. Und wie man es sich für eine solche Veranstaltung wünschte, und wenn man den gemeinsamen Nachnamen des Brautpaares als Omen betrachtete, konnte das Wetter sich doch gar nicht anders verhalten, als sich von der besten Seite zu zeigen. Ja, es war ein herrlicher Spätsommertag. Die Hochzeit wurde in vielen Medien abgebildet und beschrieben. Für Hannah war es, als hätte das berühmte, bis jetzt noch fehlende I-Pünktchen zu ihrem Glück Position in ihrem Leben eingenommen.

*

Eine traurige Nachricht überraschte sie alle zum Jahreswechsel, eine Nachricht, die alle aber ganz besonders Alexander schwer traf. Nathan verstarb am 31. Dezember 86jährig. Nathan gehörte längst zur Familie und Alexander liebte ihn auf seine ganz besondere Weise. Es war so eine Art Seelenverwandtschaft, die sie beide verband. Und, was Alexander sehr wichtig war: Nathan war eine Stütze und half ihm, wenn er mal wieder in ein Loch fiel. Er war für ihn ein wundervoller, väterlicher Weiser den er manchmal spürte, auch wenn er nicht mit ihm zusammen war; diese Empfindungen waren so stark, dass er zur Stunde seines Todes spürte, dass mit Nathan im Moment etwas passierte, ohne zu wissen, was es war.

Er verfiel in tiefe Trauer. Nathans Beisetzung fand drei Tage später in seiner Heimatstadt München statt.

Alexander organisierte für seinen väterlichen Freund den Akademischen Gesangsverein München, der unter seiner Leitung Mozarts Requiem sang. Es war eine ergreifende Trauerfeier. Alexanders Gesicht wirkte wie versteinert. Er hatte keine Tränen. Er empfand nur tiefe schmerzliche Traurigkeit.

Wie in einem Film sah er die Momente ihres Zusammenseins. Nathan war stark und klug und er hatte eine besondere Gabe, die sie beide verband. Oft saßen sie lange in Joeys Treff zusammen und diskutierten. Wie oft nahm Nathan ihn in die Arme, wenn er spürte, dass er innerlich einen Kampf ausfocht und tröstete ihn.

›Bleibe immer du selbst, Alexander‹, hatte er ihm gesagt, ›du bist begabt, nein, mehr noch, du bist ein Genie, auch ohne Gottlieb. Gottlieb hatte dich nicht zum Genie

gemacht, sondern er hatte dich gefunden wegen deiner Geni-
alität. Sicher er war dir eine Hilfe, doch warst auch du für
ihn eine Hilfe. Ihr seid ein Team, richtige Freunde und ihr
ergänzt euch. Doch in einem Team und Freundschaft gibt
sich keiner selbst auf. Jeder bleibt sich selbst treu, im Respekt
für den anderen.‹

Wie taten ihm diese Worte gut. Es war alles so wunderbar, so treffend, wenn Nathan sprach und wohl leuchtete Alexander das Gesagte ein, doch fragte er sich, wie er es schaffen sollte, wenn es ihn überfiel, also wenn er gefühlsmäßig abstürzte, wieder herauszukommen.

Fast übergangslos stürzte sich Alexander von der Trauer in seine Arbeit und seine Schaffenskraft war nicht mehr zu bremsen.

*

Als der April mit seinen ersten wärmenden Sonnenstrahlen die Herzen der Menschen erreichte und ihnen ein Lächeln in ihre Gesichter zauberte, zog es auch Alexander hinaus. Mit Sonnenbrille – er wollte nicht erkannt werden – saß er in einem Straßencafé, trank einen Milchshake und beobachtete das muntere Treiben seiner geliebten Stadt.

»Na, wenn das nicht Alexander ist, der hier unscheinbar rumsitzt und hofft, nicht erkannt zu werden«, drang eine fröhliche Stimme an sein Ohr.

Er schaute in die Richtung, von der die Stimme kam und mit ebenso großer Freude erkannte er die junge Dame: »Ich fass es nicht. Tatjana!« Er stand auf, um die mittlerweile zum jungen hübschen Teenager herangewachsene Freundin aus Kindertagen mit Küsschen auf die Wangen zu begrüßen.

»Komm, setz dich zu mir und erzähl mir von dir«, lud er sie ein und winkte gleichzeitig der Kellnerin, die von Tatjana eine Bestellung für eine Apfelschorle aufnahm.

»Och Alexander. Bei mir gibt's nicht viel zu erzählen. Ich komme dieses Jahr in die Untersekunda und brauch' noch vier Jahre bis zum Abi«, erklärte sie und fügte lächelnd hinzu, »ich hab's aufgegeben, dich einholen zu wollen. Du verdienst schon die große Kohle, während sich deine Klassenkameraden immer noch auf der Schule abstrampeln müssen.«

Alexander lächelte. Es war eines der wenigen Lächeln, mit denen er insbesondere liebgewordene Leute bedachte. Er meinte daraufhin fast ein bisschen belehrend: »Es ist gut so, Tatjana, glaube mir. Genieße die Zeit. Sie ist schön.«

»Ja, großer Meister, vor allen Dingen jetzt, während der Frühlingsferien«, kommentierte sie das Gesagte mit der, wie sie fand, logischen Ergänzung.

»Na, was ist das für eine Einstellung? Kein Wunder hatte es mit dem Aufholen nicht klappen können«, amüsierte sich Alexander. Sie lachten beide. Er wirkte für diesen Moment unbeschwert.

»Aber sag, Alexander, was gibt es bei dir Interessantes zu berichten? Steht demnächst wieder eine große Reise an?«, fragte Tatjana neugierig.

»Nein, gottlob nicht«, antwortete er ehrlich.

»Wieso gottlob? Gibt es etwas Schöneres als auf Reisen zu sein und die Welt kennenzulernen?«, fragte sie sehnsüchtig, und täuschte Fernweh vor.

»Ja, zu Hause zu sein. Bei strahlendem Sonnenschein in München ungestört in einem Straßencafé zu sitzen und …«, er grinste, »… nicht erkannt zu werden …«

Die Strafe folgte auf den Fuß, denn Tatjana puffte ihn in die Seite, was er mit »ich bin doch noch gar nicht fertig; … es sei denn eine liebe Freundin gesellt sich zu einem und verwickelt einen in angenehme Plaudereien«, quittierte er den Seitenhieb.

»Charmeur«, lachte sie.

Sie saßen noch lange und plauderten und lachten miteinander. Wie lange war es her, dass er sich so ausgelassen gab, und er genoss es sichtlich. Erst gegen sechs Uhr verabschiedete Alexander sich von Tatjana und er gab seiner Hoffnung Ausdruck, seine Freundin hoffentlich bald wiedersehen zu dürfen.

Während Tatjana in München blieb, um eine Freundin zu treffen, ging er zur U-Bahn-Station.

Angesichts der Hochstimmung in der er sich gerade befand, dachte er, dass er wieder einmal bei Joey und Thomy vorbeischauen könnte. Die beiden freuten sich schließlich immer über seinen Besuch.

»Mensch Alexander«, wurde er von Joey freudig begrüßt und herzlich umarmt, »schön dass du vorbeikommst. Es ist so still geworden hier. Früher, als ihr noch hier wohntet, warst du so oft bei uns hier im Restaurant, hast Klavier gespielt, hast mit uns geschäkert oder bist bei Nathan gesessen, um ernsthafte Diskussionen zu führen, was bei Nathan natürlich für alle, die sich mit ihm unterhielten, immer faszinierend und fesselnd war. Man konnte sich seinem Bann nicht entziehen. Ja, Alexander, auch Nathan fehlt uns sehr. Sein Platz da hinten in der Ecke ist oft leer.«

Bei der Erwähnung von Nathans Namen verdüsterte sich Alexanders Gesicht für einen Moment.

»Nathan«, sagte er wie geistesabwesend, »ja, ich vermisse ihn sehr. Es ist, als wäre mir etwas aus dem Herzen gerissen worden.«

»Aber lass uns über etwas anderes reden. Es ist besser, nicht in alten Wunden zu stochern. Was hast du an einem so wundervollen Tag wie heute gemacht? Du bist doch hoffentlich nicht in deinem Zimmer gesessen und hast nur gearbeitet, oder?«

Alexander lachte: »Nein. Heute nicht. Ich komme eben von München. Saß einfach in einem Café, genoss die wärmenden Sonnenstrahlen und … ich traf jemanden.«

»Soso, jemanden … vielleicht weiblich?«

»Sehr hellhörig, mein Pate«, lachte Alexander. »Ja sie ist weiblich, und du kennst sie. Wir spielten als Kinder oft hier unten im Restaurant.«

»Ah, Tatjana, dieses hübsche süße Mädchen von damals.«

»Genau.«

»Die muss ja mittlerweile eine schöne junge Frau geworden sein. Das konnte man sich ja damals schon ausmalen«, mutmaßte Joey.

»Ja, das ist sie, bezaubernd schön. Ich mag sie sehr.«

Joey schaute ihn väterlich gerührt an. Konnte es sein, dass sein Patensohn sich verliebt hatte? Er hatte es zwar nur vorsichtig mit ›*ich mag sie sehr*‹ ausgedrückt, doch, wenn man Alexander kannte, wusste man, dass er nie ein Freund vieler Worte war. Alexander ließ einen spüren, was er fühlte. Er zeigte Zuneigung und Liebe nicht mit aufgeplusterten Floskeln, sondern mit seiner Art, mit der er einem begegnete und zwar unmissverständlich. Meist bediente er sich zusätzlich auch der Musiksprache. Man konnte davon ausgehen, dass diese Gefühle echt und tief waren.

Thomy kam aus der Küche hinzu. Auch er umarmte Alexander herzlich. »War mir doch, dass ich eine bekannte Stimme hörte ...«, stellte er fest und fügte lachend hinzu: »... dass es schön ist, dich hier zu sehen, brauche ich wohl nicht zu sagen. Das hat sicher Joey schon überschwänglich getan. Das ist halt mein Los. Ich, der ich immer in der Küche beschäftigt bin, komme dauernd zu spät. Komm lass uns etwas trinken und von früheren Zeiten plaudern«, schlug er vor, und sie verloren sich förmlich in ihrer Rückschau in vergangene Zeiten.

Erst gegen zehn Uhr kam Alexander nach Hause. Hannah und Armin saßen im Wohnzimmer und lasen beide. Hannah schaute auf, als Alexander hereinkam: »Du kommst spät?«

»Ich war noch in Joeys Treff. Es war wieder mal an der Zeit, dass ich die beiden besuchte.«

»Ja, das ist gut«, sagte Hannah, »du solltest sie wirklich nicht vernachlässigen.« Hannah war glücklich, Alexander in dieser guten Stimmung zu erleben.

*

Alexanders Stimmung änderte sich mit dem apriltypischen wechselnden Wetter. Es war regnerisch und kalt. Er fühlte sich nicht wohl, konnte aber nicht erklären warum. Er hatte keine Schmerzen, fühlte sich auch sonst nicht krank. Wenn ihn jemand gebeten hätte, seine Stimmung zu beschreiben, hätte er wohl gesagt: *›ich bin betrübt; um mich herum ist es schwarz; Ich möchte mich am liebsten verkriechen.‹*

Doch keiner wagte wirklich, Alexander anzusprechen, ihn zu fragen, wenn er so abwesend wirkte, denn niemand wollte ihm zu nahe treten. Sie hatten wohl Angst, dass sie wie unerwünschte Eindringlinge seine eigene Intimsphäre stören würden.

Mittlerweile war es so kalt, dass Hannah den Kamin wieder einheizte. Alexander saß am Flügel, um für das nächste Konzert zu üben, denn Anfang Mai würde er wieder in Berlin sein.

Er wollte diesmal neben seinem ständigen Begleiter mit drei weiteren Musikern reisen und, wenn er schon in Berlin war, Carsten und Mirjam, seinen früheren Klavierlehrer und mittlerweile Fachkollegen mit dessen Freundin, besuchen. Bis Juni hatte er einen vollen Terminkalender. Er freute sich auf die Zeit nach den Konzerten, wenn er sich wieder seinen Kompositionen widmen durfte. Es drängte ihn etwas zu erschaffen.

Seinen sechzehnten Geburtstag wollte er nicht feiern. Er rief Tatjana an, ob sie ihn zu einem Konzert in München, wo er ausnahmsweise einmal Zuhörer war, begleiten würde. Tatjana freute sich über die Einladung und sagte spontan zu. Sie sah Alexander so selten, dabei war sie so gerne mit ihm zusammen. Für dieses Konzert und nicht zuletzt speziell für Alexander hatte sie sich chic herausgemacht. Als Tatjana in ihrem klassischen schwarzen Hosenanzug und in neuer Frisur die

Tür öffnete, verschlug es Alexander für einen Moment die Sprache. Ihr blondes bisher schulterlanges Haar wich einem Kurzhaarschnitt auf Streichholzlänge. Sie war ganz dezent, Augen betonend geschminkt und sah in ihrer schlanken Gestalt einfach bezaubernd aus.

»Als es klingelte, erwartete ich Tatjana die Pennälerin anzutreffen und nun steht vor mir eine wunderschöne, atemberaubende Frau«, begrüßte Alexander Tatjana galant, die ihrerseits leicht errötete. Man merkte, dass Alexander in Kreisen der guten Schule verkehrte, als er Tatjanas schmale Hand ergriff, sich verbeugte und einen Handkuss darauf hauchte. Für einen gestandenen Mann war es normal, für einen Sechzehnjährigen war es eine ungewöhnliche Geste.

»Du bringst mich in Verlegenheit, Charmeur der guten Schule«, lachte sie und fügte dann ihre herzlichen Geburtstagswünsche an.

Er führte sie zum Taxi, das auf der Straße wartete und gemeinsam fuhren sie nach München.

Auf der Fahrt sprachen sie nicht viel miteinander. Alexander ärgerte sich über sich selbst, dass er neben dieser wunderschönen Frau seine Gedanken nicht im Hier und Jetzt festhalten konnte. Immer wieder schweifte er ab, war weit weg und merkte es immer erst, wenn er durch Tatjanas Stimme zurückgeholt wurde. Tatjana, die treue Freundin, hatte es nicht verdient, dass er in solchen eigentlich romantischen Momenten nicht bei ihr war. Wie mancher junge Mann würde sich geehrt fühlen, neben dieser schönen jungen aufgehenden Blüte sitzen zu dürfen und jeder andere hätte jede Minute voll ausgekostet. Er bemühte sich, doch schien es, dass dieser Tag nicht sein Tag war.

Da saßen sie nun im Konzertsaal nebeneinander und Tatjana merkte, dass Alexander weit von ihr entfernt war. Er schien entrückt. Wie seltsam ihr Freund zuweilen doch war. Schon damals als Kind, als er neben ihr die Schulbank drückte, fand sie ihn seltsam. Doch schien es gerade diese Andersartigkeit gewesen zu sein, von der sie sich damals schon angezogen fühlte. Sie mochte ihren Schulfreund. Ebenso mochte Alexander sie. Doch heute fand sie, dass es eine seltsame Art war, als Sechzehnjähriger so seinen Geburtstag zu feiern. Normalerweise feierten junge Leute ihren Geburtstag tanzend und lachend mit Freunden.

Nach dem Konzert saßen sie noch eine Weile zusammen und tranken Kaffee und unterhielten sich. Doch Tatjana merkte, dass es Alexander heute nicht ums Plaudern war. Er zog es vor, zuzuhören und das war ihr zu einseitig. ›*Wenn ich ihn doch nur aus seiner düsteren Welt herausholen könnte*‹, dachte sie traurig, denn offensichtlich war er abwesend, wie in einer anderen Welt. Sie spürte, dass dies wieder einer der Momente war, in denen ein Versuch ihn aufzuheitern sinnlos war. Es waren die Tage an denen niemand ihn erreichen konnte, auch sie nicht. Es war einfach so, und es blieb ihr nichts anderes übrig, als sein Empfinden zu akzeptieren.

Alexander brachte Tatjana nach Hause und danach sah sie ihn lange Zeit nicht mehr, außer hin und wieder im Fernsehen oder bei öffentlichen Auftritten.

*

Im September, als Alexander für alltägliche Dinge gerade wieder einmal ansprechbar war, eröffnete Hannah ihm, dass sie ein Baby erwartete. Sie hatte sich ein weiteres Kind mit Armin so sehr gewünscht, machte dieses Vorhaben aber davon abhängig, dass es vor ihrem 40sten Geburtstag klappen müsse. Danach erklärte sie, würde ihr der Mut fehlen. Alexander nahm die Nachricht über die anstehenden familiären Veränderungen mit großer Freude auf. Ein neues Familienmitglied, das ist etwas wirklich Erfreuliches. »Wann soll das Baby kommen?«, zeigte er sein Interesse an seinem Geschwisterchen.

»Nächstes Jahr im März«, erfuhr er und er begann zu komponieren – eine Kinderweise für sein Geschwisterchen.

Tante Sophia und Onkel Robert nahmen die Nachricht mit herzlicher Freude auf. »Das ist ja wunderbar«, rief Tante Sophia, »unsere Hannah bekommt nochmals Nachwuchs. Dann haben wir ja drei Enkelkinder. Vielleicht wird es dieses Mal ein Mädchen. Ach du müsstest die Kleine von Geraldine mal sehen. Die ist mit ihren blonden Locken ein richtig kleines Zuckerpüppchen. Sie läuft jetzt und hält ihre Mama ganz schön auf Trapp. Jessica ist für ihr Alter schon ziemlich groß.«, schwärmte Tante Sophia in ihrer typisch überschwänglichen Art, ohne zwischendurch Luft zu holen, um schließlich enttäuscht hinzuzufügen, wie schade sie es fand, dass sie alle so weit auseinanderwohnten. »Weißt du Schatz, es macht mich schon ein bisschen traurig. Ich wäre gerne mehr für dich und Alexander dagewesen.«

»Ach Tante Sophia. Haben wir nicht schon längst gelernt, die Dinge so zu akzeptieren, wie sie nun mal sind? Wege führen zusammen und auch wieder auseinander. Doch jeder Schritt, den wir gemeinsam in Liebe, in Freundschaft und mit Fürsorge getan haben, war es wert getan worden zu sein. Es waren kostbare Momente, die wir erlebten, Momente als Teil einer Ganzheit und ich bin dankbar, dass es diese Augenblicke für mich gab.«

»Meine liebe Hannah. Du bist ein wunderbarer Mensch und ...«, weiter kam sie nicht, denn Hannah unterbrach sie. »... und bitte, Tante Sophia, sag jetzt nicht, Armin könne von Glück reden, dass er mich abbekommen hat«, witzelte sie.

»Du hast mich durchschaut Liebes. Ich kann mich noch gut an das letzte Mal erinnern; du hättest mir dann sicher wieder geantwortet, dass du den anderen Schuh anhast.«

»Genau meine liebste Tante. Da gebe ich dir Recht.«

*

*H*annahs Schwangerschaft verlief genauso unproblematisch wie damals, als sie Alexander erwartete. Doch sehr oft wurde sie in dieser Zeit auch von einer schmerzhaften Erinnerung übermannt.

Sie hatte manchmal Armin gegenüber ein schlechtes Gewissen, dass sie jetzt, da sie *sein* Kind erwartete, so viel an einen anderen dachte. Ja, sie war wie zeitlich zurückversetzt, in die Zeit Alexanders des Großen. Es war alles so lange her und doch in diesem Moment ihres Zustandes so nahe. Ihr Sohn war so feinfühlig, dass er spürte, was in Hannah vorging.

»Du denkst an meinen Vater, nicht wahr?«, fragte er in seiner ernsten mitfühlenden Art. Sie nickte und hatte

Tränen in den Augen, gerade weil es ihr Sohn war, der diese tiefblickende Feststellung machte. Es berührte sie unendlich.

»Weißt du Alexander, ich fühle mich dabei so schlecht, Armin gegenüber«, sagte sie traurig. Alexander legte einen Arm um die Schultern seiner Mutter und sagte: »Mama, ich kann dir sehr gut nachfühlen und ich denke, auch Armin würde es verstehen. Du hast im Zusammenhang mit deiner Schwangerschaft eine Assoziation mit einem Verlust. Es ist wie eine Verletzung tief in dir drinnen. Sie war zwar vernarbt, aber wurde jetzt wieder aufgerissen mit diesem Gefühl des in dir wachsenden Lebens.« Es waren so treffende Worte, die da von ihrem Sohn kamen. Hannah schmiegte sich an Alexander, legte ihren Kopf an seine Schulter. Er war so wunderbar. Er hatte die Reife eines Erwachsenen.

*

*A*m 1. Oktober feierte die evangelische Laudatekirche ihr 25jähriges Jubiläum und natürlich gab es in diesem Zusammenhang auch diverse Veranstaltungen, denen Alexander als berühmtester Bürger der Stadt Garching als Aktiver aber auch Passiver nicht entziehen konnte. Er wusste, dass er dieser Stadt eine Teilnahme bei solchen großen Anlässen schuldete und folgte den Einladungen, auch wenn es ihm in seiner momentanen Verfassung nicht darum war. Am meisten interessierten ihn jedoch die Konzerte. Beim Kirchenkonzert spielte er diverse Händel Orgelkonzerte teilweise mit Trompetenbegleitung und gegen Ende der Feierlichkeiten dirigierte er Mozarts ›*Laudate Domi-*

num‹ und danach seine eigene Chorkomposition ›*Ad maiorem dei gloriam*‹.

Während des Konzerts bildete sich auf so mancher Körperoberfläche eine Gänsehaut. Selbstverständlich waren auch Hannah und Armin speziell geladene Gäste auf der VIP-Bank. Beide waren sie von Alexanders Auftritten tief bewegt.

Im gleichen Monat, nämlich Mitte Oktober, gab es in Garching einen weiteren noch größeren Festakt zur U-Bahnhof-Eröffnung. Auch bei dieser Veranstaltung musste er, der berühmteste Bürger der Stadt, seiner Pflicht nachkommen. Nicht nur, dass das Musikgenie Alexander ein gefeierter Star war. Nein, hinzu kommt, dass dem Ort Garching just in seinem Geburtsjahr die Stadtrechte verliehen wurden. Es war wie ein Omen, das seiner Berühmtheit noch einen zusätzlichen Glanz verlieh.

Für ihn waren die Feste alle zu viel Trubel, dem er am liebsten aus dem Weg gegangen wäre. Aber er wusste, dass er sich da nicht einfach ausklammern konnte, zumal er nicht verhehlen konnte, dass ihm diese Stadt ans Herz gewachsen war. Ihm war klar, dass Feste nun mal zu einer Stadt gehörten, wie das Salz in der Suppe.

So biss er in den für ihn sauren Apfel und ließ die ganze Festprozedur über sich ergehen. Den meisten entging, dass er oft gar nicht wirklich anwesend war, außer Tatjana, die für in unentdeckt unter den Zuschauern saß. Sie kannte Alexanders Stimmungen zu gut und es schmerzte sie tief im Innern. Eine unerklärliche Angst überkam sie und sie ermahnte sich selbst: ›*Hallo Tatjana, komm zurück! Hör auf, schwarzen Gedanken nachzuhängen und genieße einfach dieses schöne Fest an diesem wunderschönen Tag.*‹

Doch auch eine weitere Person, die in Alexanders Leben eine Rolle spielte und die an dessen Leben großen Anteil nahm, war unter der Zuhörerschaft.

Timo verließ seinen Zuschauerplatz etwas früher. Er wollte draußen warten, weil er Alexander unbedingt treffen wollte. Dieses Ansinnen war natürlich angesichts der Menschenmassen nicht gerade einfach. Aber er versuchte es. Er drängte sich durch die vielen Menschen und entdeckte gerade, wie Alexander in den bereitstehenden Volvo S60, eine schwarze Limousine mit dunkel getönten Scheiben, einsteigen wollte. Timo rief ziemlich laut Alexanders Namen. Seine Stimme war alles durchdringend.

Alexander, der abrupt in der Bewegung innehielt, drehte sich um und suchte die Menge ab und erblickte den wild gestikulierenden Timo. Seine Begleiter wollten losstürmen, um den Fremden, der nach vorne drängte, zurückzuhalten. Doch Alexander hielt eine Hand hoch, um ihnen zu bedeuten, stehenzubleiben.

Einen Moment überlegte er, woher ihm dieses Gesicht so vertraut vorkam. Er stellte sich neben das Auto und wartete. Als der inzwischen 27jährige Timo endlich vor ihm stand, fiel es ihm wie Schuppen von den Augen.

»Timo?«, sagte er in fragendem Ton.

Timo nickte und lächelte verlegen, denn er wusste ja nicht, wie Alexander bei seinem Anblick reagieren würde. Immerhin war er damals bei seiner Entführung beteiligt. Doch zog es ihn seither immer wieder in die Nähe dieses mittlerweile fast erwachsenen Jungen. Er war von ihm und seiner Musik fasziniert ... und ... er hatte ein Schuldgefühl, das ihn nie losließ.

Alexander ging einen Schritt auf Timo zu und er lächelte. Timo fiel ein Stein vom Herzen und lächelte nun etwas freier zurück. Und dann passierte etwas Ungewöhnliches. Zum Erstaunen aller Umstehender umarmten sich beide für einen Moment, als wären sie die besten Freunde. Freunde, die sich seit einer Ewigkeit nicht mehr sahen. Dass Alexander jemanden in aller Öffentlichkeit umarmte war ein höchst ungewohntes Bild.

Alexander lud Timo ein, in sein Auto einzusteigen und ein Stück mit ihm zusammen zu fahren. Sie saßen beide im Fond des Autos und Alexander erfuhr Timos Geschichte seit dem bewegenden Ereignis, als er seinem Bruder Micky in den Oberschenkel schoss.

Sie wurden beide verurteilt. Micky, der acht Jahre aufgebrummt bekam, sitzt noch immer in der Vollzugsanstalt München. Timo hatte Glück, denn aufgrund der Tatsache, dass er von seinem Bruder unter Druck gesetzt wurde und schließlich wegen seines kooperativen Verhaltens der Polizei gegenüber, erhielt er zwei Jahre auf Bewährung.

Er, der bis anhin noch nie eine Ausbildung genossen hatte, begann damals im Universitätsklinikum München eine Ausbildung zum Krankenpfleger.

Er erklärte Alexander: »Ich will mit der Arbeit im Krankenhaus wieder etwas gut machen. Ich wusste ja nicht, ob ich je die Gelegenheit erhalten würde, mich bei dir zu entschuldigen.« Dann fügte er lächelnd hinzu, »so etwas schriftlich zu machen ... also du weißt schon, mich schriftlich entschuldigen ... nun das ist nicht so mein Ding. Ich kann nicht gut schreiben. Ich bin doch Legastheniker.«

Alexander lächelte. Er war von Timos Offenbarung sehr gerührt: »Timo, das ist dir längst vergeben. Um ehrlich zu sein, ich habe es dir nie nachgetragen. Ich habe schon damals gesehen, dass du ein ganz anständiger Kerl bist. Du warst es schließlich, der mir die Gefangenschaft etwas erleichtern wollte, obwohl dein Bruder dich dafür ziemlich ruppig beschimpft hatte.«

Das tat Timo gut. Solche Worte, aus dem Munde eines solch bedeutenden Meisters zu hören. Ein Meister, vor dem er große Achtung hatte.

Dann fügte Alexander noch hinzu: »Weißt du, ich denke, wenn dein Bruder bessere Ausgangsbedingungen gehabt hätte, wäre er vermutlich auch ein anderer geworden.«

»Hm …«, sagte Timo nachdenklich und wiegte mit dem Kopf, »… vielleicht … ja … dennoch, ich habe Angst vor ihm. Nächstes Jahr wird er entlassen.«

*

Zusammen mit Alexander ging Armin zu Hannah ins Krankenhaus, um sie abzuholen. Sie hatte in den Morgenstunden des 29. März 2007 einem Mädchen, das sie Ute nannten, das Leben geschenkt. Armin war bei der Geburt dabei und wurde auch gleich mit kleinen Handgriffen eingespannt.

»Es war ein unbeschreibliches Erlebnis«, erzählte er Alexander, als er wieder zu Hause war. »Den Moment, als das Kind mit einer letzten Wehe in die helle Welt des Kreissaals befördert wurde, bleibt ein für mich unvergessliches Ereignis«, versuchte er seine überwältigten Gefühle zu beschreiben. »Ich war mächtig stolz, als ich das kleine Mädchen in meinen Armen hielt. Unsere gemeinsame Tochter. Sie sieht mit ihren dichten schwarzen Haaren so niedlich aus. Was für ein Gefühl!«

Hannah wartete schon auf die beiden. Sie und das Kind waren aufbruchbereit und jetzt freute sie sich auf zu Hause. Alexander schaute seine Schwester zärtlich an: »Wie schön sie ist«, staunte er. »Na du kleines Mädchen, jetzt wird's ernst«, sagte er liebevoll zu dem Bündel in seinen Armen und zu seiner Mama: »Ute, ein schöner Name, er gefällt mir.«

Zu Hause angekommen fand Hannah neben der Wiege eine zusammengerollte Partitur, die mit einem roten Geschenkband zusammengehalten wurde. Daneben lag eine CD. Auf dem Cover stand:

Willkommen kleine Schwester
Diese **fröhliche Kinderweise** *ist der Einstieg in die Klangwelt der Musik. Sie soll die Liebe zur Musik in Dir wecken, auf dass sie eine freundliche Begleiterin durch dein Leben werde.*
gewidmet meiner süßen Schwester Ute
von Alexander
29. März 2007

Hannah war gerührt über Alexanders Art, seine Liebe zu zeigen. Er war ein Mensch, der seine Gefühle, sei es Liebe, Freude oder Trauer, durch die Musik ausdrückte. Die Musik war seine Sprache, sie war aber auch sein Refugium und das immer mehr.

Tante Sophia hatte natürlich auch gleich zur glück-

214

lichen Ankunft von Ute angerufen. Jetzt, da die beiden ein Geschäft führten, waren solche Dinge wie PC, Internet, Email inzwischen auch keine spanischen Dörfer mehr und die Übermittlung von Fotos war eine zügige Angelegenheit.

»Das ist ja ein süßer Spatz«, kam Tante Sophia, wie üblich, wenn es um so etwas Wichtiges wie eine Geburt ging, ohne sich erst mit Begrüßungsfloskeln oder sonstigen Nebensächlichkeiten aufzuhalten, gleich zur Sache, »genauso ein schwarzes Wuschele, wie damals Alexander. Da hat sich der große Bruder sicher gefreut.«

»Ja, das kannst du laut sagen. Und stell dir vor, er hat sogar ein Stück extra für seine kleine Schwester komponiert. Ich hab's schon angehört. Es ist wunderschön. Auch Ute scheint es zu gefallen. Sie ist dabei ganz ruhig geworden, so als lausche sie aufmerksam.«

»Apropos Ute«, wechselte Tante Sophia das Thema, »sag mal wie seid ihr auf diesen Namen gekommen? Das ist nun wirklich kein Name, der auf den Hitlisten des einundzwanzigsten Jahrhunderts steht. Es ist doch eher ein älterer … na ja … altmodischer Name.«

»Erstens, Tante Sophia, gibt es keine altmodischen Namen – heute heißen die Kinder auch Emma, Lena, Anna, Paula, Max, Emil etc. – alles schöne Namen, die die Jahrgänge von Eltern oder gar Großeltern schon trugen und zweitens bin ich kein Mitläufer. Hitlisten haben für mich keine Bedeutung«, stellte Hannah erst einmal Tante Sophias Bemerkungen richtig, »und warum ich gerade auf Ute kam … ja das war einfach so ein Einfall. Da es in unserer Familie einen Cheruskerfürsten gibt, bot sich doch, zur Komplettierung der sagenumwobenen Geschichten, die Königsmutter an. Tja und das wichtigste, das muss auch gesagt sein, der Name gefällt nicht nur mir, sondern auch Armin und selbstverständlich ebenfalls Alexander.«

»Die Erklärungen waren klar. Leuchtet wirklich alles ein, ja«, antwortete Tante Sophia im Spaß in einem Ton eines kleinen Mädchens, das soeben eine Rüge kassierte, »aber Spaß beiseite. Es sollte keine Kritik am Namen sein. Ich finde ihn auch sehr schön, ich wunderte mich nur, wie du drauf kamst, da es, wie gesagt, ein alter Name ist … eine Königsmutter der alten Sage.« Sie musste schmunzeln.

Somit war alles geklärt und sie konnten das Gespräch nach dem anschließenden Austausch der diversen guten Wünsche in beide Richtungen beenden.

Hannah lächelte vor sich hin, als sie das Telefon auf die Basis zurückstellte und dachte ›*meine gute alte Tante Sophia. Wenn es die nicht gäbe.*‹

18

Im September ging Alexander auf eine halbjährige Tournee durch die Sowjetunion. Vor der Abreise saß er mit der fünf Monate alten Ute auf dem Schoß, wie einst Carsten mit ihm, am Klavier und spielte. Die Kleine liebte ihren Bruder, der so liebevoll und feinfühlend mir ihr umging.

Als es soweit war, dass er abreiste, spürte Hannah, dass er nicht gerne ging. Er wirkte irgendwie schwermütig. Sie umarmte ihn ganz innig, bevor er mit seinen Begleitern, die ihn abholten, das Haus verließ. ›Wenn ich nur in ihn hineinfühlen könnte‹, dachte sie, ›wenn ich doch nur wüsste, was in ihm vorging.‹

Alexander saß auf dem Rücksitz des Wagens und faltete den Münchner Tagesanzeiger auseinander. Im Lokalteil wurde er auf eine Schlagzeile aufmerksam. ›**Brudermord in Hackermoos**‹ Diese Schlagzeile durchzuckte ihn. Hackermoos war ihm noch zu gut in Erinnerung. Er überflog die Nachrichten und sein Herz blieb dabei fast stehen.

07.09.2007 – Ein letzten Freitag aus der Haft entlassener 38Jähriger, hatte gestern seinen um zehn Jahre jüngeren Bruder mit drei Messerstichen lebensgefährlich verletzt. Der Verletzte konnte sich noch aus dem Haus in Hackermoos schleppen, wo ihn ein Nachbar fand. Der junge Mann war noch in der Lage, den Namen seines Bruders zu nennen, bevor er sein Bewusstsein verlor. Noch auf dem Weg ins Krankenhaus erlag er seinen schweren Verletzungen. Sechs

Stunden später konnte der Flüchtige in einer Bar in München festgenommen werden. Bei der ersten Vernehmung erklärte dieser, dass er mit seinem Bruder noch eine Rechnung offen hatte, die es zu begleichen galt. Der Täter, der als sehr gewalttätig beschrieben wird, hatte vor neun Jahren das achtjährige aus Garching stammende Musikgenie Alexander Villamonti in erpresserischer Absicht entführt. Er hatte damals seinen eher als schüchtern und zurückhaltenden 20jährigen Bruder zur Beteiligung an dieser Tat gezwungen. Die Entführung fand aufgrund der beherzten Intervention des Jüngeren ein gutes Ende.

Alexander blickte mit versteinertem Gesicht von seiner Zeitung auf. Vor seinem geistigen Auge erschien ihm das Bild vom Oktober letzten Jahres. Er sah das Gesicht des Opfers, wie es ihn erwartungsvoll anblickte und wie sie beide sich schließlich umarmten. Timos Satz klang noch in seinen Ohren nach, als wäre es erst gestern gewesen: ›*Dennoch, ich habe Angst vor ihm. Nächstes Jahr wird er entlassen.*‹

Alexander war blass. Er empfand unendliche Traurigkeit und er fragte sich, ob man es vielleicht hätte verhindern können, wenn man die Angst von Timo ernster genommen hätte. Er fühlte sich schuldig.

»Alexander, was ist los?«, fragte ihn Matthias, einer der Begleiter, der über dessen versteinertes Gesicht erschrak. Alexander reichte ihm schweigend die Zeitung.

»Oh mein Gott«, sagte Matthias. Nun wurde auch der Fahrer des Wagens aufmerksam.

Dieses Ereignis lastete schwer auf der kleinen Reisegruppe und drückte auf deren Stimmung. Erst als ihre Maschine in Moskau landete, wurden sie etwas abgelenkt und sie konnten sich auf die bevorstehenden Konzerte konzentrieren. Doch Alexander war es schwer ums Herz.

*

Gerade rechtzeitig zu Utes erstem Geburtstag kam Alexander wieder zurück. Von ihrem Sohn erfuhr Hannah keine Details über die Tournee. Er erzählte nichts. Doch Hannah ließ Alexander in Ruhe. Sie wollte nicht in ihn dringen. Wenn er erzählen wollte, dann tat er es. Wenn nicht, dann war es ihm nicht wichtig genug. Informiert wurde sie ja über die Medien allemal. Auch schwieg sie über den Mordfall vor einem halben Jahr. Sie kannte Alexander zu gut, um zu wissen, dass ihn diese Nachricht mit ziemlicher Wahrscheinlichkeit sehr belastet hatte. Denn auch die denkwürdige Umarmung, zwischen Alexander und dem früheren Entführer, vor eineinhalb Jahren, war Thema in den Medien, natürlich inklusive Foto. Hannah wollte ihn mit dem Wiederaufwärmen des Themas nicht noch zusätzlich quälen.

Erst später über die Medien, erfuhr sie dann, dass die Tournee ein riesiger Erfolg und Alexander der Liebling der sowjetischen Musikliebhaber war.

Auf dem Boden saß der kleine braune Lockenkopf Ute und strahlte Alexander, der zur Türe hereinkam, mit ihren großen braunen Augen an. Er ging natürlich gleich zu ihr, nahm sie hoch, lächelte und stellte verwundert fest: »Bist du groß geworden und zum Fressen süß.« Er tat, als wolle er ihr in den Bauch beißen und die Kleine kicherte laut heraus. Er herzte sie liebevoll.

*

*D*as Jahr 2008 war ein richtiges Jubiläumsjahr mit wichtigen Geburtstagen. Zuerst feierte Ute ihren ersten Geburtstag, danach folgte Alexanders Volljährigkeit, danach zelebrierte Onkel Robert seinen sechzigsten und am Ende des Jahres wurde Hannah vierzig. Jedes Mal gab es ein großes Fest, sogar Alexander lehnte es nicht ab, dass man seinen achtzehnten Geburtstag gebührend feierte. Es war eine Feier, bei der auch einige Berufskollegen, mit denen er freundschaftlich verbunden war, zugegen waren, so zum Beispiel Sandra, Sopranistin des Akademischen Gesangsverein München, Yvonne, Pianistin der Jungen Münchner Philharmonie und Andreas, Dirigent des Philharmonischen Chors München.

Schließlich durfte Tatjana, seine Freundin aus Kindertagen, natürlich nicht fehlen. Sie war zwar über die Einladung überrascht, denn seit der letzten denkwürdigen Feier anlässlich seines sechzehnten Geburtstags, hatte sie von Alexander nichts mehr gehört, zumindest nicht über einen persönlichen Kontakt.

Auch wenn es eine eher ausgelassene Feier war, schien ihr Alexanders Wesensart befremdlich, ja seltsam.

Sie beobachtete ihn und irgendwie bedrückte es sie, denn ihr schien, als wäre ihr Freund depressiv veranlagt. Ihr, die nach dem Abitur Psychologie studieren wollte und sich schon heute viel mit diesem Fach beschäftigte, war dieses Phänomen nicht unbekannt.

Zu Onkel Roberts Geburtstag stieß die Familie leider nur über Webcam an. Doch Onkel Robert, der sich nur mühsam mit der modernen Technik anfreunden konnte, nannte sie, trotz der Freude über diese Art des

Gratulierens, immer wieder ein Teufelswerk.

Dennoch kam er nicht umhin, die Vorzüge der Technik lobend zu erwähnen. »Unglaublich, was man heutzutage alles so machen kann«, sagte er staunend, »da sind sogar Distanzen zwischen Neuseeland und Deutschland rein gar nichts mehr.«

Er war schon ein guter, der Onkel. Er war das richtige Gegenstück zu Tante Sophia und beide passten sie zusammen wie Topf und Deckel.

Hannahs runder Geburtstag wurde, wie einst ihr achtundzwanzigster, in Joeys Treff großartig gefeiert.

Schöne, aber auch melancholische Gefühle kamen auf, als die Erinnerungen an die einstige Zeit ihre Bilder vor Hannahs geistigem Auge vorbeiziehen ließen. Hannah war überglücklich. Ihr fehlte fast nichts mehr zum Glück. Aber eben nur fast, denn über allem Glück, das sie empfand, schwebte die Sorge um Alexander. Sie konnte es sich mit Worten nicht richtig erklären: Alexander war erfolgreich, war ein Star, war beliebt, stand in diesem jungen Alter längst auf eigenen Füßen, und nicht nur das, sie wohnten in seinem Haus. Eigentlich alles, was eine Mutter glücklich und stolz machen müsste. Sie wagte es auch nicht, mit jemandem darüber zu sprechen. Man würde sie als hysterisch abtun und kritisieren. Sie solle doch zufrieden sein, denn welche Eltern hätten das Glück, einen solchen Sohn zu haben.

Nach Hannahs Geburtstag ging es auch nicht mehr lange, da wurde schon wieder die Weihnachtszeit eingeläutet. Wie die Zeit verging! Und wieder war Alexander, wie in den vergangenen Jahren, an Weihnachten nicht zu Hause. Sie fragte sich, ob ihm die Familie oder besser das Familienleben nicht fehlte. Auf der anderen Seite aber war er, wenn er mal zu Hause war, ebenso meist unsichtbar.

Die Antwort auf die gedanklich formulierte Frage, ob ihm das Familienleben denn nicht fehle, bekam sie kurz nach Neujahr. »Mama, ich werde mir in München eine Wohnung kaufen«, verkündete er ohne Vorwarnung. Hannah schluckte.

»Aber, wie soll das denn gehen? Du brauchst doch deinen Flügel, deine ganzen Instrumente. Da braucht's doch ein Haus. In einer kleinen Wohnung hat das alles doch gar keinen Platz!«, stellte Hannah das Vorhaben ›Wohnungskauf‹ in Frage.

»Wer sagt denn, dass es eine kleine Wohnung sein wird?«, erstickte er die vorgebrachten Zweifel im Keim.

»Du hast dich schon darum bemüht?«, folgerte sie fragend und war sich über die Antwort schon sicher.

»Bemüht und gefunden, Mama«, berichtete er.

Hannah erfuhr, dass er die Familie schon auf Anfang März verlassen wollte. Diese Vorstellung tat ihr im Herzen weh.

Doch, war das nicht das Los jeder Mutter, wenn die Kinder flügge wurden? Hatte nicht jede Mutter insgeheim Angst vor dem Tag, wenn das Kind eröffnen würde, dass es seine eigenen Wege gehen will und die Koffer packt? Sie wusste, dass jede Mutter mit diesem Gefühl fertig werden musste. Dass jede Mutter loslassen musste, und je besser es gelang, desto reibungsloser ging der Loslöseprozess vonstatten, ganz besonders für das Kind, und desto besser war auch die spätere Beziehung zu den erwachsenen Kindern. Doch der Zeitpunkt würde wohl immer zu früh sein.

*

»Was für eine wunderschöne Wohnung«, staunte Hannah, als sie sie Anfang März direkt nach dem Einzug zum ersten Mal zu sehen bekam, »du hast Geschmack mein Schatz.«

Für Alexander war es wichtig, die Wohnung erst vorzuführen, wenn sie eingerichtet und vorzeigefähig war. Sie saßen noch eine ganze Weile zusammen und unterhielten sich. Es war so schön, wenn sich Alexander Zeit für Gespräche nahm. Wer wusste schon, wann es diese schönen Momente das nächste Mal wieder gab, jetzt da sie nicht mehr im gleichen Haus lebten. Sie waren heute schon selten genug. Ute lief neugierig im Wohnzimmer umher und wollte alles inspizieren. Dann versuchte sie tapsig auf den Klavierstuhl zu krabbeln, bis Alexander zu ihr kam, sie hochnahm und sich mit ihr an den Flügel setzte. Wie einst er selbst, drückte nun seine kleine Schwester ganz sachte die Tasten und er spielte dazu eine sanfte Phantasiemelodie. Hannah hatte Tränen in den Augen, denn plötzlich sah sie vor sich das Bild von damals, als Alexander auf dem Schoß von Carsten saß und sie zusammen spielten. Wie die Zeit verging und wie sich alles wiederholte!

Am Abend, nachdem Armin die Apotheke geschlossen hatte, holte er beide ab.

»Hallo mein Junge«, begrüßte Armin Alexander freundschaftlich, während er seinen Blick durchs Wohnzimmer schweifen ließ, »du willst also tatsächlich ernst machen und dein heimisches Nest verlassen.« Er drehte sich einmal um sich selbst, warf jeweils einen Blick durch die offenen Türen in die Küche, das Schlafzimmer, das Arbeitszimmer und das Badezimmer und bemerkte anerkennend, »aber eins muss man dir lassen, du hast Geschmack. Du hast dir da ein schönes eigenes Nest gebaut. Ich bin überzeugt, dass du dich hier genauso zu Hause fühlen wirst, wie mit uns zusammen. Doch wir alle hoffen schwer, dass du jetzt nicht ganz aus unserem Leben verschwinden wirst … also ich meine, dass du den Weg von München nach Garching nicht vergisst.«

Alexander lächelte, klopfte Armin auf die Schulter und versprach, dass das niemals der Fall sein würde. Dazu hänge er viel zu sehr an seiner Familie und ebenso auch an Garching.

Trotz Alexanders Zusicherung, fiel Hannah der Abschied schwer. Sie schalt sich innerlich für diese unbegründete selbstquälerische Gefühlsaufwallung, wusste sie doch, dass Alexander mit dem Umzug nicht aus der Welt war. Er ist doch nur nach München gezogen. Als er auf Tournee in der Sowjetunion war, hatte sie ihn schließlich auch für ein halbes Jahr nicht gesehen. Und da war er um riesige Distanzen weiter weg. Warum fiel es ihr da nicht schwerer? Warum schmerzte sie gerade dieser Abschied so sehr? War es, weil sie ihn zum Erwachsensein verabschiedete? Sie musste gehen, denn sie hielt es nicht mehr aus. Als sie draußen war, konnte sie nicht mehr an sich halten und fing an zu weinen. Ihr Körper bebte vor Schluchzen. Armin tröstete sie.

*

Zum zweiten Geburtstag von Ute schickte Alexander ein Kinderpiano mit eineinhalb Oktaven. Er konnte leider nicht selbst kommen, denn er war wieder einmal unterwegs. Zuerst hatte er in Prag ein Konzert, danach in Wien und danach flog er auf Einladung nach Hamburg, um einem Konzert als Zuhörer beizuwohnen. Eine Benefizveranstaltung in Berlin schloss diese Reiseserie ab. Alexander kam Ende April nach München zurück. Er war müde und fühlte sich total ausgepowert. Er trennte sich von seinen Begleitern, denn er wollte ein paar Schritte alleine gehen. Wie immer trug er eine Sonnenbrille und dazu eine Schildmütze. Um den Hals war ein beiger Kaschmirschal geschlungen. Seinen hellen Trenchcoat trug er offen. Darunter lugten ein schwarzer Pullover und eine schwarze Hose hervor.

Auf dem Weg zu seiner Wohnung traf er wieder, wie sollte es auch anders sein, zufällig auf Tatjana, die gerade auf dem Weg von der U-Bahn in die Stadt war. Es war schon bezeichnend, dass Tatjana immer dann auftauchte, wenn er die Einsamkeit suchte. Es war wie eine Fügung des Schicksals und Tatjana schien Alexander in jeder Vermummung zu erkennen und sprach ihn an: »Hallo Alexander. Was für ein schöner Zufall, dass ich dich treffe. Lang ist's her.«

»Hallo Tatjana«, antwortete Alexander nur kurz und zwang sich zu einem Lächeln. Tatjana begleitete ihn ein Stück weit und versuchte eine Unterhaltung in Gang zu bringen.

»Kommst du gerade von einer Tournee zurück?« fragte sie ernsthaft interessiert an Alexanders beruflichen Aktivitäten.

»Tournee ist zu viel gesagt. Es war nur eine kleine Konzertreise.« Seine Antworten fielen ziemlich dürftig aus. Tatjana wollte noch nicht aufgeben und erzählte ihm, dass sie jetzt mitten in den Vorbereitungen zum

Abitur steckte und dass es recht gut lief. Und vor allem freue sie sich auf ihr Psychologiestudium. Doch Alexander war, als spräche sie durch einen dichten Schleier. Tatjana schien irgendwie weit weg zu sein. Alles fühlte sich irreal an.

»Hallo, Alexander, was ist los? Geht es dir nicht gut? Bist du gar krank?«, hörte er ihre besorgte Stimme nun etwas lauter.

Alexander schien wie aus einem Trancezustand aufzuwachen und stammelte: »Ähm ... wie ... doch, doch ... es geht mir gut.«

»Es sieht aber nicht so aus Alexander, dass es dir gut geht. Kann ich vielleicht etwas für dich tun?«

Er schaute sie verstört an, »Nein, nein ... alles okay. Sorry Tatjana, ich ... ja dann ... ich wünsche dir viel Erfolg für die Prüfung. Bitte entschuldige mich. Ich ... ich bin müde, habe gerade eine anstrengende Zeit hinter mir.« Er ließ Tatjana stehen und eilte nach Hause. Sie sah ihm traurig nach, schüttelte den Kopf und dachte nur: ›*Armer Alexander*.‹

19

Alexander arbeitete ununterbrochen. Er war nicht mehr er selbst. Er und Mozart waren eins und es war als schotteten sie sich von der Welt ab. Hannah suchte vergebens den Kontakt zu Alexander. Doch sie hatte keinen Zugang mehr zu ihrem Sohn. Sie spürte, dass er sich immer mehr entfernte und sie ihn nicht mehr erreichen konnte. War es das, wovor sie Angst hatte, das, was sie vor einem Jahr so sehr bedrückte? Hatte sie eine Vorahnung? Hatte sie davor Angst, dass wenn ihr Sohn die Familie verließ, er für sie alle verloren war? Gehörte er nun voll und ganz Mozart. Allmählich fing sie an, diesen Gottlieb oder wie er sich auch immer nennen mochte, zu verfluchen. Laut sagte sie: »Er ist mein Sohn. Er gehört dir nicht. Hörst du? Er gehört dir nicht.«

»Mami guck«, wurde sie von Utes heller Stimme aus ihren Gedanken gerissen. Die Kleine saß mit Schnuffi ihrem Stofftier auf dem Schoß, am Boden und bearbeitete ihr kleines Piano. ›Wie sich doch alles immer wieder wiederholt‹, dachte Hannah ein weiteres Mal und sagte schließlich, während sie zu lächeln versuchte: »Das machst du schön, meine Süße.«

»Komm Mami«, forderte die Kleine sie auf, »spielen, wie Lalesder.« Mit Lalesder meinte sie ihren Bruder. Alexander war halt ein schwieriges Wort für eine Zweijährige. Hannah setzte sich zu Ute auf den Boden und zusammen spielten sie Kinderlieder. Die süße kleine Maus half Hannah ein wenig über ihre Sorgen hinweg.

*

*H*annah war in emsiger Geschäftigkeit. Sie wischte die Böden auf und staubte ab. Ihr schien das Wohnzimmer, jetzt da Alexanders Flügel nicht mehr hier stand, riesig. Ein runder Nain-Teppich schmückte die leere Stelle, dafür stand jetzt an der Wand ein schwarz glänzendes Piano. Morgen hatte Alexander Geburtstag und er versprach zu kommen, hatte sich aber ausgebeten, dass sie keine Feier veranstaltete. Er wollte im Kreis der Familie sein. Da sein Geburtstag in diesem Jahr auf einen Freitag fiel, konnte auch Armin hinzukommen, denn immer freitags war die Kollegin den ganzen Tag da, weil sie montags gerne freinahm. So konnte er am Nachmittag Schluss machen. Mindestens ein Apotheker sollte stets anwesend sein, damit die Helferinnen nicht sich selbst überlassen waren. Zusammen mit den Helferinnen waren insgesamt sechs Leute in Armins Apotheke beschäftigt.

Armin und Alexander trafen sich bei der U-Bahn-Station und fuhren zusammen nach Garching, was ja seit 2006 durchgehend möglich war. Kein Umsteigen mehr, und Armin fand das hervorragend, einfach angenehm bequem. Er verzichtete gerne auf den Stress einer täglichen Autofahrt in die Stadt und bevorzugte es, sich in der U-Bahn zurückzulehnen, um seine Zeitung oder Fachliteratur zu lesen.

»Na Alexander, wie geht es dir? Was macht die Arbeit?«, fragte er in plauderndem Ton, um seine Überraschung über Alexanders Blässe zu überspielen.

228

»Ich arbeite immer noch an meiner Oper. Doch widme ich mich, zur Entspannung, zeitweilig auch der Malerei«, antwortete er.

Er wirkte erschöpft. Das konnte Armin nicht mit belanglosem Geplapper überspielen. Es würde nicht echt wirken, denn Alexander war sich seines Zustands sicher bewusst, und ihm konnte man nichts vormachen. Er würde sich seinen Teil denken, wenn Armin in oberflächliches Plaudern verfiel.

»Vielleicht brauchst du mal eine Auszeit, Alexander. Du arbeitest wirklich zu viel. Hast du nicht einmal an Urlaub gedacht?«, riet ihm Armin. Seine braunen Augen wirkten besorgt.

»Die Arbeit ist mein Leben, Armin. Auszeit wäre mit ›aus-mir-heraus‹ gleichzusetzen und das geht nun mal nicht so einfach. Es ist vergleichbar mit über den eigenen Schatten zu springen.« Nach einer kurzen Pause von zwei Atemzügen fügte er hinzu: »was mir fehlt ist Schlaf. Ich kann nicht mehr schlafen.«

»Warst du mal beim Arzt?«, fragte Armin.

»Könntest Du mir nicht Schlaftabletten geben? Du bist doch Apotheker. Für dich müsste es ein Leichtes sein«, stellte Alexander die Gegenfrage.

»Mein Junge, so einfach ist das nicht. Ich kann dir doch nicht einfach Schlaftabletten verabreichen. Ich weiß doch gar nicht, was dir fehlt. Ohne eine Diagnose verabreicht man doch nicht solche Drogen.«

»War nur ne Frage. Du hättest mir damit einfach ein bisschen Erleichterung verschafft. Doch will ich nichts von dir, was du vor deinem Gewissen nicht verantworten kannst«, und fast übergangslos fragte er: »was macht unsere kleine Maus?«

»Also hör Alexander, ich werde dir für einmal eine Schachtel mit 10 Tabletten geben. Einfach, dass du mal Schlaf findest, doch nur unter einer Bedingung, und zwar dass du mir versprichst, einen Arzt zu konsultieren«, bot er Alexander statt einer Antwort auf seine Frage an.

»Versprochen«, sagte Alexander sichtlich dankbar.

»Kommst du Morgen bei mir in der Apotheke vorbei?«, schlug Armin vor.

*

»Mami! Lalesder und Papi«, rief Ute und lief beiden entgegen, als diese die Tür hereinkamen. Alexander nahm seine Schwester hoch, herzte sie und küsste sie auf beide Wangen. »Hallo mein kleiner Schatz«, sagte er liebevoll.

Obwohl sie beide unterschiedliche Väter hatten, ließen sich die geschwisterlichen Bande nicht verleugnen. Beide hatten sie diese schönen dunkelbraunen Haare und fast schwarz-braune Augen. Das Dunkle der beiden Väter und Hannahs italienischen Vorfahren setzte sich bei beiden ausgeprägt durch.

Hannah umarmte ihren Sohn und drückte ihn eine ganze Weile an sich, als wollte sie ihn nicht mehr loslassen. »Herzlichen Glückwunsch zum Geburtstag«, sagte sie. Sie hatte Tränen in den Augen und schniefte. Alexander hielt sie mit beiden Händen von sich weg, um sie anschauen zu können und fragte, »Mama, ist ein neunzehnter Geburtstag ein Grund zum Weinen?«

Sie lächelte, wischte sich mit dem Handrücken ihre Tränen weg und sagte: »Freudentränen. Es ist wohl die Wiedersehensfreude.«

»Na Mama, so lange ist es doch nicht her, dass du bei mir die Wohnung besichtigt hast.«

»Nein das nicht, aber ich habe seither vergeblich versucht, mit dir Kontakt aufzunehmen. Es war einfach unmöglich. Ich hatte dich zwar am Telefon, doch warst du gedanklich so abwesend, dass ein Gespräch nicht wirklich zustande kam.«

»Ich arbeite im Moment etwas viel. Da kann es schon mal vorkommen, dass ich gedanklich in meinen Kompositionen hänge und nicht ganz da bin«, versuchte Alexander sein Verhalten zu erklären, »aber nun bin ich ja da. Vergessen wir für einen Moment, dass ich mich in letzter Zeit etwas rar gemacht hatte und genießen den Nachmittag, ja Mama?« Er strich ihr mit dem Zeigefinger über ihre Wange und lächelte, »mach bitte ein fröhliches Gesicht. Ich kann dich nicht traurig sehen.« Hanna lächelte leicht gequält zurück, denn es war ihr beim Anblick ihres blass wirkenden Sohnes um alles andere, aber nicht um Lachen zumute.

Doch allmählich stellte sich eine entspannte Atmosphäre ein und somit wurde es dennoch ein schöner, gemütlicher Nachmittag, den sie zusammen verbrachten. Solche Momente hätte Hannah am liebsten festgehalten und nie mehr losgelassen. Ute nahm ihren Bruder immer wieder in Beschlag. Sie wollte unbedingt, dass er mit ihr Klavier spielte. Musik spielte von Geburt an eine Rolle für die Kleine, und sie konnte nicht genug davon bekommen, vor allen Dingen, wenn Alexander die ›*Fröhliche Kinderweise*‹ spielte, die sie zu ihrer Geburt von ihm bekam und seither immer wieder anhörte. Sie saß dabei auf seinem Schoß und schien richtig zufrieden. Es war ein so schönes Bild.

Leider konnten Joey und Thomy nicht da sein, weil sie ihr Restaurant bewirtschaften mussten. Doch riefen sie an, um Alexander zum Geburtstag zu gratulieren.

Für Hannah ging dieser Tag viel zu schnell vorbei.

Es wurde ziemlich spät und sie schlug vor, dass Alexander diese Nacht da blieb und erst am nächsten Tag wieder nach München fuhr. Alexander willigte ein.

Am nächsten Tag kam Alexander bei Armin in der Apotheke vorbei. Armin führte ihn in den hinteren Teil der Apotheke und überreichte ihm ein Arzneimittel mit dem Benzodiazepin-Wirkstoff und schaute ihn beschwörend an, »das ist ein Hypnotikum, das geeignet ist, kurzfristige Schlafstörungen zu beheben. Damit ist aber die Ursache deiner Störungen nicht behoben«, und um seiner Forderung Nachdruck zu verleihen sprach er mit erhobenem Zeigefinger »… und du gehst bitte zum Arzt, ja!«

»Ja natürlich«, wiederholte Alexander sein Versprechen.

Die kommende Nacht schlief er seit langem wieder einmal so richtig gut. Er fühlte sich erstmals seit langer Zeit wieder erholt. Doch hielt der Erholungszustand nicht lange an, denn es war nicht der natürliche, entspannende Nachtschlaf eines Gesunden.

In der folgenden Woche ging Alexander zum Arzt, zwar ungern, doch hatte er es Armin versprochen, also nahm er diesen Gang auf sich. Die Diagnose passte ihm ganz und gar nicht. ›*Quatsch*‹, dachte er, ›*depressive Verstimmung. Ich arbeite einfach zu viel. Ich mag vielleicht im landläufigen Sinne verrückt sein, denn welcher normale Mensch hat einen unstofflichen Freund, der ihn antreibt, aber ich bin doch nicht depressiv.*‹ Laut sagte er, »ich leide einfach nur unter Schlafstörungen«.

»… die Ausdruck Ihrer depressiven Verstimmung sind«, bestand Dr. Bischoff auf seiner Diagnose. »Sie mögen die Schlaflosigkeit vielleicht darauf schieben, dass Sie zu viel arbeiten. Mag sein, dass sie zu viel arbeiten und sich keine Ruhe gönnen. Und ich würde Ihnen auch dringend anraten, einmal auszuspannen. Gönnen Sie sich einen Urlaub in den Bergen oder am Meer! Dennoch das Problem Depression wäre damit nicht behoben. Eine Auszeit wäre nur eine unterstützende Begleitmaßnahme, aber keine Heilung.«

»Gut«, gab Alexander nach, »Wenn meine Oper fertig gestellt ist, werde ich mir Urlaub gönnen.«

»Prima, das wäre ja schon mal ein Anfang. Doch weiter würde ich Sie gerne einer therapeutischen Betreuung empfehlen. Mit Depressionen ist nicht zu scherzen.« Er sah Alexander an, dass er nicht gerade begeistert war. Von den Medien kannte er diesen mittlerweile zum Weltstar avancierten jungen Mann. Er hatte seine Entwicklung interessiert verfolgt und wusste von seiner landläufig genannten ›*Besessenheit*‹. Für ihn war dieser Mann nicht besessen, sondern er besaß ganz einfach mediale Fähigkeiten. Doch die starke Präsenz des anderen, genannt Gottlieb, nahm Alexander so sehr in Anspruch, dass Alexander manchmal vielleicht selbst nicht wusste, wer er wirklich war: War er

Gottlieb? War er Alexander? Oder war er beides? Wahrscheinlich letzteres.

»Ich schreibe Ihnen etwas auf. Es ist ein natürliches Medikament, das ausgleichend auf ihr vegetatives Nervensystem wirkt.« Er legte das Rezept Alexander hin und schrieb nochmals etwas auf und reichte ihm den zweiten Zettel. Es war ein Überweisungsschein. Er erklärte: »Bei diesem Arzt erhalten Sie Hilfe. Er ist ein guter Psychiater, hat große Erfahrung mit Depressionspatienten. Ich rate Ihnen, lassen Sie sich therapieren!«

Natürlich suchte Alexander diesen Psychiater nie auf. ›Keine Zeit‹, dachte er, ›irgendwann vielleicht mal, aber nicht jetzt.‹ Die Medikamente besorgte er sich. Vielleicht verhalfen sie ihm ja wieder zu erholsamem Schlaf.

Alexander hatte nur eines, das ihn interessierte und das war seine Oper, sein größtes Werk. Vielleicht halfen ihm gerade seine Stimmungen dabei, ein solches Meisterwerk überhaupt zustande zu bringen. Immer wurde er begleitet von Gottlieb, dem treusten seiner Freunde, denn er war immer da. Er hatte das Gefühl, manchmal vierundzwanzig Stunden. Aber nicht nur Gottlieb war anwesend. Nein, immer mehr auch Nathan. Jetzt hatte er zwei Freunde, die ihn inspirierten: Gottlieb im musikalischen und Nathan im emotionalen Bereich.

Es brauchte noch ein ganzes Jahr, bis Alexander sich mit dem Ergebnis seiner Arbeit zufrieden geben konnte. Er hatte in seiner Musik seine ganze Gefühlswelt offengelegt, denn zuerst hörte er sie im Geist getreu seiner schwankenden Stimmungen und dann schrieb er sie nieder. Doch soll das Werk den Meister loben, auf dem Papier ist es niemandem wirklich zugänglich, braucht es eine gute Besetzung des musikalischen Ensembles.

Im April des Jahres 2010 stand die Zusammensetzung des Ensembles fest. Alexander hatte nur die besten der Besten ausgesucht. Die Proben konnten beginnen.

20

Ende 2010 war Alexanders größte Oper fertig gestellt, das heißt also auch, von einem gut besetzten Opernensemble eingeprobt. Alexander fieberte der Uraufführung im Februar nächsten Jahres entgegen. Dieses Jahr wurde, aufgrund des 220sten Todestages am 5. Dezember, zum Mozartjahr gekürt. Über das ganze Jahr 2011 verteilt sollten musikalische Events zu Mozarts Ehren stattfinden. Da Alexander schlechthin als Mozarts Wiedergeburt gesehen wurde, war dieses Jahr vorprogrammiert *sein* Jahr.

*

Seine Oper ›*Höhen und Tiefen des Navigius*‹ war ein großer Erfolg. Die Gewalt der Musik, die von fröhlicher Beschwingtheit bis hin zu rührender Traurigkeit und dramatischer Schwermut reichte, hob das Publikum abwechselnd in beschwingte Hochstimmung, um es im nächsten Moment wieder in die Abgründe einer verlorenen Seele zu stürzen. Eine rührende Kollage von der Reinheit der Liebe und unerfüllter Hoffnung, Schicksal und Träume. Meisterhaft wirkten die Solisten und Musiker nahtlos ineinander und entführte das Publikum in eine Traumwelt, ja zog es in ihren Bann. Gleichzeitig war es auch ein Eintauchen nicht nur in Alexanders, sondern auch in Mozarts Gefühlswelt. Spätestens ab diesem Moment war der letzte Zweifler davon überzeugt, dass Mozart wieder auferstanden sei.

Der tosende Beifall war sein Lohn. Minutenlang stand das Publikum und der rauschende Beifall, begleitet von Beifallsrufen, wollte nicht abbrechen. Man rief immer wieder seinen Namen, bis er endlich auf die Bühne trat und ein paar Worte an das Publikum richtete.

»Danke, liebes Publikum, danke«, sagte er bescheiden. Es war still im Konzertsaal. Man hätte eine zu Boden fallende Stecknadel hören können. »Zwei Jahre habe ich an diesem Werk gearbeitet. Nie war ich wirklich zufrieden. Erst als die Oper während der vielen Proben langsam Form annahm – hier ein großes Dankeschön an das Ensemble der Musiker wie Sänger – konnte ich erkennen, dass es durchaus zur Aufführung geeignet sein könnte.« Mit einem sachte angedeuteten Lächeln fügte er hinzu: »Daran, liebes Publikum, lässt sich erkennen, dass ich, was fälschlicherweise die Annahme vieler Zeitgenossen ist, nicht Mozart bin. Denn Mozart wusste schon zum Zeitpunkt der Niederschrift, ob sein Werk tauglich war.«

Das Publikum lachte über diese humorvolle Bemerkung und applaudierte. Allein Alexander wusste, dass er sein Licht jetzt unter den Scheffel stellte, denn er war durchaus in der Lage, seine Musik, die er niederschrieb, auch zu hören, und zwar bevor sie auf dem Papier Gestalt annahm. Er hob die Hand, um seine Rede zum Abschluss zu bringen. Urplötzlich wurde es wieder still. Alexander war eine faszinierende Persönlichkeit, die es verstand die Leute alleine schon mit ihrer Anwesenheit zu fesseln. Man bewunderte ihn.

»Doch, was wäre diese Aufführung heute gewesen, wären nicht Sie alle, ein großartiges, wunderbares Pub-

likum, heute hier gesessen«, er machte eine auslanden-
de Handbewegung zum Publikum, »… das mit so viel
Aufmerksamkeit und Gefühl dieser Darbietung folgte?
Es war für mich eine wundervolle Erfahrung, die Emo-
tionen, die klar zu spüren waren, wahrzunehmen. Sie
wissen ja, dass des Künstlers Lohn der Applaus ist. Ich
danke Ihnen allen von ganzem Herzen.«

Alexander verließ die Bühne gefolgt von erneut auf-
schwellendem Applaus und Hurrarufen. Es wollte kein
Ende nehmen.

Draußen erwarteten ihn seine Mutter, Armin und
selbstverständlich Joey und Thomy. Alle waren festlich
gekleidet. Hannah trug ein wunderschönes dunkel-
blaues Abendkleid, Armin einen beigen Smoking und
seine Paten beide dunkle Anzüge. Wieder einmal hatte
Hannah Tränen vor Rührung in den Augen. Sie umarmte ihren Sohn und gratulierte zu diesem großartigen Erfolg. Doch auch die anderen waren nicht davor
gefeit, vor Rührung glasige Augen zu haben. Einer
nach dem anderen gratulierte und umarmte ihn. Joey,
der ihn als letztes umarmte, hielt Alexander fest und
sagte: »Mein Junge. Großartig. Einfach nur großartig.
Es fehlen mir die Worte. Dieser kleine Junge, der bei
uns seinen Anfang nahm, heranwuchs, unser aller Herzen im Sturm eroberte und nun ein Mann mit genialem
Geist ist … wir lieben dich … und wir sind alle stolz
auf dich.«

»Danke«, sagte Alexander zu Tränen gerührt.

Im Interview mit der Presse, die ja ungeduldig darauf wartete, den Künstler endlich vors Mikrofon zu
bekommen, erklärte Alexander, dass er diese Oper

seiner Familie, das hieß seiner Mutter, Armin, seiner inzwischen knapp vierjährigen Schwester Ute und seinen Paten Joey und Thomy widmete. Seine Familie, der er so viel zu verdanken habe und die er über alles liebt, verdiene diese Widmung als Zeichen seiner Dankbarkeit und Zuneigung. Denn es betrübe ihn, dass er sich leider viel zu selten bei der Familie blicken ließ.

Er wollte, dass es genauso in der Zeitung stand. Es war sein Vermächtnis an die Familie.

Das anschließende Fest, bei dem auf den Künstler angestoßen und viel diskutiert wurde, dauerte bis in die Morgenstunden.

*

In den nächsten Wochen und Monaten folgten in verschiedenen Städten Deutschlands und natürlich Österreichs Konzerte und Opernaufführungen, die ganz im Zeichen des Mozartjahres standen. In vielen Events wirkte er selbst mit, war aber auch in verschiedenen Aufführungen einfach nur Gast.

Ende Juni verließ er in München eine Veranstaltung inmitten der Aufführung. Er war enttäuscht über die Interpretation des dort aufgeführten Mozartwerkes.

»So war das nicht gedacht«, erklärte er dem Intendanten sein Verhalten, als dieser ihn ansprach.

»Das tut mir leid Herr Villamonti, dass Sie sich mit dieser neuen Interpretation nicht einverstanden erklären können.«

»Nicht einverstanden erklären können?«, fragte Alexander wütend, »es beleidigt mein Ohr, es beleidigt Mozart.«

Er sah verstört und blass aus. Er wurde mit einem Mal still und wirkte weit abwesend.

»Herr Villamonti?«, versuchte der Intendant ihn aus seiner plötzlichen abwesenden Starre herauszuholen. Alexander fühlte sich nicht wohl.

»Herr Villamonti«, drangen die Worte des Intendanten wie durch einen Nebel wieder an sein Ohr, »geht es Ihnen nicht gut? Soll ich einen Arzt rufen?«

Alexander schüttelte den Kopf. »Nein … kein Arzt … ich bin nur müde … einfach nur müde ... ich gehe nach Hause.«

»Soll ich Ihnen ein Taxi rufen?«

»Ja gerne … ja, ein Taxi«, stammelte er.

*

*A*lexander fühlte sich ausgepowert, ja krank. ›*Vielleicht*‹, so dachte er, ›*sollte ich mir doch mal eine Auszeit nehmen. Einfach Urlaub machen. So wie es Armin und Dr. Bischoff es empfohlen hatten.*‹ Doch jetzt war wirklich nicht der richtige Zeitpunkt. Aber wann war der richtige Zeitpunkt? Gab es den überhaupt? Sicher irgendwann, aber nicht jetzt, ausgerechnet im Mozartjahr. Er schaute in seinen Terminkalender. Es gab da im auslaufenden Monat noch ein paar kleinere Einladungen, die er absagen konnte. Erst im Juli war wieder eine größere Veranstaltung angesagt, bei der er selbst aber nicht aktiv mitwirkte. Den konnte er eventuell auch noch absagen. Das würde er aber erst dann entscheiden, wenn es so weit war. Jetzt wollte er einfach nur ausruhen und er legte sich hin. ›*Nur einfach auskurieren*‹, dachte er, ›*nur einfach auskurieren*‹, und er schlief ein. Er träumte wild durcheinander, sah verrückte Bilder. Zuerst war es ein Flugzeugabsturz direkt auf ein Hochhaus, in dem sich seine Mutter und Tatjana aufhielten. Dann bebte die Erde und eine große Tsunamiwelle überschwappte das Opernhaus. Das Opernensemble wurde wie Streichhölzer hinweggefegt, seine Partitur weggetragen. Er sah sie auf dem Wasser wie kleine Schiffchen davonschwimmen. Dann plötzlich war da Nathan, sein guter väterlicher Freund, der lächelte und ihm freundlich zunickte: ›Bleibe immer du selbst, Alexander‹.

Alexander erwachte schweißgebadet. Wie lange hatte er geschlafen? Er schaute auf die Uhr mit der Datumsanzeige. ›Das kann doch nicht sein. Ich kann doch nicht zwölf Stunden geschlafen haben, zwölf Stunden wie bewusstlos.‹ Dennoch fühlte er sich nicht erholt.

Die nächsten Tage verließ Alexander seine Wohnung nicht. Er fand aus seiner betrübten Stimmung einfach nicht heraus. Was war nur los mit ihm? Was verursachte diese Stimmung? Er hatte Erfolg, er war beliebt, er hatte sich der Magie der Musik verschrieben und konnte die Musik so rüberbringen, dass auch Menschen ohne musikalische Ambitionen, plötzlich zu Liebhabern von Opern und Konzerten wurden. Und er hatte seine Familie, die er über alles liebte. Dennoch gab es im Moment nur eine Farbe, mit der er, hätte man ihn gefragt, seine momentane Verfassung beschrieben hätte: schwarz!

Die wenigen Termine bis Ende Juni hatte er abgesagt. Der Grund, so erklärte er, sei eine Grippe, die ihn voll im Griff habe und er daher das Bett hüten müsse. Das kaufte man ihm ab.

Doch irgendwann musste er sich etwas zum Essen besorgen und so ging er, fast wie in Trance, um die Ecke einkaufen, natürlich um nicht erkannt zu werden, wieder mit Sonnenbrille und Schildkappe. Sein Gesicht war unrasiert und aschfahl.

Als er zurückkam, sah er, dass der Anrufbeantworter blinkte. Er hörte ihn ab: »Hallo Alexander, ich bin's Mama. Ich wollte mich nur mal melden. Man hört so gar nichts von dir, außer das, was in den Medien steht, wie die Sache, als du ein Konzert ziemlich wütend verlassen hattest. Aber darüber kannst du uns ja am Sonntag bei deiner Geburtstagsfeier berichten. Wir freuen uns auf dich. Ich habe übrigens Tatjana getroffen. Sie kommt auch zu deinem Geburtstag. Ich hoffe es ist dir recht. Also mein Sohn. Bis Sonntag, falls ich vorher nichts mehr von dir höre.«

Alexander rief seine Mutter kurz zurück. »Hallo Mama. Tut mir leid, dass ich mich nicht gemeldet habe. Eine Erkältung weißt du. Aber ich bin auf dem Wege der Besserung. Sonntag bin ich wieder okay.«

»Warum hast du denn nichts gesagt, mein Junge. Ich wäre doch zu dir gekommen und hätte dir etwas zu essen gebracht und dich wieder gesund gepflegt.«

»Mama, es ist doch nur eine Erkältung. Nicht der Rede wert. So Mama, ich lege mich wieder hin. Bin noch ein bisschen schwach. Ich freue mich auf Sonntag. Bis dann.«

Es war Donnerstag. Bis Sonntag würde es ihm sicher wieder besser gehen, wenn er sich nur genug Ruhe gönnte. Er war einfach bloß müde und wollte schlafen. Doch den erholsamen Schlaf konnte er trotz

Müdigkeit nicht finden. Er versuchte, sich zu entspannen, doch seine Gedanken kamen nicht zur Ruhe. Auch am Freitag änderte sich nichts an Alexanders Zustand. In seiner melancholischen Stimmung empfand er nur tiefe Traurigkeit und Niedergeschlagenheit und sein Kopf und seine Glieder schmerzten. Er stürzte immer tiefer in geheimnisvolle, emotionale Abgründe. Es war, als fiele er in ein schwarzes Loch, aus dem es keinen Weg hinaus gab. Durch seinen Kopf wirbelte es wild; Gedankenfetzen, Musikfetzen und dann war da immer wieder Gottliebs Stimme. ›*Folge mir einfach. Komm mit mir … deine Bestimmung ist erfüllt … dein Ziel erreicht. Komm, es ist ganz leicht, ganz leicht.*‹

›*Bleibe immer du selbst, Alexander*‹, hörte er Nathan sagen.

Wie in Trance stand er auf und ging zu seinem Arbeitstisch. Er wollte an einer Komposition weiterarbeiten, um sich aus diesem Abgrund herauszuholen, um die Stimmen, die in seinem Kopf umherwirbelten, zum Schweigen zu bringen. Doch es wollte ihm nichts gelingen. Er war keines klaren Gedankens fähig. ›*Es ist ganz leicht, ganz leicht …*‹, ›*Bleibe immer du selbst, Alexander*‹ … dachte es immer und immer wieder. Es dröhnte in seinem Kopf. Er holte die Flasche Cognac, die er eben gekauft hatte und füllte ein Glas, das er in einem Zug leerte. Wohl hoffte er, der sonst außer einem Glas Wein zum Essen nie Alkohol trank, sich damit ein wenig betäuben zu können. Er schlummerte ein, wälzte sich unruhig hin und her, bis er nach ein paar Minuten ganz plötzlich wegen eines lauten Geräuschs, das in seinem Kopf stattfand, wieder aufschreckte. Schweißgebadet stand er auf, lief wie im Traum hin und her. Dann schrieb er etwas auf ein Blatt Papier. Es waren nur vier Zeilen und er legte den Stift wieder weg. Er drückte die Hände gegen seine Schläfen. Dann trank er wieder und wieder. Er wollte nur noch schlafen, sich von der barmherzigen Betäubung des Schlafes wegtragen lassen. ›*Folge mir einfach, komm mit mir, es ist ganz leicht*‹ … ›*Bleibe immer du selbst, Alexander*‹.

Er holte die Tabletten, die Armin ihm auf seinen Wunsch hin wegen seiner Schlafprobleme gab. Er hatte damals nur eine genommen. Er starrte die Tabletten an … ›*es ist ganz leicht, ganz leicht*‹ … ›*Bleibe immer du selbst, Alexander*‹ … ›*es ist ganz leicht, ganz leicht*‹ … und dann schluckte er alle übrigen neun Tabletten auf einmal. Er trank nochmals von seinem Cognac, die Flasche war nun fast geleert. Er ließ sich fallen und genoss die angenehme schläfrige Schwere, die ihn endlich abtauchen ließ … sein bewusstes Erleben zog sich zurück.

Er sah sie alle, insbesondere die Verstorbenen, die ihm in seinem Leben etwas bedeuteten und eine tragende Rolle spielten. Seinen Vater, den er zu Lebzeiten leider nie kennenlernen durfte, Nathan, Timo und vor allen Dingen Gottlieb, der zeit seines Lebens sein Begleiter war und ihn jetzt anlächelte. Er stand in hellem, strahlendem Licht und streckte Alexander seine Hände entgegen, zog ihn förmlich in seinen Bann. Alexander fühlte sich plötzlich leicht, wie schwerelos und er folgte Gottlieb in dieses unbeschreiblich glanzvolle Licht, begleitet von wunderschönen klaren Tönen. Alles war von diesen Klängen erfüllt. Eine Symphonie eines himmlischen Orchesters. Die vollkommene Harmonie, rein und schön.

Nach langer Zeit seelischen Drucks fühlte er sich endlich gut, fühlte sich getragen von guten Mächten. Weder Gefühle der Bedrücktheit, Düsterkeit noch Niedergeschlagenheit, die ihn so lange quälten, hatten Zutritt hier zu dieser Sphäre zwischen Himmel und Erde. Losgelöst von aller irdischen Trübsal gab es nur noch Glückseligkeit. Welch erhabenes Gefühl! Welche Vollkommenheit! Welche Schönheit!

In den Morgenstunden des 2. Juli 2011 starb Alexander, am Todestag seines Vaters, einen Tag vor seinem 21sten Geburtstag und im 220sten Jahr nach Mozarts Tod.

*

Als Alexander am Sonntag nicht zu seiner Geburtstagsfeier erschien, hatte Hannah ein ungutes Gefühl. Er hatte doch gesagt, dass er krank sei. Vielleicht war es doch schlimmer, als er vorgab. Vielleicht brauchte er Hilfe. Sie machte sich Sorgen und zusammen mit Armin fuhr sie nach München, um ihn in seiner Wohnung aufzusuchen. Die kleine Ute blieb so lange bei Tatjana.

Hannah und Armin fanden Alexander halb liegend auf seinem Sofa mit einem entspannten zufriedenen Lächeln auf dem Gesicht. Und sie entdeckten den Vierzeiler, den er in den letzten Stunden vor seinem Tode auf ein loses Blatt Papier schrieb:

›*Diesseitig bin ich gar nicht fassbar. Denn ich wohne gerade so gut bei den Toten wie bei den Ungeborenen. Etwas näher dem Herzen der Schöpfung als üblich. Und noch lange nicht nahe genug.*‹

Es war das aus dem Jahre 1920 stammende Selbstbekenntnis des Expressionisten Paul Klee. Diese Aussage passte auf tragische Weise zum jungen Alexander, der die Welt mit seiner Musik bewegte.

Weitere Bücher von Ellen Heinzelmann

BLUTSVERWANDT
aus der Markgräfler Buchreihe

ISBN 978-3-7448-1679-3 **NEU** ab 06.2017
264 Seiten, Paperback

Mit dreißig Jahren entdeckt Boris Petrow zufällig, dass sein verstorbener Zwillingsbruder Ilja gar nicht sein Bruder war. Sein wirklicher Zwillingsbruder mit Namen Eric wuchs 60 km entfernt in einer anderen Familie auf und er lebt. Durch seine Recherchen gerät Boris in große Gefahr, denn Adrian, Erics Vater, setzt einen Berufsverbrecher auf ihn an.

Wir seh'n uns in der Hölle
ISBN 978-3-7448-1374-7 **NEU** ab 06.2017
264 Seiten, Paperback

Mario der älteste und auch tüchtigste von insgesamt drei Söhnen der Galanisfamilie hat es mit seiner Steinmetzkunst zu Wohlstand gebracht. Die ganze Familie lebt zwanzig Jahre gut und gerne von Marios Wohlstand. Doch im Hintergrund schwelt der Neid. Die unstillbare Gier führt zu Hass und blinder Zerstörungswut. Mario wird an den Abgrund seiner Existenz getrieben. Auf der Suche nach dem ›Warum‹, stößt Mario auf ein dunkles Geheimnis.

Maurice
Die Vergangenheit hat einen Namen

ISBN 978-3-7386-3651-2
240 Seiten, Paperback

Während eines Workshops in Montpellier hatte Dr. Norman Falcon eine kurze aber sehr intensive Affäre mit einer Französin, einer außergewöhnlichen Frau. Dass dieses Abenteuer nicht ohne Folgen blieb, erfährt er erst acht Jahre später, nachdem er längst eine Familie mit zwei Kindern gegründet hatte und in sorgenfreiem Wohlstand in der Schweiz lebt. Diese Folgen haben einen Namen: **Maurice**.

Es geschah in der Wolfsschlucht
Der Markgräfler Krimi

ISBN 978-3-7392-4803-5
300 Seiten, Paperback

In der Wolfsschlucht ist so einiges los, wovon niemand etwas ahnt … und dann geschieht auch noch ein Mord. Der Täter, Heiko Thomasin, ein Gymnasiallehrer aus Lörrach, ist schnell gefunden, denn alle Spuren führen ganz klar zu ihm. Doch, ist er wirklich der Mörder?
Seine Schwester, Doris Wendtland, zweifelt daran. Sie möchte die Wahrheit herausfinden und engagiert eine Rechtsanwältin mit Partner.
 Ein spannender Krimi, der Sie mitreißen wird.

Verhängnisvoller Deal
Der Markgräfler Krimi

ISBN 978-3-7386-0352-1
248 Seiten, Paperback

Joachim Winterstein, Geschäftsführer einer renommierten Firma in Lörrach, war ein erfolgreicher, aber auch ausgekochter Geschäftsmann, dessen Nebengeschäfte und sonstige Aktivitäten vor dem Auge des Gesetzes nicht immer auf Wohlwollen gestoßen wären. Daher sah er sich auch immer wieder mal genötigt, ungeliebte Mitwisser durch großzügige Vereinbarungen zum Stillhalten zu bringen. Doch einer dieser Deals stellte sich als verhängnisvoll heraus.

Reise in den Tod
aus der Markgräfler Buchreihe

ISBN: 978-3-7431-8188-5
168 Seiten, Paperback

Es sollte ein Ausflug von sieben ehemaligen Schülern der damaligen Abiturklasse nach Fuerteventura werden. Sie waren die besten Schüler des Jahrgangs 2005 im Markgräfler Gymnasium Müllheim und ein eingeschworenes Team.
Doch die Reise endete in einem Albtraum. Bilanz dieses Ausflugs: zwei Tote, zwei Verletzte davon einer schwer. Frederik Hartl zerbricht unter der Last des damaligen Geschehens, denn er alleine fühlt sich verantwortlich. Doch, was ist wirklich geschehen? Frederiks Vater und auch Frederiks Verlobte möchten es in Erfahrung bringen, und engagieren einen Detektiv, Friedhelm Kulau.